文春文庫

ある町の高い煙突

新田次郎

文藝春秋

目次

ある町の高い煙突　5
あとがき　359
解説　小松伸六　362

ある町の高い煙突

1

両側から杉林がせまっている狭間《はざま》を一気に駆け抜けると、眼の前に赤く色づいた柿の実におおわれた村落が見えて来る。馬はそこまで来ると、間近に飼い葉《かいば》のにおいでも嗅《か》いだように速くなった。関根《せきね》三郎《さぶろう》はその馬の勢いに拍車を掛けるように、

「ヒー、ヒーッ」

と、語尾を引き上げ気味に叫んで一鞭《ひとむち》当てると、馬上に身を伏せた。田圃《たんぼ》の中の道は一直線に入四間《いりしけん》村まで続いている。馬を力いっぱい走らせるにはもってこいの道である。馬の背に身を伏せた関根三郎は、手綱《たづな》を許したままで、前方を見つめた。稲刈りが終わったばかりの田圃に人はまばらである。

関根三郎にとってはこの道をこうして愛馬の弦月《げんげつ》と突っ走るのがもっとも楽しいときであった。あるときは敵陣に向かって突き進む若武者になり、あるときは一万騎を率いて走る武将になり、またあるときは単騎古城を出でて遊ぶ王子の気持ちになっていた。

腰のあたりでかばんが鳴った。肩に掛けたかばんが、がさつかないように、腰のあた

りを縄できつくしばってあるのだが、やはり鳴った。かばんの中の筆入れの中身が鳴っているのだなと思うと、彼は、明治三十六年の時代を背景にした中学校三年生関根三郎の現実の姿にかえるのである。

馬は土橋をひと飛びに越えた。そこからはややゆるい坂道である。入四間村と、村をかこむ紅葉の中に、彼の愛馬は突進していこうとしていた。

坂を登り切ったところで彼は手綱を引きしめると同時に、

「ハアッ　ハアッ」

短く、つめたい声で二度叫んだ。祖父の関根兵馬《ひょうま》から教えこまれた、大坪流馬術の停止の懸け声であった。

村の中に出ると、道に子供が出て遊んでいることがあるから、一応、馬を止めたのである。弦月はそれが不平なのか、首をふり立てて一声高くいなないた。三郎は手綱をそろえて、左手に持つと、右手で、弦月の頸《くび》のあたりを軽く叩いてやり、その手で中学校の正帽をかぶり直した。弦月はすぐに落ちついて並み足になった。

村の中央を道と川と並んでいる。川の流れに沿って上流にやった三郎の視角の中に十数人の村人の姿が見えた。それらの村人たちは口々になにかいいながら村の上の方へ走っていった。いつもなら、馬のいななきが聞こえればそっちの方を向いて、そこに現われた関根三郎に対してなんらかの挨拶をするのが当たり前であった。挨拶がなくとも、関心を示すのは分り切ったことであった。関根家は代々この村の名主を務めている郷士《ごうし》で、田圃二十町歩、山林数十町歩を持つ資産家であった。この村には同姓の関根が何軒かあったが、すべて分家であり、関根を名乗らぬ者でも、その多くは、関根家となんらかの経済的なつながりを持っていた。だから村の人は関根兵馬のことを本宅の大旦那と呼び、三郎のことを本宅の三郎様又は本宅の三郎さんと呼んでいた。若旦那と呼ぶには若すぎたからであった。

「なにかあったのだな」

と三郎は思った。阿武隈《あぶくま》山脈の末端に位置する北常陸《きたひたち》山塊に頭を突っ込んでいるこの村のことだから、イノシシが一匹獲れたぐらいで村中大騒ぎになることは珍しいことではなかった。三郎は村の中心の関根家の門前で馬からおりると、手綱を持ったまま、塀に沿って十五間ほど歩いたところの厩門《うまやもん》から中に入って弦月の背から鞍《くら》をおろし、飼い葉を与えた。

馬のあとしまつが終わったところで、彼は厩の前にある井戸端で手だけ洗った。足の草鞋《わらじ》はそのままだった。

「異人だってさ」

「異人がなにしにこの村へ来たのだ」

塀の外で話すそんな声が聞こえた。三郎はその声にちょっと耳を傾けたが、すぐ腰にぶらさげている手拭を抜き取って手を拭くと、くぐり戸を開けて庭へ入っていった。

関根家はかつてこの高台一帯に広大な居屋敷《いやしき》をかまえていた。縦横それぞれ、二町に三町ほどの土塁を周囲にめぐらせ、その中に、一族の他、被官《ひかん》、名子《なご》が住んでいたのである。戦国時代の郷士はそのような自衛手段を取らねば生き残ることができなかったのである。時代が降るに従って、居屋敷は縮小されていった。土塁はこわされ、土地も一族に分割され、寄子《よりこ》、名子もそれぞれ独立して生計をいとなむようになっていった。関根家は、旧居屋敷の中心地に居をかまえ、名主となり、郷士となり、関根の本宅と呼ばれるようになったのである。

関根家には旧家らしい門構えや塀や石垣などが残っていたが、その中でも、庭の築山《つきやま》と泉水は昔のままの面影を残していた。

三郎はかばんを横抱きにして築山のうしろを廻った。足を洗って玄関から上がりこむのは面倒だったから庭から入って縁側にかばんを置いて、そのまま山へきのこを取りに行こうと思っていた。土曜日であった。そのつもりで、常陸太田《ひたちおおた》の中学校から三里の道を、馬で駈け戻って来たのであった。

だが、縁側には祖父の兵馬と並んで、祖母のいねが坐っていた。庭には村の人たちが三人ほど立っていた。彼等は口々になにかしゃべっていた。外をゆびさしながら異人という言葉をさかんに口にしていた。村の中に起こった重大事を知らせに来たと同時にその指示をあおぎに来た様子だった。

「三郎か、ちょうどよかった、ここへ来い」

兵馬は庭に入って来て、丁寧に頭を下げた三郎を見ると、いかにも大旦那様らしい鷹《おう》揚《よう》さで縁側の方へ指し招いた。

「異人がこの村へ来た。この村始まって以来のことだ。御岩《おいわ》神社の前で、なにやらいっているそうだが、村の衆には皆目《かいもく》分らん。上の鉱山の技師だろうという人もある。お前は中学校で英語を教わっているのだから、なんとかなるかもしれぬ、行って見てやれ」

兵馬のいい方は命令口調であった。

「赤沢《あかざわ》銅山の技師ですか、だがその異人は英語が話せるかな」

異人だって、ドイツ人もあればフランス人もロシヤ人だっている。三郎はそう思っていた。

入四間の村から山を越えて一里たらずのところに銅山があった。天正十九年（一五九一年）ごろに赤沢銅山として試掘されて以来、時代の経過とともに、しばしば経営者が変わったが、銅の発掘はずっと続けられていた。そこで最近、やや大規模な銅の採掘を始めていることを入四間の村人たちは知っていたが、強《し》いてその銅山に近づこうとはしなかった。村人たちは鉱掘《かね》り人夫に対して、強い警戒心を持っていた。

「鉱山の人だかどうか分らない、とにかく異人が来たのだから、いまのところお前が行くより仕方があるまい。お前にだってその異人がなにをいってるかぐらい分るだろう」

兵馬はおしつけるようないい方をした。

「はい。行ってまいります」

三郎はそういうより仕方がなかった。この古武士かたぎの祖父のいいつけにそむくことはできなかった。はいという三郎の言葉には張りはあったが、内心、異人と話す自信はなかった。奥から足音が聞こえた。筒袖《つつそで》の着物を着て、結いあげた髪のてっぺんを赤い紐《ひも》で結んだみよが走り出て来て、

「お兄ちゃんと一緒に行く、お兄ちゃんにおんぶして行く」

と叫んだ。いねが、怖い異人がいるのだといっても、みよは首をふった。しまいには、足踏みをして、三郎と一緒に行くと泣き叫んだ。幼くして両親に死なれて祖父母に育てられたみよは、甘え切っていた。泣けばどうにでもなるものと思いこんでいるようだった。

三郎は泣くみよに背を出した。みよは三郎の背につかまると、けろりと泣き止んで、

「はやく異人のところへゆけ」

といった。みよも異人がなにものか知らなかったのである。赤い髪をした異人は、御岩神社の社務所の前でおおぜいの村人にかこまれていた。異人は、猟に来たらしかった。猟銃を社務所の入り口に立てかけて置いて、村人たちにしきりに笑顔で話しかけるのだが村人は遠巻きにして近寄ろうとしなかった。

三郎が行くと、村人たちは彼のために道をあけた。当時中学校へ行くものはごく少数だった。資産家の子弟であると同時に、抜群の秀才でなければ中学校へは入れなかった。中学校へ行けば英語は自由に話せるものと村人たちは思いこんでいた。異人は、少女を背負って前へ出て来た少年に目をやった。期待をこめた眼で三郎を見た。三郎はその異

人の眼窩《がんか》の奥で輝く青い眼がこわかった。怖さにせき立てられるように、

「あなたは誰ですか」

三郎は学校で教わった英語を生まれてはじめて口にした。顔がほてった。結果に対しては全く自信はなかった。

「オー、あなたは英語が話せるのですね。私の名前は、チャールス・オールセン、この山の向こうにある鉱山の技師です」

異人はそう答えたが、三郎には、異人がいったことばの中で、私の名前と、技師という二語が分っただけであった。

「あなたの名前はなんというのですか？」

三郎は再び質問した。それも教科書にあったとおりだった。

「チャールス・オールセン」

異人は今度はゆっくり答えた。

「あなたの名前はチャールス・オールセン、そして私の名前はサブロウ・セキネである」

三郎はそれだけいうとほっとした。

「分りました。そしてあなたの背中の少女は、あなたの妹さんですか」

チャールス・オールセンがゆっくりいってくれるから、今度は一度で分った。

「違います。彼女は私の許婚者《フィアンセ》である」

許婚者《フィアンセ》という英語はまだ学校で教わってはいなかったけれど、三郎は和英辞書を引いて知っていたから正直に答えたのである。三郎は水戸の士族菊池《きくち》作左衛門《さくざえもん》の三男として生まれ、十二歳のときみよと夫婦になる約束で関根家へ養子に迎えられたのである。

「するとあなたは将来、その少女と結婚するのですか、そのように約束されたことにあなたはなんらかの疑問を感じないとすると、これはまことに東洋的、神秘的婚約である」

オールセンはゆっくりと何度か繰り返したあとで、

「私の国にも許婚者はたくさんいます。でもそれは、双方が愛し合っていることを確めてからの約束です。私のフィアンセもスウェーデンで私が帰国するのを待っています」

オールセンはそういって笑うと、くるりとうしろをふりむいて、山の方をゆびさしてそれまでにないきびしい顔で、

「私はあの山の向こうで銅を取るために、かなり多くの煙を毎日出していますが、あなた方の村になんらかの、被害はありませんでしたか」

銅も煙も分ったが、なんらかの煙の被害という英語が分らなかった。

「私には、なんらかの煙《サムスモーク》の被害《ポルーション》という言葉が理解できません、別な言葉でいって下さい」

三郎は頭の中で書いた文章を読んだ。オールセンは、三郎の眼をじっと見詰めていた

が、どうやらその意味が分ったらしく、

「煙によるなんらか《サム》の悪い《バッド》影響《エフェクツ》が木や草や野菜にありませんでしたか」

「なんらか《サム》の悪い《バッド》影響《エフェクツ》？」

三郎はどうやらそれが分ったから、つい嬉しくなって鸚鵡《おうむ》返《がえ》しにいった。

「そうです《イエス》。煙《バッド》による《ダメージ》なんらか《フロム》の問題《スモーク》、そういうことがあったら、私に教えて下さい」

三郎はほとんど了解した。

彼は、彼とオールセンを取り巻いてきょとんとした顔で聞いている村人たちに向かっていった。

「この人はチャールス・オールセンという上の鉱山の技師で、スウェーデン人である。猟に来たついでに、この村へ寄って、この村の人の所有林や、畑や田圃の作物に、銅を取るときに出る、煙による被害がなかったかどうか訊ねているのだ」

村人たちの間に囁《ささや》きが起こった。

「そんなことあ今のところねえが、銅を取るときに出るあの黄色い煙は作物には悪い煙なのか」

といまさらのようにびっくりしている人がいた。

「そういうと、今年の冬、兎を追って、沢の奥へ入ったとき、鉱山から流れ出して来る、煙を吸ったことがあった。いやあな臭いがした。嗅ぐと咳《せき》が出た。あの煙を嗅ぐと死ぬのか、その異人さんに聞いてくれねえか」

そういう人がいた。

「鉱山から出る煙を嗅いでも人間には害はない」

オールセンは、そのことを、三郎に繰り返していう。

「鉱山に来なさい。私はあなたをできるかぎり歓迎するでしょう」

といった。

「私も、訪問したいと思っています」

と三郎が答えると、

「あなたは、英語がたいへん上手だ。外交官になるといい、きっと成功する。もしそうなればあなたの背中にいるこの可愛らしい少女は将来日本大使夫人ということになるでしょう」

オールセンはそういうと、三郎の背で、瞳をこらして、オールセンの顔を見詰めている、みよの頬を、ひとさしゆびでちょいとつついた。みよが声を上げて泣き出した。オールセンは、大変こまったような顔をした。赤い髪の、青い眼をした異人が近より過ぎたために、少女をおびえさせたのだと思ったらしかった。オールセンは、みよの前でぺこぺこと何回もお辞儀をした。その恰好《かっこう》がおかしいので村人たちは声をあげて笑った。

それを区切りにしてオールセンは、御岩神社の社務所の入り口に立てかけて置いた猟銃を肩にして、山道を鉱山の方へ去っていった。

「なんらか《サム》の煙《スモーク》の被害《ポルーション》……それはいったいどういうことだろうか」

三郎は紅葉の中へ消えていった、チャールス・オールセンの方を見ながらつぶやいていた。

この平和な村にいままで、かつて見たこともない、おそろしいなにものかが、足音を立てずに、忍び寄って来るような不安な気持ちだった。三郎は眼を紅葉の山から空へやった。

明治三十六年の秋の空は不気味なほど青く澄んでいた。

関根三郎は英語に興味を持った。それまでは単なる学科目のひとつとしか考えていなかった英語によってチャールス・オールセンと、どうやら意志を通ずることができて以来、彼の英語に対する考え方が変わった。

中学校には英語の教師が三人いた。江崎教諭は横浜の商社にいたころ外国へ行ったこともあって、会話に堪能であった。江崎教諭は上級生の希望者を集めて放課後特に英会話を教えた。関根三郎は四年生になると、すぐこの課外授業に出席した。

「関根、お前の英語はなかなか素姓がいい」

江崎教諭はそういって讃めた。

関根三郎は英語ばかりでなく他の学科の成績も良かった。クラスでは常にトップにいた。

関根三郎が、英語の詩を馬上で歌いながら通学しているという噂が出た。馬で通学するだけならまだいいとして英語の詩など歌うなんて、生意気だからぶんなぐってしまえという上級生があったが、いざとなると気おくれがしたのか、暴力沙汰にはならなかった。関根三郎が馬で通学することは、学校中で有名だった。

「関根家は代々大坪流の馬術を受け継いで来た家柄だから、三郎にもこの馬術の伝統を伝えたい。馬術はその日その日の研鑽が大切であるから、三郎に馬で通学することを認めていただきたい」

関根兵馬は三郎が中学校に入学すると同時に校長に会ってこのことをたのみこんだ。別に馬で通学してはいけないという規則はなかったから、校長はそれを許可したのである。三郎は入四間から太田町の郊外まで馬で来て、馬を知人の家の庭につないでそこから下駄で登校した。

「関根、お前は高等学校、大学と進学していって将来なにになるつもりだ。そろそろ進路は決めて置いた方がいいのではないかな」

担任の村松《むらまつ》教諭がそういったのは夏期休暇に入る直前のことであった。

「将来のことはまだはっきり分りませんが、できたら外交官になりたいと思っています」

三郎ははっきりいった。去年、チャールス・オールセンに、外交官になればいいといわれて以来、彼の心の中では外交官が急速に成長しつつあった。

「それはいい。君は語学が得意だし容姿も端麗だ。外交官には好適だな」

村松教諭にいわれるとおり、関根三郎は父に似て背は高く、母に似て眼鼻立ちの整った少年だったが、容姿端麗という表現は女学生に向かっていう言葉のようで、三郎には気に入らなかった。

「鉱山を見に行きたい」

関根三郎は夏休みに入るとすぐ家人にいった。

赤沢銅山へチャールス・オールセンを訪ねていって、彼の英語の実力をためして見たいというのは、去年の秋から、三郎が抱いていた小さな野望だった。そのことは誰にもまだ話してはいなかった。

祖母のいねは真っ向から反対した。用もないところへ行くことはないといったが、祖父の兵馬は、即座に許可した。

「どうせなら村の若い者も一緒につれて行け、鉱山がどういうものかはっきり見て取って来るがいい」

見て取って来るがいいなどと、未だに二刀を腰に帯びた郷士であるかのような言葉を使う兵馬の頭の中には、鉱山に最も近い村の長老としての責任意識が眼を開いているようであった。

「お兄ちゃんが鉱山へ行くならみよも一緒に行く」

みよは七つになっていたから、去年のように三郎におんぶして行くとはいわなかったが、鉱山へ行くことを、裏山へわらび取りにでも行くように気安く考えているらしかった。

「とんでもない、女の子が鉱山なんかにいってはいけませぬ」

いねは眼くじらを立ててみよを叱った。

「なぜ女の子はいけないの」

みよは、黒曜石《こくようせき》のように黒い、つぶらな眼を見張っていねに訊いた。

「なぜってね、女の子はやたらに外を出て歩くものではありません。女の子はなるべく家の中にいるものです」

「なぜ女の子は家の中にばかりいなければならないの」

みよの理屈にいねが困りはてているのを見て兵馬がいった。

「みよも行って見て来るがいい、これからの女は一応なんでも勉強して置いた方がいい、それに鉱山とこの村との関係は将来、ますます深くなるだろう。いい関係か悪い関係かは別として、鉱山を無視してのこの村の存立はないと思う」

関根兵馬は手元の新聞に眼をおとしていった。その年の二月十日に日露戦争が始まっていた。銅の需要は急増していた。日本軍は破竹の勢いで露軍を圧倒していたが、相手は大国であるから一気に息の根を止めるということはできなかった。長期戦に持ち込まれるという不安もあった。戦争が長びけば、銅の需要は、いよいよ増えるだろう。七十を幾つか越してはいたが、関根兵馬の眼光は先の先を読んでいた。

関根三郎は村の若い者数人を鉱山見物に誘った。つつそでの着物に草鞋履き、鳥打ち帽子をかぶっている者が多かった。申し合わせたように、にぎりめしの入った包みを腰に巻きつけていた。みよも小さな草鞋を履いて一行の中に加わった。絣《かすり》模様の筒袖の着物を着て、黄色い三尺をしめていた。髪は結い上げて、赤い紐で結んでいた。一行は露草の峠道を越えた。入四間村から赤沢銅山の見えるところまで一時間ほどかかったが、疲労を感ずるほどのことはなかった。

峠を越えて少し降りたところで一行は休憩した。そこから赤沢銅山の全貌が見えた。そこは窪地であった。日立村からせまい沢を登りつめたところにできた、沢状の窪地を平らにして、そこに十数軒の人家が取りとめもなく建てられていた。ちょっとした部落という感じであった。部落の奥にやや大きな家があった。家というよりも中学校の講堂のように容積を持った家だった。そこに赤煉瓦《あかれんが》の煙突が四本立っていて、そこから黄色い煙が吹き出していた。そこからは坑道の入り口は見えなかったが、坑道から運び出した鉱石の堆積場の近くで、立ち働いている人たちの姿が見えた。

その鉱山の盆地を取りかこむ山々の木は半ばは枯れ、半ばは生気を失った色をしていた。森林の下草も色あせて、全体的には枯れたように見えた。

「えろう殺風景なところだな」

関根恒吉《つねきち》がいった。恒吉は関根家の分家の後取りで、三郎より五つ年上だったが、この日の見物に加わっていた。

恒吉のいった殺風景なところということばがその場にぴったりした。たしかにそこは近よりがたいほど、殺風景であり、そのあたりの地下で、鉱石を掘っている鉱夫たちの姿が更に、陰鬱なものに想像された。

　関根三郎は一行の先に立って、その殺風景な盆地へおりていって事務所へ入って、鉱山を見学したいと申し入れた。チャールス・オールセンに誘われて、見学に来たのだということも忘れずにつけ加えた。はじめは、面倒くさそうな顔をしていた事務員も、オールセンの名前が出ると、すぐ席を立って、彼を迎えに行った。事務所の入り口の棚の上に鉱石が並べてあった。説明書きの紙片が飯つぶで貼りつけてあった。関根三郎はそこで黄銅鉱、黄鉄鉱という専門語を初めて知った。

　金色の鉱物がきらめいている黄銅鉱は美しくもあった。金色に輝くものが、金ではなくて銅であるだろうことは容易に分ったが、この硬い石の中から、銅だけを取り出すことは容易でないことが想像された。背後に人を感じてふり向くと、チャールス・オールセンが笑いながら立っていた。

「私はあなたがきっと来るだろうと思って待っていました」

　オールセンは関根三郎の手を握りしめていった。そしてすぐみよの方へ向きをかえると、

「大きくなりましたね、よくここまでひとりで歩いて来ましたね」

　と、みよにもあいそよく話しかけた。三郎は、最初はしばらくもたついたが、すぐ馴《な》れた。みよが来年は小学校へ入る予定だといい、今日はどうしてもついていくと聞かないからつれて来たのだと話した。みよのことを話すのは容易だった。通訳らしい男が来

たが三郎が英語を話すのを見ると、すぐに姿を消した。

「では早速、御案内いたしましょうか」

オールセンは、両手をいっぱいにひろげていった。

「この地下は、みんな銅の鉱石でいっぱいです。おそらく此処《ここ》は間もなく日本で一番大きな銅山の一つになるでしょう」

オールセンは、三郎が、去年にくらべると、はるかに英語が上手になったのを見ると、一方的に話し出した。三郎が聞きかえしたときだけゆっくりしゃべった。三郎は時々、オールセンに待って貰って、彼の話の大要を村の若者たちに伝えてやった。

坑道は暗くて長かった。手押しのトロッコに鉱石が積み込まれて運び出されて来るのに出会うと、一行は、つめたい坑道に背を当ててやり過ごさねばならなかった。坑道の壁には水が流れていた。

坑道の奥で、数名の人夫がカンテラの灯をたよりに石ノミを使って鉱石を掘っていた。彼等が敷いている藁《わら》の尻当てが、暗い坑道の中で異様なものに見えた。オールセンは、石に穴をあけて、そこに火薬をつめて爆破して、一度に多量の石を採掘するのだと説明した。

掘り出した鉱石の中から、良質な鉱石をより分ける選鉱場には老人と婦人の姿があった。精錬所には大きな熔鉱炉があって、その下端の真っ赤に焼けた口元から火花を上げながら赤い流動体が押し出されていた。精錬所に入って初めて熱気を感じた。そこを出て、つめたい風に当たるとほっとした。精錬所の煙突の煙はやや濃くなったようであった。オールセンは、一行をやや離れたところに建ててある彼の私宅に連れていった。そこで彼は魔法瓶に入った熱いコーヒーをコップについでひとりひとりに手渡した。砂糖は壺のまま彼等の前に置いた。

村の者たちはおそるおそる、その濁った液体を口に持っていき、そして、みんながみんな同じように、苦い顔をした。

三郎はコーヒーという名は知っていたが、飲んだのはその時がはじめてであった。みよはおそろしい物でも見るような眼で眺めていて、手は出さなかった。

「本で読んだほどうまくはない」

味はどうかと訊かれたから三郎は率直に答えるとオールセンは笑っていった。

「そうです。日本人が、そのコーヒーの味が分るのは、まだまだ遠い先でしょう。そのコーヒーの味は、うちの会社のボスも分らないですからね」

オールセンはやや暗い顔をしていった。うちのボスというのは、現在この鉱山を経営している中橋真造《なかはししんぞう》のことだとすぐ分ったが、なぜ、オールセンがそんなことを三郎にいったかは分らなかった。

「この鉱山の経営者は近いうち変わるかもしれない。新しい経営者が来れば、今のようなやり方はしない。電力と機械力を多量に持ち込んで来て大がかりな採掘が行なわれ、大きな煙突もたくさん建つでしょう」

オールセンがいった。

「電力と機械力と大きな煙突？」

三郎はその新しい言葉が気になった。

「そうです。これからは、そうでなければ競争に負けます、大がかりにやらねば鉱山の採算は取れなくなるでしょう」

「たとえ、経営者が変わっても、オールセンさんはここに止まるのでしょうね」

しかし、オールセンは大げさにそれを否定していった。

「日本はもうヨーロッパの技術をそれほど必要としないようになりました。私は近いうち許婚者《フィアンセ》の待っているスウェーデンに帰ることになるでしょう」

そして彼は机上から一枚の地図を持って来て三郎の前にひろげると、前よりもゆっくりした口調で話しだした。

「私はこの鉱山に来てから四年になります。四年の間にいろいろと風のことを調べました。この付近では冬は西風が吹きますから、煙は、日立村を通って太平洋の方へ流れていきますが、春から秋にかけては、宮田川の谷に沿って吹き上げて来る南東の風がもっとも多いから、将来、この鉱山が大きくなり、精錬が活発になり、煙突から多量の煙が排出されるようになると、煙は南東風に乗ってあなたの村の方向へ流れていくことになります。煙が多量に流れていけば、木も枯れるでしょうし、作物も枯れるでしょう。これはおそらく必然的な運命でしょう。そうなればあなたは、被害者の代表として、鉱山の経営者と戦わねばならなくなるでしょう。せっかく英語が上手になったけれどどうやらあなたは、外交官になっているわけにはいかないでしょうね。そして、この可愛い、あなたの未来の奥さんも、大使夫人ではなくて、あなたのよりよい協力者となるでしょう」

オールセンは言葉を切って外へ眼をやった。鉱山事務所の入り口に二頭立ての立派な馬車が止まったところだった。

「関根さん、私はこれであなたにお別れをいわねばならない。この鉱山の次の経営を希望する人が調査団を派遣してよこしたのです」

オールセンは関根三郎の手を堅く握って外へ出て行った。

馬車から三名の男がおりた。三人とも洋服を着ていた。靴を履き巻き脚はんをつけていた。馬車をおりた一人は、その場で地図を開いて、現場と照合をはじめた。一人は帳面を開いて、付近の建て物に眼をやっていた。そして一番最後に馬車からおりた長身痩《そう》躯《く》の男はポケットから双眼鏡を出して眼に当てた。

男は双眼鏡を付近の地形から、順次、近くの建て物に移していった。双眼鏡の動きが止まった。関根三郎の姿を捕えたようだった。三郎は双眼鏡の奥で、自分の顔を観察している男の眼を感じた。

「おれは入四間村の関根三郎だ。君は何者だ？　君はここに近いうちにやって来る経営者なのか、それとも、その輩下なのか」

三郎は心の中でそういった。その男と対抗している自分をはっきり意識した。

2

明治三十八年は露軍の旅順要塞陥落の朗報と共に明け、三月には奉天会戦で、わが陸軍は大勝利をおさめ、五月に行なわれた日本海大海戦では、わが海軍は露軍の大艦隊を撃滅した。

九月に入って、ポーツマスで日露両国の間に講和条約が締結された。樺太の北緯五十度以南を日本領土とし、東清《とうしん》鉄道は長春以南を日本に譲与するという二項の他、表面的には見るべきものはなかった。当時の日本とすれば、せいいっぱいの要求であり、むしろ日本外交の勝利と見るべきであったが、戦勝に酔っている一般国民は、この結果を、軟弱外交と見た。

九月五日には東京の日比谷公園で政府糾弾の国民大会が開かれ、興奮した数万の群衆と警察官との間に乱闘が生じ、交番が焼き打ちされ、内相、外相官邸が襲われた。都下に戒厳令が布かれ、東京朝日、大阪毎日、万朝報などは一時的発行停止の処分を受けた。関根三郎もポーツマス条約の結果を憤る国民の一人であった。

「日本の軟弱外交を是正するためには、骨のある外交官が必要だ」

彼は眼を輝かせ、こぶしをふり上げて叫んだ。そして関根三郎は、その骨のある外交官は自分自身を置いては他にないと思った。彼は第一高等学校を経て東京帝国大学へ進み、外交官になろうと決心したのである。

「君なら、おそらく大丈夫だろう」

担任の村松教諭も、三郎の進路についてなんらの危惧も抱かなかった。

三郎は真剣になって勉強した。結局この一年が、彼の生涯を決めてしまう大事なときだと思った。彼の部屋の灯は夜おそくまでついていた。十月に入って間もなく、赤沢銅山の本山《もとやま》で山神社の祭りがあった。山神社は、天正年間に佐竹義重《さたけよししげ》が銅山を掘っていたころ銅山の鎮《しず》めの神としてまつられ、それ以後銅山の守護神として銅山の関係者によって毎年祭事が行なわれていたのであった。この山神社の祭事に近村の有力者が招待された。

入四間村では、関根兵馬のほか十名ほどの代表者が招かれた。山神社の祭事に入四間村が呼ばれたのは前例のないことであった。その夜、おそく関根兵馬は分家の関根恒吉に抱きかかえられて帰宅した。ひどく酔っていた。関根兵馬は所謂《いわゆる》酒飲みではなかった。晩酌をたしなむていどであった。所謂酒飲みではないが、飲ませればいくらでも飲むし、飲んでも崩れないというので、村中で一番酒は強いということになっていた。

いくら飲んでも崩れない兵馬が、恒吉の介添いを受けて帰宅したのは、関根家にとって一大事であった。

「三郎を呼べ」

兵馬は家に上がるとすぐそういった。帰ろうとする恒吉にも、もうしばらく居るようにいって、這うようにして、上座敷に入っていった。上座敷はよほどの客人が来ないかぎり使う部屋ではなかった。武家でいう書院に相当する、いわば、公的な会合に使われる応接間であった。兵馬は家人に行燈《あんどん》を持って来るように命じた。三郎は、なぜ兵馬が彼を上座敷に呼んだかその意図が分らなかった。三郎がその部屋に入ったときには、兵馬は脇息《きょうそく》にもたれかかって荒い息使いをしていた。

「それ敵の策を破らんとすればその策をつまびらかに知るべし、という言葉がある。おれは敵の策をつまびらかに知るために、飲めるだけ飲んだ。酔い痴《し》れた顔をして、じっと敵の動きを見詰めていたのじゃ」

兵馬の口はもつれ気味だった。

「敵？」

三郎ははじめて聞く敵という言葉に思わず居ずまいを直した。

「赤沢銅山のことじゃ、いままで銅山の山祭りには、この村の者を呼んだためしはないのに、今度村の者を呼んでふるまったのは、彼等の腹の中に一物があるからだ。しかも、今日の山祭りの主催者は、赤沢銅山を買い取ることに決まった木原組だ。いったい彼等の腹の底になにがあると思う」

そう前提して兵馬は、その日の祭事のあとの招待の宴について話し出した。宴会は本山の事務所の二階にある宿舎の襖《ふすま》を取り払って行なわれた。水戸から五名の美妓が馬車で呼ばれていた。一世の名妓といわれた、水戸のお琴がその艶麗な姿を見せた。

「鉱山もいままでと違って、ずんと規模も広くなるし、なにかと御近所のお世話になりますから、今後ともよろしく願います」

鉱山側の接待役はそういって酒をついだ。

「この付近に従業員の家族宿舎が建つと、鉱山の人口はたちまち千人を越すでしょう。その人たちが毎日口にする野菜は、距離的に一番近い入四間村へお願いすることになるでしょう」

そんなことをいう者もいた。

「おれはすすめられれば飲んだ。飲みながら相手のいうことをよく聞いて見ると、鉱山の経営者が変わると同時に、十倍ほどの人が銅山に入って来ることになるらしい。十倍の人が入って来て、十倍の生産を上げるためには、煙も十倍は出すことになる。現在、煙のために木が枯れている範囲を十倍に延ばすと、入四間村の山林はおろか、この村の上にまで煙がやって来ることになる。煙ばかりではない、もっともっと悪いことが起こるかもしれない。いや必ず起こるとおれは考えたのだ」

兵馬は一口飲んで声を高めていった。

「三郎、まさにこれは、入四間村はじまって以来の憂うべき事態が到来しようとしているのだ。オールセンがお前に予告したとおりのことが起ころうとしているのだ。それでおれはお前にたのみがある。お前は来年の春、中学を卒業すると高等学校へ進学しようと思っているようだが、その考えを捨てて、おれのかわりになって村のために働いて貰いたいのだ」

「お祖父《じい》様のかわりに」

三郎はへんだなと思った。いつも若い者には負けないと強気一方でいる兵馬が、おれのかわりなどといったことが解《げ》せなかった。

「年齢《とし》だ。七十五という年齢には勝てぬ、おれは、酔った。酔うまい、酔うまいといくら気をつめて飲んでいてもとうとう酔った。酔わされてしまった。人の手を借りないとひとりで帰れないほど酔ったのだ。おればかりではない。この恒吉を除いて、村の人はみんな酔わされてしまった。そしておれはつくづく思ったのだ。新しい強大な敵に対して、老人ではだめだとな。三郎のような若い者が立ち向かわないと、この小さな村はひとたまりもなく攻めほろぼされてしまう。そう思ったのだ」

「それでお祖父様は、私にどうしろとおっしゃるのですか」

「進学の希望をやめて、おれの後を継ぐと、いまここで宣言して欲しいのだ」

兵馬は脇息から身を起こして姿勢を正そうとするのだが、それができなかった。苦しそうだった。

「私はこの家を継ぐために養子として迎えられたのです。御心配は要りません」

三郎は、その自分の言葉がなにか白々しいものに思われた。

「そうではない。おれは、もっと現実的な証拠を見せて貰いたいのだ。進学をやめるといってくれ。おれがお前とこうして口が利ける間に、はっきりと、来春中学校を卒業したら、この村にとどまるといって貰いたいのだ」

だが、三郎は、それなら進学を思いとどまりますと、即座に返事はできなかった。いくら養子だからといって、なにからなにまで祖父の命令に従わねばならないことはない。いざとなったら、この家をとび出してもかまわないと思っていた。もともと、この家へ養子に来ることを反対していた長兄の作一郎《さくいちろう》をたよって上京してもいいと考えていた。作一郎は東京で医業にたずさわっていた。

三郎の沈黙を拒絶と見たのか兵馬は、声を荒げて回答をせまった。ついには立ち上がろうとした。声を大きくすればするほど言葉がもつれた。祖母のいねが止めても止まらなかった。恒吉がうしろに廻って兵馬を押えた。突然兵馬の全身から力が抜けた。彼はそこにくずれこむように倒れた。なにかいったが、言葉にはならなかった。手真似でなにかをいねに要求した。水が欲しいといっているようだったが、水を持って来ても、その茶碗を自分で持つことができなかった。

兵馬は中風の発作を起こしたのである。兵馬は、その日から床についた。

十一月になると急に寒くなった。

その朝、三郎は、いつものように愛馬弦月を引き出して、それにまたがろうとしていると、赤沢銅山から、三郎あてに手紙を持った使いの者が来た。チャールス・オールセンの手紙だった。

「ゆうべのうちにと思いましたが……」

使いの者は恐縮した顔で頭を掻《か》いた。三郎はいそいで封を切った。その朝、赤沢銅山を離れて帰国するという内容のものだった。

三郎は弦月に鞭《むち》を当て、峠を目掛けて駈け上がっていった。もしかすると、オールセンはもういないかもしれないと思った。峠から本山までの下りの道は細くて危険だったから、馬からおりて、三郎が先に立った。本山一帯が見おろせるところまで来ると、事務所の前に、二頭立ての黒塗りの馬車と一群の人が見えた。

「間に合ったぞ」

三郎はそう思った。その馬車がオールセンが乗っていくものに違いないと思ったのである。三郎は途中から再び馬に乗った。赤沢銅山の門は一気に駈け通って二頭立ての馬車の前で馬をおりた。

そこには大勢の人々にかこまれてオールセンが立っていた。それまで、オールセンの下で働いていた五十人ほどの鉱夫が全員そこに顔を揃えていた。オールセンは、その鉱夫たちの一人一人と握手して別れをおしんでいた。髯面《ひげづら》の顔で涙をぬぐっている鉱夫も、ひとりやふたりではなかった。三郎は、オールセンとその周囲の者との異常な雰囲気を黙って見詰めていた。オールセンと一緒に働いていた一群の人々と対照的に、ひややかに見えるほど、かたぐるしい表情をして立っている一群があった。オールセン技師との技術的引き継ぎの一切を終わった、新しい経営者木原組の幹部たちであった。

　彼等はオールセンとその部下たちの別れにほとんど関心を示さないばかりか、なかには、なんかいら立たしげに、靴の先で大地を掘っているものがいた。乾いた赤土に小さい穴ができていた。

　オールセンは彼等の部下の全部と握手すると、木原組の代表とおぼしき男のところへ大股で近よっていって握手した。

　三郎は、その長身痩軀の男を知っていた。去年の夏、来たときに、双眼鏡を覗いていた男であった。紳士然とした口髭をたくわえている男だった。紳士は、紳士以上に貴公子然としていて、流暢《りゅうちょう》な英語でオールセンに別れの挨拶を述べていた。三郎は、その紳士が、口元に微笑さえ浮かべているのを見ると、少なからざる反発を感じた。

敵対感情に似たものだった。三郎にはその紳士の靴も、洋服も、帽子も、気に入らなかった、もちろんその口髭は我慢できないほど愚劣な象徴に見えた。

　紳士との挨拶が終わったオールセンは、彼を送りに来ている一同の中に一人でもお別れをいいそこなった者はいないかというような眼であたりを見廻した。そして、人垣のうしろに立っている三郎を発見したのである。

「おお関根さん、よく来てくれました。私はあなたにさよならもいわずに日本を去らねばならないかと心配していましたよ」

オールセンは三郎の手を取っていった。

「ほんのしばらく前に、あなたの手紙をいただいて、あなたが、ここを去ることを知ったのです。私は非常に驚きました。私は馬に乗って峠を越えて来ました」

その挨拶の英語は来る途中で頭の中で考えていた。だから、素直に口から出た。三郎は、そこにいる多くの人たちが、三郎の口から発せられる異人の言葉に驚きの眼を見張っているのを意識した。得意だった。あの口髭の紳士がしゃべる英語よりは、おれの英語の方が上手だと自負していた。彼は口髭の紳士の視線を熱く感じながら次の言葉をいった。

「オールセンさん、あなたはなぜここを去るのです。あなたは、あなた自身の意志によってこの鉱山を棄てたのですか、新しい経営者があなたを捨てたのですか」

だがオールセンは、それについては核心をぼやかして、

「私は、私の国に残している、許婚者《フィアンセ》が恋しくなったのです。だからスウェーデンへ帰るのです。その気持ちは、やがてあなたも分るようになるでしょう」

そういって笑うと、三郎の肩に両手を置いて、

「関根さん、いかなることが起きても、勇気《カリッジ》と忍耐《ペイシャンス》を持って……分りますね。勇気と忍耐という言葉、それだけがあなたとあなたの美しい村を救うことになるでしょう」

三郎は、オールセンの青い眼の中にある別離の言葉の中にかくされている、彼の愛情を汲み取った。

「分りますね、勇気《カリツジ》と忍耐《ペイシャンス》……」

オールセンは三度、同じことをいった。

「勇気と忍耐、よく分ります。私はあなたから贈られた勇気と忍耐を持って戦います」

戦いますといってしまってから、三郎はしまったと思った。オールセンの眼の中に、それに対する反応が浮かんだが、すぐに消えた。

「私は去るにのぞんで、あなたに私の友人をひとり紹介しなければなりません」

オールセンは、そういうと三郎の手を取って、口髭の紳士のところへつれていった。

「木原吉之助《きはらきちのすけ》さん、新しい鉱山の経営者です」

だが、三郎はその口髭の紳士に進んで手をさし出そうとはしなかった。三郎は、この木原吉之助なる男のひややかな眼ざしに対して燃えるような眼を向けたまま突っ立っていた。

「木原です、よろしく」

木原吉之助の方から握手を求められて、三郎はあわてて手を出した。木原の手は、見掛けによらず、労働者のように厚くて固かった。

「関根、受験するしないは七月になって決めるとして願書だけは出して置いたらどうかな」

村松教諭が関根三郎にいった。卒業式がせまっていた。村松教諭はそれまでになんとかして関根三郎の気持ちを進学に向けようと考えていた。三郎こそ草深い田舎に埋もらしてはならない人物だと村松長八郎《ちょうはちろう》は思っていた。教え子の将来を決定するのは教師の任務であると考えている村松は、それまでにも何回となく関根三郎に進学をすすめたが、三郎の決心はつきかねているようであった。

「家のことは大事だ。村のことも大事だ。しかし、それよりもっと大事なことがある。国だよ。わが国は君のような前途有望な青年を求めているのだ。君が家を離れたといって、関根家が亡びてしまうということはあるまい。君が大学を出て立派な紳士になるころには、みよさんも年頃の娘さんになっているだろう。そこで結婚して、幾人か子供を生み、その一人を関根家の後継ぎにする――こういうことはどこにでもあることだ。少しもおかしいことではないし、功利的な考え方でもない」

関根三郎は黙っていた。

村松先生は、まだ自分のほんとうの気持ちを知らないでいるのだ。自分が迷っているのは、進学と家へ残ることを天秤《てんびん》に掛けているのではない。今自分の頭の中を占領しているものは、村のすぐ上の山へやって来て、盛んに銅鉱を掘り出している木原鉱業所に対しての、抵抗感である。恐怖感といった方が当たっているかもしれないが、チャールス・オールセンが、予言した、なんらかの煙の被害《スモークポルーション》は、彼が去って、半年にもならないうちに、現実的なものになりつつあった。本山の精錬所からは、従来と比較にならないほどの多量な黄色い煙が排出され、付近の樹木に被害を与えはじめていた。この春になって新芽を出し切れないでいる木が、いちじるしく増えたばかりでなく、芽吹いたばかりの新芽が、煙に触れて、そのまま、生長を止めてしまったものもあった。

「なあ、関根君、よく考えて見たまえ、大乗的見地に立てば、家などということは、小さいものだ。君には、天から与えられた才分がある。江崎教諭も、君の語学力には驚いていた。君ならば、第一高等学校には必ず合格できるといっている。第一高等学校から東京帝国大学、そして外交官になるだろうと期待している者は一人や二人ではない」

「ぼくは家にだけこだわっているのではありません」

三郎がいった。

「家だけに？　すると、なにかほかにこだわっているものがあるということだな、いったいそれはなんだ。なんにこだわっているのだ君は」

だが三郎は、それには答えなかった。村松教諭に、鉱山のことを話しても、おそらく理解してはくれないだろうと思った。村松教諭だけでなく、自分以外の誰にも、この気持ちは分らないだろうと三郎は考えていた。

木原吉之助が三郎の頭の中に立っていた。木原はひややかな顔で、三郎を見おろしていた。口髭をぴんと撥ね上げた長身痩軀の紳士、木原吉之助は瞬《まばた》きもしなかった。赤沢銅山を買収して、本山に入ってきた木原は、ひとつきも経たないうちに木原鉱業所を設立して鉱山の拡張に手をつけた。

三郎は、木原吉之助と二度会った。一度は一昨年、双眼鏡で覗いている木原を望見し、そして去年の十一月には、チャールス・オールセンに紹介されて木原と握手した。固い厚い手であった。

そのとき三郎は、木原との宿命的な対決を自覚していた。それは理屈ではなく、天の啓示のように三郎の頭の中にとびこんで来たことであった。

いまのところ、木原吉之助は三郎にとって、敵でも味方でもなかった。年齢も二十余のへだたりもあるし、だいいち、話し合ったこともなかった。だが、三郎には、その木原吉之助が、彼の生涯を賭けて戦うべき相手に思われてならなかった。木原吉之助に対して、三郎が敵意をいだいたというのではなかった。競争者《ライバル》といったような存在ではなく、とにかく、いかなる型式においても戦わねばならない相手であるということだけが、三郎の頭の中に固定観念として沈みつつあった。

木原吉之助を相手として戦うためには、家をはなれることはできなかった。戦いである以上城が必要であり、その城は関根家であり、そして城を中心に集まって来る力は、入四間村そのものでなければならなかった。

三郎はまだ十七歳であった。その若さで、村の長老をさし置いて、先に立つというのはいささか出しゃばった考え方に思えないでもないが、少なくとも彼自身その考え方はおかしいとは考えていなかった。関根家はこの村の中心的旧家であり、その家の当主関根兵馬の代弁者として、関根三郎が村の先頭に立っても少しもおかしくはなかった。三郎は既にそこまで考えていた。

「とに角、願書だけは出して置こう。ほかに第一高等学校を受験する者が二人いるから明後日、まとめて東京へ送る。いいな」

いいなは半ば命令であった。

「願書は出しても、受験するかどうか分りません」

三郎の心の中では、受験するつもりはほとんどなくなっていたが、担当教諭の村松長八郎には、そう答えるより、仕方がなかった。村松教諭は、三郎のその答え方に満足したように、長い髭をしごいた。

「願書を出すと、不思議に、試験を受けて、見たくなるものさ、そして、合格すれば、進学したくなるものさ」

村松は笑った。

村松教諭のその言葉は、あながちでたらめではなかった。中学を首席で卒業した三郎が、村へ帰って、ひとつきも経たないころ村松教諭から、上京するついでがあるから、第一高等学校を見に行こうという誘いを受けた。第一高等学校を受験する他の二名も同行すると書いてあった。

入学試験は七月であった。まだふたつきもあったが、その前に東京へ三郎たちをつれて行こうとする村松の気持ちは、三人の受験生の試験に対しての闘争心を掻き立てようという狙いであった。

三郎は、祖父の兵馬といねには、村松教諭に誘われて、東京見物に行って来るとだけいった。受験の下見だということは口にしなかった。三郎は東京へ出発する前に、東京にいる兄のところに手紙を出した。

三郎は東京がはじめてではなかった。関根家へ養子に来る前に一度上京したことがあったが、十二歳のとき見た東京と、十七歳の眼で見た東京ではなにもかも違って見えた。

第一高等学校は本郷区向ヶ岡、弥生町《やよいちょう》にあった。

「太田中学校より大きいな」

と、三郎の同級生の森常雄がいったので大笑いになった。

村松教諭は三人が受験に来て泊まるべき旅館までその近くにちゃんと予約していた。その夜は、そこに泊まった。三郎は、そのときはまだ、第一高等学校に入りたいという気にはなっていなかった。その翌日、三郎は村松たちと別れて、兄の家を訪ねていった。兄の作一郎は、三郎が第一高等学校の下見に来たことを聞いて喜んだ。一生懸命勉強して、ぜひ難関を突破するようにすすめたが、

「さあ、受けるかどうか分らない」

と三郎がひとことといったことから、作一郎は三郎に迷いがあることに気がついて、その根源を突いて来た。三郎は、できるかぎり彼のいまの気持ちを兄に納得して貰おうとしたが、兄の考え方は村松と少しも違っていなかった。違っていないどころか、兄の方がずっと強烈だった。学問なくしてなにがあろうかというのが兄の意見だった。

「家に帰らず、このまま東京にいて勉強しろ、責任はおれが負う」

兄はそんなことまでいった。

その翌日、三郎はひとりで汽車に乗った。

「なにをやるにしても、学問がなくてはだめだ。たとえ将来鉱山と、お前の村との間に問題が起きたとしても、そのとき役に立つのはやはり学問だ。そう思って、勉強したらいいではないか。外交官にならなくともいい、家が大事なら大学を出てから家へ帰れ」

家が大事なら大学を出てから家へ帰れといった兄の言葉は三郎の気持ちを変えた。あの木原吉之助と対等にものをいうためにも、高等教育を受けねばならない。そう思うと、のんきな顔をして汽車の旅なんかしている自分自身が恥ずかしかった。

三郎は家へ帰って机に向かった。猛烈な勉強をはじめた。

三郎が高等学校の試験を受けることはもはや隠しては置けなかった。いねがまず気付き、それを兵馬に伝えた。関根兵馬は寝たままだった。このごろはいうことがほとんど分らなくなっていた。いねだけがどうやらそれを察し取っていた。兵馬はいねの口から三郎が高等学校の試験を受けるということを聞くと、一瞬眼を見張った。去年の十月、倒れる直前に、三郎に進学もあきらめさせようとしたことのある兵馬に、養家の当主の意志にさからって高等学校を受験しようとする三郎を許しておける筈がなかった。だが、兵馬は、それを口に出さなかった。いねの口を通じていえばいえないことはなかったが、病に臥《ふ》してから、兵馬は、ずっと気が弱くなっていた。彼はこらえた。泪《なみだ》が頰を濡らした。いねが、それを見落とすはずがなかった。

のである。

「親不孝者め」

といねは三郎を叱った。祖父であっても、親がわりであるから、親不孝者めといった

「そんな親不孝者はこの家にいないでもいいから、水戸へ帰っておくれ」

といった。はじめはおどかしで、そのあと泣いてたのんだが、三郎の意志にかわりがないとなると、いねはほんとうに怒った。

「さあ、いますぐ帰っておくれ」

本気で怒り出したいねの前に三郎は黙って坐っていた。このままではすまされなかった。一応は水戸へ帰って、父から話して貰うより仕方がないと思った。三郎は、机の上のものを片づけ始めた。受験勉強に必要なものをひっくるめて、カラクサ模様の大風呂敷に入れた。それまで、黙ってすべてを見ていたみよが、突然大声を上げて泣き出した。

「お兄ちゃん、行っちゃあいや、お兄ちゃんが水戸へゆくなら、みよも一緒に行く」

といって泣き叫んだ。泣き叫ぶばかりではなく、祖母のいねを、小さな手で、ばかばか、おばあさんのばかといってたたくのである。みよは九歳になっていた。九歳の子に本気になって打たれると痛かった。

いねは、予期しないみよという強敵にまったく面喰った。可愛い、可愛いで育てて来たみよは、いねの宝物だった。いねそのものだった。そのみよに、ばかといって、反抗されたのだから、いねはたじたじとなった。女中が、いねを呼びに来たのを、いいしお

にして、いねは、泣いているみよをそのままにして兵馬のところへ去った。兵馬はもつれる舌で、いねにいった。

「三郎のしたいようにさせておけ、あれは利口者だ、けっして、この関根家をきずつけるようなことはしない」

いねは、兵馬の口元からそう読み取った。

七月になって、三郎は第一高等学校の受験のため上京した。試験はまずまずであった。自分の実力いっぱいの答案を書きましたと、帰って来て、兵馬に報告した。九歳のみよには、千代紙と手毬《てまり》を土産に買って来た。みよは、土産物を抱いてにっこり笑った。なんと可愛らしい笑い顔だろうと三郎は思った。

分家の関根恒吉が三郎の帰るのを待っていてたずねて来た。

「三郎さん、山へ行かねえかね、このごろまた煙害が一段とひどくなったようだで」

恒吉のいった煙害ということばが三郎に奇妙なものに聞こえた。その煙害ということばこそ、あのチャールス・オールセンがいった、なんらかの煙《サムスモーク》の被害《ポルーション》なのだと思った。英語のそれより、日本語の煙害の方が、ずっと簡明だと思った。

恒吉と三郎は入四間の村をはなれて、峠の方へ歩いていった。ひどく暑い日であった。午後になると夕立ちでも来そうな空模様だった。入道雲になりかけの雲があっちこっちに浮かんでいた。

恒吉は峠のいただきから、本山の方へはおりず、右側に折れて山道へ入っていった。

尾根どおしにしばらく歩くと、三郎は、悪臭を嗅いで思わずくしゃみをした。鉱山から出る煙が、その辺まで来ていたのである。

「このあたりの山は、本宅の山だ」

と恒吉は、そのあたりの杉林をゆびさしていった。樹齢は百年ほどのものであった。見廻したところ異常はなかったが、杉林を越えて、栗の木の林に入ったとたん、三郎は声を上げた。栗の葉は半ばは落ちていた。痛い目に合わされたように、ちりちりと内側に葉を巻いているものもあった。ようやく葉を出したが、それ以上延びることを思い止まったような葉の延び方のものも多かった。

尾根を越えて下の本山の鉱山地帯が見えた。初めて来たときより、更に数棟の家が増築されていた。入四間村全体よりも多数の人間が住んでいるように見えた。煙突からは黄色い煙が濛々《もうもう》と立ち昇っていた。選鉱場からは、おおぜいの女の声が聞こえた。女の声の中に太い男の声が交っていた。

「あれを見ろやい」

恒吉がいった。

事務所の前に馬車が二台止まっている。事務所から十名ほどの人がおりて来て、その馬車に分乗した。

「あれは村の人たちじゃあないか」

「そうだ、村の委員たちだ」

「委員？」

三郎はその日になって、二度目のおかしな言葉を聞いた。

「委員ってのはな、相談会に出席する委員のことだ」

恒吉は、鉱山と村との間にいろいろと利害関係が起こった場合に、村を代表して、会社と相談する村の委員の人名を上げた。聞く必要はなかった。彼等は、いま馬車に乗りこむところだった。三郎は眼はよかったから、その一人一人の村の委員の表情まではっきり見えた。

「村の委員が馬車に乗ってどこへ行くのだ」

「多分、日立村の宮田あたりの料理屋だろう」

「なぜ料理屋へ行くのだ」

恒吉はそれには答えずに、

「おれも委員だが、おれは今日は出なかった。三郎さんにいいたいことがあってな」

恒吉は三郎より五つ上の二十三歳だった。委員の中ではもっとも若年であった。

「このままだと、村はえれえことになってしまうと思うんだ。会社は、表面では、村の委員を、委員様、委員様で、たてまつっている。だが、かげでは酒のもてなしに酔いしれている委員に赤い舌を出している」

恒吉はそういって溜息を洩らした。

「困ったことだな」

三郎は、そろそろ大人たちの世界が見えて来る年頃だった。酒というものがどういうものかも間接的には理解できる年であった。

「三郎さんは酒を飲んだことがあるか」

恒吉がいった。

「飲んだことはないが、飲んだ人を見ると、酒というものがどんなものだかは分る」

「まず酒を追い出さなければならない」

恒吉はまたおかしなことをいった。

「酒なしで、会社と交渉できるような委員の組織を作らないと、会社にやられてしまう」

恒吉の声は悲壮な響きを持っていた。

「おれはな三郎さん、足尾銅山の鉱毒事件のことで、ちょっと気になる話を聞いて来た。酒を飲まされて、発言力を失ったごく少数の代表の存在が、ずいぶん農民側に不利になったという話だ」

「それで……」

三郎は恒吉の顔を見た。それで、このおれをなんのために、ここまで引っ張り出したのだと聞こうとした。

落ち葉を踏む音がした。黒のつめえりの洋服を着て、ゲートルを巻き、わらじをはいた男が、近づいて来た。

男は、ふたりにちょっと会釈してふたりの前の、葉を落とした栗の木の下に立ち止まって、ポケットからノートを出した。色の黒いがっちりした体格の男だった。

その男は葉の枯れた栗の木を見上げながら、ポケットに入るぐらいの小型ノートになにかしきりに書きこんでいた。枯れ落ちた葉を手に取って調べたり、ちぢこまった葉を延ばして、拡大鏡で覗いて見たりするのは、たいへん専門的な調査をしているように見えた。その辺は私有林だから営林署の技師が入りこむことはないし、どこかの学校の先生の、物好きな研究調査と考えるのも当を得ていなかった。

鉱山の人かもしれないと三郎は思った。カーキ色の作業服を着ている男が、技師として鉱山に働いていた。一般作業員は、ハッピ股引き姿で働いていた。その男はカーキ色の作業服を着ていないから鉱山の技師ではなさそうだった。黒い詰め襟の洋服を着て、カンカン帽をかぶり、ゲートルに草鞋履きのその姿はいかなる職業を想像しても、いま、その男のやっていることと接続しなかった。

「なにをしているのですか」

三郎はたまらなくなって訊いた。それ以上黙っていることはできなくなったのである。

「煙害の基礎調査をしているのです」

男は、ごっつい顔に似合わず、静かなおっとりとした声でいった。

「鉱山の人なんですか」

「そうです。鉱山の地所係の者です」

「地所といいますと、この地所……」

三郎は大地を足でふみしめていった。

「そうです、土地の地所です」

男も、三郎のやったように大地を草鞋で踏みしめると、

「鉱山を運営するについて必要な、地所の貸借、買い上げ、損害賠償などの調査をやっている係の者です」

そういう係の人ならば恒吉が知っている筈だと思って恒吉の顔を見たが、恒吉は知らんふりをしていた。前の鉱山と違って木原鉱業はずっとスケールが大きいから、地所係の人も大勢いるに違いない。恒吉が村を代表する委員だからといっても、中には知らない人だっているだろう。三郎はそう思い直した。

「損害賠償というと煙害の？」

「そうです。いまのところは煙害に対する損害賠償が、もっとも大きな問題になりそうですね」

「だから、煙でやられた栗の木を調べていたというわけですか」

三郎はなるほどといったような顔でうなずいていたが、急に、態度をかえて、

「小坂銅山では、煙害の賠償はうまくいっていますか」

三郎は飛躍した質問をした。その男が、そういうことに馴れているところを見ると、彼もまた、あの長身痩軀の紳士木原吉之助とともに、小坂銅山からこの地へ乗りこんで

来た中の一員であろうと思ったからであった。

「小坂では……」

男の顔に一瞬、暗い翳《かげ》のようなものが浮かんだが、男はそのあとをなんとつづけていやら考えているようであった。

「うまくいってはいなかったのですね」

三郎は男の心を突いた。

「うまくいっているといえば嘘になります。煙害の補償ということは、なかなかむずかしい問題です。利害関係ばかりでなく感情問題がからまるからです」

男は補償という聞きなれないことばを使った。賠償と補償とが、どういうふうに違うのか三郎には分らなかったが、煙害については補償という言葉が慣例として使われているのだなと思った。

「感情問題というと、具体的にはどういうことなのでしょうか」

三郎は質問をやめなかった。

「要するに相手を理解し合うということの努力が不足するために、お互いが敵意を抱くことです。こうなると、金銭だけで処理することはできなくなるのです。被害者側は会社側に誠意がないものと思いこみ、会社側は被害者たちの要求は、不当なものだと思うようになると、いつまで経っても、解決はつかないのです」

「結局、どうなるのです」

「どうにもなりません。鉱山側も引くことはできず、被害者側も妥協は即ち敗北と考えるようになり、ついには共倒れの状態に落ちこんでしまいます」

男はそこまでいうと、三郎と男との間に生えていた小さな藪を踏みこえて三郎の前に立ちはだかるように出ると、

「私は加屋淳平《かやじゆんぺい》です。私はもともと農業技術を専攻しているものですから、特に、植物の被害については強い関心を持っています」

加屋淳平と自己紹介された以上、三郎も黙っているわけにはいかなかった。

「ぼくは関根三郎……」

三郎は頭を下げた。

「存じています。あなたと会うのは今日がはじめてではありません。去年、チャールス・オールセンが鉱山《やま》を去るとき、馬に乗って見送りに来られたでしょう。あのとき、私は、あなたとチャールス・オールセンと話しているのを見ていました。チャールス・オールセンが、うちの社長をあなたに紹介して、あなたと社長が握手したのも見ておりました」

加屋淳平は笑った。笑うと、ごつい顔が消えて、いかにも人の好さそうな顔になった。三郎はちらっと、関根恒吉の方へ眼をやった。一緒にいる恒吉にも自己紹介して貰いたいと思ったのである。当然そうすべきであるのに、さっきから、加屋が恒吉の方をさっぱり見ないのもおかしいいし、恒吉が加屋淳平にいっこう関心を示さないのもへんだと思

った。

「会社は、近いうち大拡張をするってほんとうですか」

こんな質問を次々と発していながら三郎は、なにか自分が、村の代表でもあるかのような気がした。

「ほんとうです。前の会社がやっていたような経営方針では、とても採算は取れません。機械力、電気力を手一杯使って、近代的な発掘と近代的な精錬をしなければ一流の銅山にはなれないでしょう」

「その近代的精錬というのは、煙がでないようなものでしょうか」

三郎は、ここだけは特に力をこめて聞いた。

「煙は出ます。煙は銅の産出量に比例して多くなります。おそらく、今年の暮れになれば、排出される煙の量は今の五倍になるでしょう。漸次《ぜんじ》増えていって、そうなるのです。そして来年の今ごろになると、今の十倍になるか或いは二十倍になるでしょう」

「すると煙害は……」

三郎は、自分の顔色が変わっていくのを感じた。

「さっきもいったように煙害は多くなります。そして、あなた方の村の代表と、われわれ会社側とが、補償問題でしばしば激しい論争を繰り返さねばならないことになるでしょう」

加屋淳平はそこで言葉を切って、三郎の顔を真っ直ぐ見ていった。

「おそらく、そのときになれば、あなたは入四間村の代表となり、私は会社側の煙害関係の担当係員として補償問題の解決に当たらねばならなくなるでしょう。先のことをいうのはおかしいとお思いになるかもしれませんが、先といっても、すぐ眼の前の問題です。ここでお逢いしたついでに、そのときには、お互いに誠意を持って、問題解決に当たるように努力しようと約束して置こうではありませんか。この問題は感情を先に立ててはだめなんです。あくまでも合理的に冷静に話し合っていかねばならないと思いますから、このさい、そのときの約束をして置きたいのです」

加屋淳平はそういいながら三郎に向かって手を出した。三郎は、加屋淳平のいうことは分った。将来のことといっても、眼に見えた先のことだから、その約束をしても、少しもおかしくはないけれど、なぜ、加屋淳平の方から先に、若輩の自分に手をさし延べて来たのだろうかと思いながら、加屋淳平の手を握った。その手の感触は、木原吉之助の手と同じように、厚くて固かった。

「さあ、これで会社側の一人と入四間村の委員長との間に根本的な心のつながりができた」

関根恒吉が意外な発言をした。

そのひとことで、三郎は、加屋淳平を三郎に引き合わせたのは、すべて関根恒吉の計らいだと思った。恒吉がなにを意図してそんなことをやったのか、おおよそのことは想像できるが、芝居がかったそのやり方には少々腹を立てた。

「恒吉さん、いったい、これはどういうことなんです」

加屋淳平と別れて、恒吉と三郎が峠のところまで来たとき三郎がいった。三郎の顔は怒りで真っ赤になっていた。

「かんべんしておくれよ、三郎さん。おれはいろいろと考えて見て、こうするしかないと思ったから、やったまでのことだ。まあ話を聞いておくれ」

恒吉は多感な青年だった。村の将来を心配するあまり、彼は足尾銅山の鉱毒問題で、世間に名を知られた栃木県佐野町を訪ねた。明治天皇に直訴して、その解決を計ろうとした田中正造《たなかしょうぞう》に会うためだった。たまたま田中正造は不在で会えなかったが、彼は鉱毒問題に奔走している幾人かに会って話を聞いた。鉱山側と折衝するには、まず被害者側の団結を密にすることと、代表者にしっかりした者を置かねばならない。被害者側の代表となった者の一部が会社の懐柔策にあったために団結を乱したことがあったという話を聞くと、会社側の接待の酒に酔いしれている村の古老の誰彼の顔を思い出して、肌寒いものを感じた。そして、もうひとつ、恒吉がもっとも深い感銘を受けて聞いて来た言葉は、鉱山を相手とするには一生をかけてこの問題解決に当たろうとする考えの人が先頭に立たなければだめだ、ということであった。恒吉は、帰途三郎のことをずっと考えつづけていた。現在の村の古老ばかりを集めた委員を交渉の矢面《やおもて》に立たせていたのでは会社のいうなりになってしまうおそれがあった。この村の将来のことを考えて、鉱山と折衝すべきその人は家柄もいいし、頭脳《あたま》もいい、説得力もあるという人でなければならない。それには関根三郎しかないと思った。

「そういうわけなんだ。三郎さんはちょうど中学を卒業したところだから、この際、村のために働いて貰いたいと思って、あの加屋淳平さんに会って貰ったのだ。加屋さんは、いまのところ木原鉱業所の中で、信用置けるたったひとりの人だ。この前の相談会のときも渉外係の八尾定吉《やおさだきち》という人が、村の委員から、本山付近の山林の煙害についての苦情をひととおり聞いてから、よく分りました、会社ではできるだけの補償をいたしますといったときに、加屋さんが立ち上がって、その山林の被害状況について、会社側の調査の結果はこうであったと話し出したのだ。いいかね三郎さん。うちの村では山林の被害状態はろくに調べてもないのに、会社側はちゃんと調べてあったのだ。ところがどうだ。加屋さんが被害調査の話をやり出すと、渉外係の八尾さんはまあまあ、そういう専門的な話はあとにしましょう、別室に酒肴《さけ》の用意もできておりますので、まず村の委員の方々におくつろぎをいただいて――とこういうんです。八尾さんが、村の委員たちを酒で丸めこもうとする腹は見えすいていた。しかし、加屋さんは、ひっこまないんだな。一応、調べたことだけは報告するといってね。結局、加屋さんの調査によると、山林の被害面積は村の委員たちが補償を求めているよりもはるかに、広い面積になったのだ」

恒吉はひといき入れた。

「偉いんだな、あの加屋淳平という人は」

三郎は何回かうなずいた。

「えらいんだ。ほんとうにあの人は偉い人だと思います。おれは酒を飲まないから、そのあとで、あの加屋さんとゆっくり話した。そのとき、加屋さんは、さっき三郎さんにいったようなことをおれにいったのだ。煙害の補償問題というのは、相互が理解し合わねばならぬ、そのためには、お互いに信頼できる代表をたてなければならないとな。その信頼できる代表は、酒によって誤魔《ごま》かされるような人間ではいけない。だからといっておれのように同じ関根でも、分家の関根では、村の人がいうことを聞かぬ。村がある以上、古い因習は或る程度みとめねばならない。三郎さんなら関根家の本宅を継ぐ人だ。中学も出ている。チャールス・オールセンと英語でペラペラ話ができるほどだし、木原吉之助社長と握手した最初の村の人でもある。三郎さんはいま十八歳だが、そんなことはこの際問題ではない。いま三郎さんに出て貰わないと村は、鉱山の食い物になってしまうかもしれないのだ。いやそうなると思っている者は、おれだけではない、村の若い者はみんなそう思っている」

恒吉の言葉には熱がこもっていた。

「それで、恒吉さんおれにどうしろっていうのだね」

三郎はやや開き直ったいい方をした。

「三郎さんが、村を愛するなら、高等学校へ行くのを思い止まって、われわれの仲間に入って貰いたいのだ」

「われわれの仲間というと、相談会の委員か」

それに対して、恒吉ははげしく首を振った。

「われわれの仲間というのは村の青年会だ。おれは、五郎や一郎や佐吉や平蔵や彦市に相談して、入四間村に青年会を作ることにしたのだ。その青年会の会長に三郎さんを迎えようということになったのだ」

青年会という文字は、そのころ、よく新聞に見かけた。十四、五歳から三十歳ぐらいまでの青年の集まりで、青年会の主催によって運動会が開催されたとか、奉仕事業が行なわれたというような記事が載っていた。

「青年会をこしらえて、なにをやろうっていうのだね」

「村の青年会の心をがっちりとひとつにまとめて、村の青年会から一名の交渉委員を相談会に出すことにするのだ。つまり、三郎さんを青年会が後押しして、委員に出すというわけさ。三郎さんが委員になりさえすれば、誰がなんといっても、自然に、三郎さんが委員長ということになる。老人たちとは頭脳が違うからね」

恒吉はいうだけのことを言ってしまうとほっとしたように、深呼吸をひとつした。二人は村はずれまで来ていた。

「近道をして帰ろうか」

恒吉はそういうと、本道からそれて、草深い道に入っていった。近道といっても、その道は荒れていて、実質的にそれほど近くはならないのに、なぜ恒吉がその道を選んだか、三郎にはよく分らなかった。道は杉の林に入り、御岩神社の裏側に出て、それから社務所の方へつづいていた。

社務所の方で幾人かの人の声が聞こえた。お祭りでもないのに、なぜ人が集まっているのだろうと思いながら三郎が顔を出すと、腕を組んだり、社務所の縁側に腰を掛けたりしていた若者たちが、三郎と恒吉の方をめがけていっせいに集まって来た。取りかこんだというかっこうではなく、みんなで、なにか頼みに来たという顔つきだった。五郎、一郎、佐吉、平蔵、彦市の五人は、しかめっつらをしていた。なにかいいたいのだがいい出せずに、三郎の顔を見詰めていた。

「どうだった」

と五郎が恒吉にいった。

「話すことは話したが、みんなからもよくたのんでくれねえか」

恒吉はそういって、三郎をみんなに渡した。ちょっと気まずいような空気が流れたあとで、五郎が、

「三郎さん、おめえさん、この村に養子に来なさったからには、この村のために、先頭に立って貰わねえといけねえなあ」

といったことから、それぞれの口がほぐれた。一郎も、佐吉も平蔵も、てんでに、三郎が青年会の会長になって貰わないと困るといった。

「この村は第二の明治維新を迎えたのだ。第二の明治維新はわれわれ青年の手によってのみ達成できると思うのだ。なあ三郎さん、この村のために立ち上がってくれないか。

三郎さんが先に立って采配《さいはい》をふったら、おれたちは、鉄砲玉の中へだって飛び出して行くつもりだ。あの黄色い煙と戦うには、どうしたって、陣羽織を着た大将が必要なんだ。その大将になってくれ」

彦市がいった。

三郎は黙っていた。実は驚いていたのである。煙害について、村の青年たちが意外に的確な状況判断をしていることに驚いたのである。村の古老は、なあに赤沢銅山は山の向こうだ、と楽観しているのに、青年たちは、ここ一、二年のうちに黄色い煙が、山を越えて、おりて来るだろうということを予想していたのである。恒吉が彼等の考え方の中心になっていたことは事実であった。

「しばらく考えさせてくれませんか」

三郎はいった。いまここで、それでは青年会の会長になるとはいえなかった。

そのとき三郎は第一高等学校のことを考えていた。合格しなかったら、或いは村に踏みとどまってもいいような気がした。しかし、もし合格したとしたら、前途が洋々と輝く道を捨ててまで、村のために働こうと決心できるだろうか。神社の森で蟬《せみ》がうるさく鳴いていた。

煙害が入四間村の農作物に現われたのを最初に見つけたのは小杉平蔵であった。

小杉平蔵の家は、村の上部に位置していた。この村は養蚕《ようさん》が盛んな方ではなかったが、それでも三分の一は養蚕をやっていた。

その朝小杉平蔵は桑摘《くわ》みに出て、桑の木の芯《しん》先が頭をたれているのを発見した。桑の木の芯が止まるのは霜害、または虫害であった。霜害の季節ではないし、虫害だとすれば、一夜にしてこれほど多くの被害を蒙ることは考えられなかった。桑の芯が力なく首を垂れるということはめずらしいことであった。雷が桑園に落ちると、芯が止まることがあったが、ここ十日ぐらいの間に雷雨はなかった。

小杉平蔵の桑畑と隣接している桑畑はそれほどひどくはなかった。その下の桑畑はかなり広い範囲に渡って芯が止まっていた。

平蔵はもしかすると、それが煙害ではないかと思った。きのうの夕方、桑摘みに来たとき、彼は異臭を嗅いだ。そのいやな臭いが鉱山の煙だと分ってはいたが、まさか、桑の芯が止まるほどの毒性を持ったものだとは思っていなかった。平蔵は煙ではなくて、原因はほかのことにしたかった。もし煙だったとすれば、桑畑の桑は近日中にすべて芯が止まるかもしれない。桑は延びの早い植物で、つんつんと丈を延ばしていくその桑の頭から数えて四、五枚のところの、まだ幾分、黄色が残っているような葉が、幼い蚕《かいこ》に与えられていた。だから、桑の芯が止まるということは、幼蚕の飼い葉を失うと同じことだった。一家の収入を養蚕にかけている農家に取ってはたいへんなことだった。

平蔵はまず恒吉のところへ走った。ことが重大だから独断でどうこうすることはできなかった。

恒吉は家にはおらず、本宅の庭で、三郎に、青年会長を引き受けてくれ、と口説《くど》いているところだった。恒吉は学士様になることと、村を救うことがどっちが大切だという殺し文句を繰り返していた。三郎は黙って聞いていた。

「畑が、へんなんだ、来て見てくれ」

平蔵は、落ちつきを失っていた。一眠《いちみん》からさめたばかりの、小さな蚕に食べさせる桑をどうしようかという当面の問題と、もしかしたら桑の芯が止まったのは、煙害ではないかという問題の二つが彼の頭の中でこんがらがっていた。

「三郎さんもいっしょに行ってくれ」

恒吉は、三郎の腕をつかむと、平蔵の後を追って村の道を駈け上がっていった。なにかあったのかと三人に声を掛けても返事がないので、あとをついて走ってゆく村の者もいた。

恒吉は芯の止まった桑畑をひと眼見て、

「こりゃひどい」

といった。こりゃひどいが、これが煙害だとは、恒吉にしてもいえなかった。恒吉も、鉱山の煙が、村までおりて来ることを知っていたが、まさか桑の芯が止まるとは想像もしていないことだった。

「どうすりゃ、いいのだ」

平蔵は畑を見つめていった。

どうすればいいかと訊かれても、恒吉には答えようがなかった。恒吉もまた誰かにどうすりゃいいのだと訊きたいところだった。

「よし、おれが、本山へ馬を飛ばして、あの、加屋淳平さんを呼んで来よう」

三郎はそういうと、芯の止まった桑の枝を、二、三本折って、それを上衣に包んで抱いて村へ走りおりた。

すぐ、弦月に乗った三郎の姿が峠に向かって駈け上がっていくのが見えた。

峠にくると、三郎は弦月を木の幹につないで、細い山道を本山の鉱山事務所までおりていった。峠から見おろしたところ、本山の一帯は、拡張工事がなされていて、足場が悪かったからであった。

加屋淳平は事務所の奥の方で仕事をしていた。三郎は挨拶をぬきにして、上衣につつんで来た芯の止まった桑の枝を加屋淳平の前に出しておおよそのことを話した。

加屋はその桑を持って、彼の席へ帰ると拡大鏡を出して桑葉をいちいちていねいに調べてから、一葉ずつちぎり取って、フラスコの中の水で洗った。その動作は遠くから見ているとひどくのんびりしたものに見えた。加屋は桑の葉を全部洗い終わるとその水を試験管の中に移しそれになにかの薬品を入れて、ゆすぶってすかして眺めていた。加屋は、その桑の葉に付着している化学的成分を薬品の反応によって、検出しようとしているようだった。

その仕事が終わると、加屋は机の上を片づけ、ゲートルを巻き、カンカン帽を手にして出て来ていった。

「お待たせしました。さあまいりましょう」

加屋淳平と三郎は峠を目がけて走った。

三郎は峠の頂上まで来て、そこにつないでいる弦月に、加屋淳平を乗せると、弦月の手綱を持って、坂道を駈けおりていった。

桑畑には二十人ほどの村の人が集まっていた。その中には、相談会に出席している村の委員たちの顔も見えていた。

加屋淳平はていねいに芯の止まった桑を調べて行った。調べてはノートに書きこんでいった。

「おとといの夕方、白い煙がここらあたりを流れおりていくのを見た」

と大きな声で話している女がいた。加屋淳平は調査の手を休めて、その農家の主婦の話をくわしく聞いた。

「芯が止まった桑の面積がどのくらいになるか調べてくれませんか。高いところに登って、おおよその見当をつけてください。二、三人でやって見てその平均を取った方がいいかもしれない」

加屋は煙の被害だとは一口もいわなかったが、被害の調査を村の人にたのんだのだから、おそらく桑の芯の止まったのは、煙による被害であろうと村の者は想像した。集まった人たちは、がやがや話し合っていた。まだ煙害の実態がのみこめないでいるようであった。

　その辺の畑は段々畑だから、加屋がいうように、おおよその見当をつけるにはもってこいのところであった。村人たちは土手の上に立って、桑の被害面積の調査を自由勝手なやり方で進めていった。桑の芯が止まった桑畑は、桑畑のうちで一番峠に近いところの畑、数枚であった。それから下の方にも桑畑は数枚あったが被害はみとめられなかった。被害を受けた家は平蔵のほか三軒あった。

「煙が流れおりて来て直接当たったところがもっともひどかったようですね。谷の方向が、あのあたりから変わるでしょう。方向が変わってからは、被害が急に少なくなったようですね」

　加屋は恒吉と三郎に、その谷の地形をゆびさしながらいった。峠をおりて来た煙は桑畑を通り越し、杉林にぶつかって、くの字に曲がって、水田の方へ流れていったものと思われた。

「桑の芯が止まったのは、やっぱり煙害なんですね」

　三郎は、加屋淳平の結論のつけ方がいささかおそいのをなじるようにいった。

「煙害です、鉱山では必ずこの補償をいたしますから、被害者の方々も、被害額を鉱山の方へ請求してください」

　加屋淳平は結論らしいものをいった。被害額といっても、山林と違って桑畑の場合は、その算出がむずかしかった。村の委員たちが集まってその方法を相談し合ったが、容易に決まらないでいるところへ、午後おそくなって木原鉱業所の渉外係の八尾定吉が、峠をおりて来て小杉平蔵の家をたずねた。

八尾定吉は洋服を着て、蝶ネクタイをして軍人のはくような長靴を履いていた。ぺろりと卵の皮を剝いだような白い顔をした、まことによくしゃべる男だった。

八尾定吉は、煙によって迷惑を掛けたことを繰りかえしわびてから、損害補償金を持って来たから受け取って貰いたいといった。

「損害面積は村の方々が御立ち会いの上、御調査下さったことでもあるし、桑の価格は、この付近の最高価格をもとにして計算いたしましたゆえ、よくお調べになった上で御受け取り下さい。それからこの計算書はさきほど委員様にお見せして、御了解をいただいてまいりました」

八尾定吉は立て板に水のようにしゃべると、上衣の内ポケットから大きながま口を出して、損害補償金として、五円五十三銭を平蔵の前に置いて、

「はい、はいどうぞ此処に捺印をお願いいたします」

非常に形式的で事務的なやり方だった。平蔵は催眠術にでも掛けられたように、印を押して金五円五十三銭を受け取った。

そして平蔵は、八尾定吉が台所口から出ていくうしろ姿を見ながら、なにか彼に裏切られたような気がしてならなかった。八尾定吉のやり方には落ちつきがないばかりか、慇懃《いんぎん》すぎていて、どこかに誠意を欠いていていた。煙によって迷惑をおかけして悪いといっ

ておきながら、八尾の顔の中には、恐縮しているふうは見えなかった。考えれば考えるほど不愉快になった。平蔵は、その金を持って恒吉のところに相談に行った。

恒吉のところで、そろばんをはじいて見たが、その補償額には過不足はなかった。

「しかし、なにかだまされたような気がする」

平蔵がいった。恒吉もそう思った。

「本宅の三郎さんに相談して見ようか」

恒吉がいった。三郎は中学を出たばかりである。農業のことはなにも知ってはいない。蚕のことも桑のことも知らないが、このなにかごまかされているような気持ちの根源については、なんとか示唆《しさ》を与えてくれるだろうと思った。

恒吉は三郎を迎えにやった。

もうすぐ日が暮れようとしていた。三郎は絣の着物を着てやって来た。農事とは縁のない、資産家の後継ぎらしい小綺麗な身なりをしていた。

三郎は平蔵から話を聞き終わると即座にいった。

「煙害が起きたら、その額だけ補償金を払えばそれでいいというものではないでしょう。煙害にあったときの平蔵さんの驚き、恒吉さんほか村の人たちの心配、なんだかんだで、つぶしてしまった時間だって、みんなの分を集めるとたいへんなものになる。要するに、会社は精神的被害にたいしていっさい補償の義務はないように考えている。従ってその補償は誠意があるものとはみとめられない」

ほう、と恒吉が感嘆の溜息を洩らした。

「やはり三郎さんだ。ええもんだ。おれたちの思っていることを、そのとおりいってくれた。なあ平蔵、これからも、こういうことはしょっちゅうあるとなると、これはどうしても三郎さんに出て貰わないとならねえことになる。村のじい様委員にたよっていたら、あの役者見たような顔をした八尾定吉にいい具合いになめられてしまうぞ」

恒吉がそこでまた改めて三郎に青年会長になってくれるようにたのみこもうとしたとき、外であわただしい物音がした。三郎の名を呼ぶ声がした。

「三郎様、旦那様が、旦那様が――」

三郎の家で働いている伝吉はそのあとがいえなかった。

病床にある兵馬になにかあったなと三郎は思った。三郎は本宅を目ざして走った。そのあとを恒吉が追った。

いねが兵馬にすがりついてなにか叫んでいた。覗《のぞ》きこむと、兵馬の眼はあらぬところを見つめていた。

「医者だ、すぐ医者を呼んで来てくれ」

三郎は恒吉にいった。恒吉はうなずいてすぐ外へ駈け出していった。

「お祖父《じい》様どうなさった？」

三郎は兵馬の枕元に坐って、はじめて、兵馬の右手に白いものが握られているのを見た。

「それはなんだ」

といったが、兵馬にすがりついて叫んでいるいねには三郎の声は聞こえなかった。

紙片は固く握りしめられていた。三郎は兵馬のゆびを一本一本折り曲げるようにして紙片を取り出した。電報用紙であった。

「サブロウゴウカクオメデトウサク」

東京にいる三郎の兄の作一郎が兵馬あてに打った電報だった。

「お祖父さんは起き上がって、その電報を読むと、三郎は第一高等学校に合格したのだ、偉いものだと、いつになくはっきりした声でいいなさった。それで、私が、そうすると三郎はいよいよこの家を出るつもりだろうかと、いうと、出るか出ないかは三郎が決めることだ、三郎は、といいかけて、倒れてしまった」

いねはそういって激しく泣き出した。

祖父はまだ死んではいなかったが死んだも同然だった。人声に対しては反応を示さなかったが、眼のそばに灯を持っていくと、いくらか眼が動いた。

太田から馬にのって医者が来たときにはもうどうにもならなくなっていた。関根兵馬はその翌朝、日の光りがさしこむと同時に息を引き取った。

そのころまでには親戚はほとんど兵馬の枕元に集まっていた。

「病人をびっくりさせるような電報を打つとはなにごとだ、作一郎の大馬鹿者めが」

水戸から駈けつけて来た、菊池作左衛門は、眉間に青筋を立てて怒っていた。作左衛門がいくら怒鳴っても東京にいる作一郎には聞こえないからかまわないが、作左衛門がほこさきを変えて三郎に向かって怒鳴りだすと、はたの者は、ここでまた、作左衛門に倒れられたらと心配した。

「養子に来た以上、この家の者だ。この家の当主、兵馬殿のいうことも聞かずに、高等学校に進学しようなどとは、不届至極な奴だ。このおれが、関根兵馬殿にかわって成敗してやる」

作左衛門は、もと腰に刀を帯びていた侍だから、いうことがいちいち昔流だった。そこにもし刀があったら本当に斬りつけかねない見幕だった。

三郎はなにをいわれても黙っていた。

「出るか出ないかは三郎が決めることだ、三郎は……」

と兵馬が最後に口にした言葉を噛みしめていた。

三郎が決めることだという一言は、三郎を立派な大人として認めたことであった。この関根家の将来は、そっくり、三郎に一任するとまかせられたことであった。関根家には、入四間の村がついていた。

「出るか出ないかは三郎が決めることだ……」

という意味は、三郎が、関根家とこの村を棄てるか棄てないかは、三郎自身の心にかかっている。いいようにするがいい。おれはお前に決して、無理にこの家へ残れとはいわない。——そういうふうに解釈された。

兵馬が亡きあとは、いねとみよしかいなかった。いねは気が強かったが、老齢であった。

当主の兵馬が死ねば、誰かがこの家を守らねばならない。資産と家がある以上、そこに当主となるべき人がなければならなかった。兵馬の死によって情況は急転した。三郎は養子としての義務を感ぜずにはおられなくなった。

兵馬の葬儀は、この村の習慣どおり神式によって行なわれた。近村から、おびただしい弔問客がこの村を訪れた。

三郎は喪主としての座につき、三郎のとなりにみよが坐った。誰もが三郎がこの家を継ぐべき人であることを疑ってはいなかった。

三郎は弔問客の中に村松教諭の顔を見たが、彼と話している余裕はなかった。三郎を見る村松教諭の顔はなんとなく冴《さ》えなかった。村松教諭でさえも、三郎の進学をあきらめているのではないかと思われた。

長い葬列は関根家を出ると、村の中の道を下村の方へ進んでいった。村はずれの馬頭観世音のところから、道を左におれて少しいったところに、亭々《ていてい》とそびえる楢《なら》の大樹があった。数百年を経た大樹であった。

関根家の伝説によると、初代関根右《う》馬允《まのじょう》とその四人の寄子が、この楢の大樹のところで、佐竹の軍兵を防ぎとめたと伝えられていた。初代関根右馬允は佐竹の軍兵と戦って死ぬべきところだったから、わが墓所にしようといったと伝えられていた。

関根兵馬の柩《ひつぎ》は、その楢の大樹に向かってゆっくりと移動していった。暑い盛りだった。

棺を担ぐ人はびっしょり汗を掻いた。関根兵馬の柩が楢の木蔭に入ったときであった。葬列の中にささやきが起こった。ささやきがはっきりした声に変わると葬列は停止した。

「煙が来た」

誰かが叫んだ。黄色い煙が、山の方から、這《は》いおりて来た。風の吹き廻しで、本山の煙が墓のすぐ上のせまい谷を吹きおりて来たのである。

煙というよりも、黄色い流動体という感じだった。陽に当たると、真っ白く輝く密度を持った流動体だった。

煙は生き物のように、首をふり動かしていた。なにか、煙の中に、取りこむべき生贄《いけにえ》を探しているようであった。煙は墓を見つけたようであった。まさしくそこに当面の生贄となるべき関根兵馬の柩を発見したようであった。

関根兵馬の柩はまたたく間に煙につつまれた。柩をかついでいた者は、柩をそこにおろして、咳きこんだ。

三郎も、その黄色い煙を吸った。吸って咳きこみながら、眼は鉱山を睨《にら》んでいた。

「おれは村に残る。祖先の墓地とお祖父様の遺体をけがしたこの煙をぜったいに許すことはできぬ」

三郎は声に出してはいわなかったが、心の中でそう誓っていた。

3

明治四十一年に入ると、木原鉱業所は、軍備拡張の時代の波に乗って事業をいよいよ拡張していった。もう赤沢銅山時代の面影はどこにも見ることができなくなった。付近には発電所が次々と作られ、電力と機械による採鉱が急速にすすめられていくにつれて、鉱山の本拠地の本山《もとやま》は手ぜまとなり、二キロほど南東にさがった大雄院《だいおういん》あとに精錬所の移転が決まった。起工式が行なわれたのは三月に入って直ぐであった。

精錬所が大雄院に移動すれば入四間村にはもう煙害はないだろうと楽観視する村人とは別に、三郎を中心とする入四間村青年同志会は、しばしば会合を開いて、この問題を論じ合った。精錬所が遠くなっても、煙を排出する量が多くなれば被害はかえって増大するだろうという見方が多かったが、それは、あくまでも彼等の推測であった。移転して見なければ分らないことだった。青年同志会の規約の中に互いに研鑽するという一項目があった。三郎は、まだ農事がいそがしくならないうちに、木原鉱業所の加屋淳平を講師として招いて、農業、林業について一般講演を依頼した。この講演のあとの自由質

問の時間に、

「大雄院に精錬所が移ると煙害は減ることになるでしょうか」

と小杉平蔵が質問した。平蔵の質問は、誰も予期していないことだったが、それに答えた加屋淳平の答えもまた意外であった。

「現在の本山の精錬所をそっくり移転して、現在と同じ銅の生産量を上げようとするならば、精錬所が遠くなっただけ煙害は減るでしょう。だが、実際に大雄院に建てられる精錬所は現在の十倍の能力を持っておりますから、引っ越してすぐ十倍の仕事はできないとしても、数年の間にはそうなることは明らかです。半里（二キロ）遠くなったから煙害が少なくなるというよりも、多くなると考えた方が正しいでしょうね」

　加屋淳平のこの答え方は、会社側としての発言というよりも、一技師としての発言であった。青年たちは、加屋淳平の、率直な態度に好感を持った。

「そうすると、大雄院跡へ、精錬所が引っ越すと煙害がなくなると役者がいっているのは嘘なんだな」

　五郎がいった。役者というのは、渉外係八尾定吉のことであった。渉外係の八尾定吉は、ちょいちょい村へやって来て、煙害はなくなると宣伝して歩いていた。五郎のいったことに対して、加屋淳平は答えなかった。同じ会社の人の口から、全然異なった二つの推測がでたことについても、特に注釈を加えなかった。あとは、青年たちの推察にまかせていった。

その日、加屋淳平は、村はずれまで送って来た三郎と恒吉に、そこから見える杉の美林をゆびさしていった。

「今はあのように美しい。しかし、あの杉が、いつまでもあのままでいるとは誰も保証はできないでしょう。そして万が一、あの杉が煙のために被害を受けはじめたとしても、その被害が徐々にやって来るものであったならば、前はもっと、元気がよかった、前は枯れた枝は全然見当たらなかったというようなことをいっても、それだけで、会社側は被害があったと認めるわけにはいかないでしょう」

加屋はそこまでいうと、三郎の眼を見つめて、

「百の空論より一つの証拠を残すことの方が大事です、今からそのつもりで用意して置くことですね」

加屋はそういって、峠の方へ別れていった。

「証拠を残すことが大事だといっても、どうして証拠を残したらいいだろうか。青年同志会全部で山の木を調べて歩こうか」

恒吉がいったが、三郎は別のことを考えていた。

春と共に、南東風が吹き出し、新芽を出したばかりの樹木の葉が枯れ、時によると、煙は村の蔬菜《そさい》畑までおりて来て、発芽したばかりの葉を枯らした。その都度、会社側から は地所係が来て被害状況を調べ、渉外係員が来て被害の補償金を払っていった。被害が多くなると、補償金は月にまとめて支払うようになった。だが、まだ、全滅的な被害

を蒙《こうむ》るようなことはないから、村の者も、やがて精錬所が大雄院に移れば煙害はなくなるだろうと考えていた。

農繁期になっても、青年同志会は、夕刻の寸暇を利用して話し合った。話の主題は三郎が常に用意していた。青年同志会の機関紙が、発行された。ガリ版刷りであった。青年同志会の協力によって、付近の山の指導標を完備したり、道路の補修工事を行なったりした。月に二回は顔を合わせて話し合うことが青年たちの楽しみのひとつになった。青年同志会は三郎を中心として親密度を増して行った。

八月の初めごろ新聞紙上で三郎は別子《べっし》銅山の煙害になやませられている農民の間に不穏な動きがあるという記事を読んだ。

その日の夕刻、三郎は青年同志会全員を集めて、別子銅山のことを話して、

「おれは、四国まで実情を見に行きたいと思っている。別子銅山で起こっていることは、やがて、近々ここでも起こることだ。おれは恒吉さんと一緒に現地の調査に行って来たい」

恒吉は突然、自分の名前をいわれたのでびっくりしていたが、三郎の説明と、四国行きの費用いっさいは三郎が負担すると聞いて、それならば行って見ても悪くないという顔をした。青年同志会としても、費用を三郎が持つなら文句はなかった。

その夜、三郎は祖母のいねに四国行きの計画を告げ、その帰りに東京へ寄って写真機を買って来るから、それだけの金を出してくれるようにたのんだ。

「村のために、恒吉さんと、四国へ行って来るのはいいが、百四十円もする写真機を買うのはこまるねえ。三郎、お前まさか、お米一石が七円することを忘れているのではなかろうね。二十石のお米と引きかえに、そんな贅沢品を買ってどうするのだ。そんなことをしていたら、この関根家の身上《しんしょう》がいくらあっても足りぬわい」

いねは三郎が予期していたように、写真機を買うことに反対した。いねは兵馬が死んでからいっそう気が強くなったようであった。怒ると声が高くなった。三郎はいねに抗《さか》らわなかった。三郎は朝、昼、晩と一日三回、同じことを繰り返した。いねはその度に反対した。先祖代々の六十町歩の美林を守るためにはどうしても写真機が必要だと説いた。三日目に小学校から帰って来たみよがいねにいった。

「おばあちゃん、なぜお兄ちゃんにお金やらないの、おじいちゃんが死んだら、この家はお兄ちゃんとみよのものだとおばあちゃんがいつかいったでしょう」

みよは十一歳になっていた。幼いみよも、間もなくこの家の当主は事実上、関根三郎になることを知っていた。一年早いか遅いかぐらいの差でこの家の財産が三郎の自由になるのは必然だった。三郎は既に二十歳《はたち》であった。

いねはみよには勝てなかった。

「みよ、お出《い》で、お墓のお祖父ちゃんのところへ行って、わしのいったことがほんとか三郎のいうことがほんとか聞いて来る」

いねはみよをつれてお墓へ行った。そのとき、いねはもう写真機のことでは、三郎に負けていたのである。

八月二十日に三郎は恒吉と共に入四間村を出発した。二人とも単衣物《ひとえもの》の着物に信玄袋をさげて下駄履きだった。三郎と恒吉は東京で、兄菊池作一郎の家へ一晩泊まってから汽車に乗った。写真機を買う金は作一郎のところに預けて置いた。

三郎にとっても恒吉にとっても、四国までの旅は外国へ行くように長かった。

別子鉱山は愛媛県宇摩郡別子山村及び新居《にい》郡角野、中萩村にまたがっていた。新居浜《にいはま》の南方四里（十六キロ）の石鎚《いしづち》山脈中にあった。別子鉱山が和泉屋吉左衛門《いずみやきちざえもん》によって発見されたのは元禄三年であり、以来、採掘精錬がつづけられて明治にいたったが、付近の山林農地に与える煙害が多くなったので、精錬所を新居浜より海上四里のところにある瀬戸内海の小島四阪島《しさかじま》に設けて、鉱山から掘り出された鉱石は鉄道によって、新居浜に運び、更に船によって四阪島まで運ばれていた。鉱山の規模は、赤沢鉱山と比較できないほど大きなものであった。

三郎が出発前に調べたところによると、煙害が起こったのは、四阪島の西方四里のところにある今治《いまばり》町付近であった。煙が東風に乗って海を越え、瀬戸内海に面した、日高村、富田村、桜井村がもっとも大きな被害を受けたようであった。

三郎と恒吉は、今治町へ向かった。まず被害の実情を見るためであった。

今治町の宿へ泊まって煙害のことを聞くと、

「会社と農民の代表とが、この町で交渉しているようですが、どうもらちがあかないらしい。交渉が決裂したとなると、えらいことになりますよ」

宿の主人はそう前置きして、話し出した。四阪島に精錬所が移った当座は煙害は少なかったが、日露戦争後、生産量が急増し、煙の排出量が多くなると、しばしば煙は海を越えて意外なほど遠くまで被害を及ぼして、農民を怒らせた。

日高村、富田村、桜井村各村に起きた今回の被害は八月十三日、十四日の両日に起きたものである。

この両日、四阪島精錬所から排出された煙は東風の微風に乗って日高村、富田村、桜井村地域に瀰漫《びまん》した。住民たちは臭い煙に二日間悩まされつづけた。咳が連続的に出た。

そして、農産物に被害がはっきりと現われて来たのは十五日からであった。

「まあ、明日《あす》の朝行ってごらんなされ、たいへんなことになっていますから」

宿の主人はそういって、被害激甚地へ行く道を教えてくれた。

翌朝早くから三郎と恒吉は被害場所を歩いて廻った。

被害は想像以上であった。

日高村の被害激甚地区は片山、小泉、馬越《うまごえ》等であった。大豆《だいず》、甘藷《かんしょ》、蔬菜《そさい》そして稲等が全面的に被害を受けていた。

大豆、甘藷、蔬菜の畑が一面に枯死した状態を見て二人は声をのんだ。二人が既に彼等の村で経験した蔬菜類の被害などは、この惨状に比較すると、ものの数ではなかった。

「ひどいものだな」

「ほんとうにひどいものだ」

二人がときどき発する言葉はこれぐらいのものであった。

富田村の東村、上徳《かみとく》、喜田《きた》の各部落の稲の被害を見たとき、ふたりは顔色を変えた。見渡すかぎりの稲の葉は赤錆色《あかさび》に変色していた。青々とした水田の風景は見られなかった。桜井村に入って二人は更に驚いた。稲の葉は先から三寸ほど黒褐色に変じ、その下の葉は赤錆色の捲葉となっていた。葉を落としたものもあった。この状態の田圃道を歩いていくと、なにか二人とも、みじめな気持ちになった。

田圃で会った農民たちは怒りをのみこんだ顔でおし黙っていて、二人が訊ねても、返事をしなかった。わざと返事をしないのではなく自分を見失っている状態にあるようだった。なかには、このような状態が続くかぎり農民は生きてはいけないと、激しい怒りを鉱山に向かってぶちまく者もいた。

二人は葉先が黒褐色に変色した稲を一束貰い受けて、田圃道を今治に向かって歩いていた。今治の近くで、うしろから自転車で来た一人の青年が、二人を追い越して止まった。

「どこから来たんです」

男は二人に訊ねた。ごくまれにしか見ることのできない自転車に乗って来たその男は、洋服に靴を履いていた。ふたりが、なんのためにこの地へやって来たかを話すと、男は、

「あの日立村一帯も、いまに、ここと同じようなことになるだろう」

と気になることをいった。男は東京の新聞記者で、東京から此処まで取材に来て、自転車を借りてとび歩いているのだと話してから、

「農民代表と鉱山側との交渉は決裂したから、明日はたいへんな騒ぎになるぞ」

と教えてくれた。

「なぜ決裂したのです。鉱山側が、農民側の要求を聞き入れなかったのですか」

三郎が聞いた。

「結果はそうだが、それまでに感情の行き違いで、こじれにこじれて来たのだ。いままで、農民側と鉱山側の間に立って調停に当たっていた地方政治家が、会社側から多額の金を貰って農民側を不利にしたという噂が流れてからいよいよ農民側と会社側との溝は深くなったようだ」

「実際にそんなことがあったのですか」

「証拠はない。しかし、ないよりあったと考える方が正しいように思われる。われわれは、そういう奴等も煙害虫と呼んでいる。その虫が一匹や二匹ではなく、中には中央政界に顔をきかす虫もいるからやり切れない」

新聞記者は、ではどこかでまたと挨拶して走り去った。

その翌朝未明、今治の宿に寝ていた三郎と恒吉は半鐘《はんしょう》の音で眼を覚ました。火事かと思って、すぐ荷物をまとめた。火事ではなかった。

近村の農民が、新居浜の住友鉱業所へ向かって押しかけてくるための集合の鐘であっ

た。三郎と恒吉は宿の支払いをすませて、街道へ出た。

決死隊という旗をかかげた農民の行列が動き出したところだった。竹槍を持った青年の眼も狂ったように光っていた。

部落ごとに隊伍を作り、それを村単位でまとめていた。村と村との相互連絡は白装束《しろしょうぞく》に鉢巻き姿の青年が馬に乗ってやっていた。

人数は見当もつかなかった。三郎と恒吉の眼には、二千にも三千にも五千人にも見えた。

部落単位の後尾にたすきがけの婦人部隊が、荷車に食糧を積み、鍋、釜をつけて従っていた。三郎と恒吉は、この婦人部隊の後についた。

「わたしたちの役目は男どもに食べる物をこしらえてやることだが、もし男どもが意気地がなくて、会社側に押しかえされるようだったら、わたしたちが男にかわって戦うつもりだ。こうなったら、相手を殺すかこっちが死ぬかどっちかだ」

女たちは口々にそういっていた。

農民決死隊に対して、沿道の農民は激励の声を掛けた。行く先々で、湯茶や食べ物を出した。すすんで決死隊に参加する者もいた。風向きの加減で、いつ同じような目に合わされるか分らないからであった。

その夜は中萩で集結して、一夜を明かした。新居浜は目と鼻の先であった。

会社側は鉄砲の筒先を揃えて待っているとか、警察をたのんだとか、軍隊に応援をたのんだというデマがとんで、若い者たちを刺戟した。

中萩で一泊したつぎの朝、三郎と恒吉は、彼等が行動を起こす前に、中萩を発《た》った。争いの中に捲きこまれたくないということと、ここまで来た以上、農民側のいい分ばかりでなく、会社側のいい分も聞きたいと思って、先をいそいだのである。

新居浜町の人家はことごとく戸を閉めたままだった。もうとっくに朝が来たのに人通りは全く絶え、野良犬が、道の真ん中を悠々と歩いていた。

二人は顔を見合わせた。不安だった。このまま進んでいいやらどうやら迷っているときに、物かげから数名の男が飛び出して来て、二人の腕を捕えた。なにをいっても相手は聞こうとしなかった。二人は私服刑事に捕えられて留置場に送られた。

同じ留置場に、農民決死隊に関係した者がつぎつぎとほうり込まれて来た。二人は、なんの取り調べも受けずに一昼夜置かれた。

むし暑くてほとんど眠れなかった。

翌朝になって、巡査が二人を留置場から出して調べ室へつれていった。

そこに桜井村の田圃で会った新聞記者がいた。

「きみたちは、この山田記者を知っているかね」

取り調べの警部補が訊いた。三郎と恒吉は答えるかわりに、ひとつずつ頭をさげた。それで二人は釈放された。

「ひどい目にあいましたね。きみたちが捕えられるのを、ぼくは遠くで見ていたものですからね」

山田はそういって名刺を一枚ずつふたりにくれた。毎朝新聞記者山田秀雄と印刷されていた。見ていたなら、なぜその場で助けてくれなかったのだと口に出そうになるのを三郎はこらえていた。

ふたりは農民決死隊がどうなったかを聞きたかった。それだけが心配だった。ひょっとしたら、あの婦人決死隊が竹槍を持って突っこんだかもしれない。

「結果的には成功だったということになるのかな、会社側は農民側の要求をかなりのところまで呑みこむつもりらしい。だが、問題は今後に残される。今後こういう被害が頻《ひん》発《ぱつ》したら、結局農民は生きてはいけなくなるだろう」

山田記者はそういってから、

「この次は、あなたたちの村で、同じような問題で取材することになるかもしれませんね」

とあまり有難くないことをいった。

恒吉はひっきりなしに身体をゆすぶっていた。三郎もそうしたかった。どうやら、留置場で虱《しらみ》に取りつかれたらしかった。

「どっかで、風呂に入って、洗濯をして、そしてぐっすり眠りたい」

恒吉がいった。

明治四十一年八月二十八日の東京朝日新聞の紙上には、別子銅山煙害事件と題して次のような記事が載っていた。

「二十六日朝今治にて、農民と住友側との談判破裂し、遂に農民は決死隊を編成し、一大隊伍を成して押出したり……」

この事件は足尾銅山の鉱毒事件につぐ大事件として、世論を湧かした。

明治四十一年という年は、木原鉱業所にとっては多難な年であった。

木原吉之助は赤沢銅山の経営を、従来通り本山地区を中心として進めるかぎりにおいては、鉱山の飛躍的発展はあり得ないという見とおしのもとに、二キロメートルほど南東の宮田渓谷の入り口、大雄院地区に精錬所を移動することにした。そこに精錬所を移動すれば、思い切って大きな設備をすることができるし、助川駅に近くなり、海にも近くなるから、他から鉱石を買って来て、精錬することができる。所謂《いわゆる》買鉱精錬が容易であると判断したのである。

大雄院地区に買鉱精錬所ができれば、旧赤沢銅山の本山地区との間には、鉱石輸送用鉄索を作らねばならないし、助川駅・大雄院地区との間には鉱石輸送用の電気鉄道も開設しなければならなかった。このような施設には莫大な電力を要するから発電所も増設しなければならない。

木原鉱業所はこれ等の新施設工事に同時に手をつけた。

大雄院地区というのは、もともとここに、天竜山大雄院という曹洞宗の名刹《めいさつ》があったが、明治十六年に出火に遭って堂宇《どうう》の大半を焼失して以来衰微し、木原吉之助が、この地に眼をつけたころは、ほとんど廃寺同様で、朽ち果てた門と破れた小堂があるだけであった。木原吉之助は寺との間に大雄院地区一町四反歩の五十年間の地上権設定契約を締結し、寺及び墓地は宮田の耕養寺の隣に移転したのである。

当時このあたりは大樹が鬱蒼《うっそう》としげっており、名刹の所在にふさわしいおもむきを持っていた。

明治四十一年三月大雄院地区が整地され、精錬所の建設が始まるとほとんど前後して、発電所、電気鉄道、鉱石輸送用鉄索等の工事が始められた。日立村宮田は大ぜいの人が入りこみ異常な活気を呈した。

関根三郎が別子鉱山の煙害騒動を眼《ま》のあたり見て帰郷したころには、大雄院精錬所の赤煉瓦の建て物は、ほぼその外観がまとまるところまで来ていた。緑の山の中に火事でも起こったように見える赤い煉瓦の建て物は、三郎が想像していたよりもずっと大きく、そして堂々としていた。

彼は東京から百四十円で買って来た写真機の入った大きな箱を右手に携《さ》げ、三脚を左肩に担いで宮田川を渡った。川は粘土を溶かして流したように濁っていて、底は見えなかった。かつてこの川は多くの魚が住んでいたが、いまは魚どころか、川苔さえ見当らなかった。

三郎は川を渡ったところで、写真機を組み立てて見たが、被写体があまりに大きかったので、また橋を引きかえして、このごろ、馬車が通るので、かなり広くなった道までさがって、そこで再び写真機を組み立て、頭から幕をかぶって赤煉瓦の建て物を覗いた。緑の山を背景にして大雄院地区に工事中の精錬所の全貌が、すりガラスの面によく映った。三郎はピントを合わせた。馬車が近づいて来る音を聞いたが、彼はそのままピントを合わせる動作をつづけていた。暗幕から顔を出し、草叢の中に置いてあるかばんの中から乾板を取り出して暗箱に挿入した。馬車が止まったことは知っていたが、三郎はそっちを見ずに、彼の仕事をつづけた。あとはシャッターを切るだけだった。すぐ済むのだから、馬車は待って居てくれるだろうと思った。

「きみは会社でたのんだ写真技師か」

と高いところから声が掛かった。

三郎がふり向くと同時に、馬車から、洋服を着た男がとびおりた。

「そうではありません」

三郎は、写真機から離れてその男とはじめて正対した。一目で鉱山の技師だと分った。カーキ色の洋服は着ていたが、ネクタイはしめず、無造作に手拭を首に巻いていた。履き物は編み上げの靴で、ゲートルをつけていた。

「会社でたのんだのではないとすると、日立村にたのまれたのか」

男は三郎の前にずっと近寄って来ていった。男は三郎より背は低いが、眼の使い方は三郎より、二寸も三寸も背の高い男がするように、てんから、相手を軽蔑してかかる不《ふ》遜《そん》な視線を、三郎の頭の上から足元まで、往復させていた。赤ら顔の、眼尻の吊り上がった、口髭を生やした男であった。

「誰にたのまれたのでもありません」

「すると、きみ自身の意志で写真を撮りに来たというのか。どこから来た。水戸か、それとも東京か」

三郎は、その男の訊問口調がさっきから気に入らなかった。まるで刑事のような口のきき方をする男だと思った。三郎は、山の方を顎でしゃくって、

「あっちだ」

と答えた。

「なんだ、あっちだ。おい写真屋、おれはきさまにどこから来たかと訊いているのだ」

「だから、あっちだといっているのです。ことわって置きますが、ぼくは写真屋ではありません」

「なんだと、この小僧」

男は、それまでより、ずっときびしい眼つきで三郎の風体を睨めまわしていたが、

「写真機を持ち歩いていて写真屋でないとすると、いったい貴様は、なにものだ。いかなる理由で、わが社の精錬所を勝手に盗み撮ろうとするのだ」

男は、敏捷に横に飛んで、写真機のレンズの前に立ちふさがった。

レンズの前に立ったということは、写真撮影を妨害したことになる。三郎はむッとした。

「此処は公道だ。公道でどこへレンズを向けて写真を撮ろうと勝手じゃあないか。精錬所が写真を撮られるのが嫌なら、眼かくしをするか、どっかへどいて貰いたいね」

三郎の言葉で男は真っ赤になった。握りしめた拳骨《げんこつ》がぶるぶるふるえていた。もうひとことふたことといえば、その男の拳骨はとんで来ることは分りきっていた。男が、殴りかかって来ないのは、三郎の理屈が当を得ているからで、建築中の精錬所の建て物を公道から写真に撮ろうがどうしようが三郎の勝手であった。

二人はしばらく睨み合った。三郎の方が写真機を担いで場所を変えた。男も場所をかえて、カメラの前に突っ立った。

「どいてくれませんか、写真が撮れませんから」

「おれは公道に立っていたいから立っているのだ、人から指示は受けぬ」

男はそういった。

まわりに人だかりがした。鉱山の人もいるし、宮田村の人もいた。人々は、なりゆきをもどかしそうに見ているだけで、間に入ろうとする人はいなかった。見物人が十人になり二十人になった。

「矢沢さんどうしたのです」

カーキ色の服の男に矢沢さんと声をかけたその男は、かなり急いで来たらしく息をはずませていた。矢沢さんと呼ばれた男は、なんだというような眼つきでその男を見た。知っている間柄のようであった。三郎は、新しく登場した男も会社の男だなと思った。

「この洋服にわらじ履きの写真屋の小僧が、生意気をいうから、ひとつぶんなぐってやろうかと思っていたところさ」

矢沢という男は、そこでやや表情を崩した。あまりおおぜいの人が集まりすぎたので、照れ臭いといったふうな顔だった。

洋服にわらじ履きといわれて、三郎は自分の服装をふりかえった。矢沢から見ると、洋服にわらじ履きはおかしいかもしれないが、おれはこれでいいのだと胸を張った。詰め襟の洋服を買ってくれたのは東京の兄であった。これからは、和服はなにかにつけて不便だから洋服にすべきだ。だいたい写真機を担ぎ歩くにしても、和服では似合わないというのが東京の兄の意見だった。洋服にわらじ履きは、加屋淳平の真似であった。地所係の加屋淳平の洋服にわらじ履きが三郎にはたいへん軽快な姿に見えたから、そうしたまでのことであった。

「私は木原鉱業所の総務課長の松倉謙造《まつくらけんぞう》です。加屋や八尾がいつもお世話になっております」

あとから現われた大きな男は、三郎に挨拶した。既に三郎を知っている様子だったので、矢沢は、意外だという顔でいった。

「知っているのか？」

「入四間村の関根三郎さんだ。前に鉱山《やま》にいたチャールス・オールセンとも親友だし、うちの社長とも知り合いだ」

松倉謙造がそういうと、カメラの前で信じられないという顔で突っ立っている矢沢に、

「そこをあけてやってくれないかね」

といった。矢沢はしぶしぶと、その場をあけた。

三郎はシャッターをおした。乾いた音がした。

「どうもありがとうございました」

三郎は松倉謙造に礼をいった。そしてこの力士のように大きな体格をした男がかねて噂に聞いている総務課長の松倉謙造かと改めて見直した。

三郎が写真機をもとの箱にしまい込むと、ものめずらしそうに見物していた人たちはそこを去って、あとに松倉と三郎だけが残った。

「別子鉱山へ行って来られたそうですね」

松倉がいった。

「行って来ました。たいへんいい勉強になりました」

三郎はそう答えながら、建築中の赤煉瓦の建て物の方へ視線を移していった。

「もうすぐですね」

「もうすぐです。なにごともなければ、この秋には火入れができるでしょう」

そうだろうと三郎は思った。秋に火入れがおわって、その精錬所の四角な幾本かの煙

突から吐き出される黄色い煙のことを想像すると、嫌な気がした。

三郎が建設中の赤煉瓦の建て物を撮影してから五日目に台風がこの地を襲った。風は夜半を過ぎてから風速を増して朝になった。

南寄りの強風が宮田川に沿って吹き上げて来て、建設中の赤煉瓦の建て物に強圧を加えた。赤煉瓦の壁が倒壊しはしないかというおそれが出たから、工事中の人夫を非常招集して、その防護に当たらせた。

南風の強風に耐えるためには、北側に突っかい棒をかけるよりほかに、方法がなかった。人夫たちは強風の中を、ずぶ濡れになって、支え棒を運び、土嚢《どのう》を運んだ。人夫だけでは不足だから、鉱山から人手を求めた。南風が勝って赤煉瓦の壁を吹き倒すか、人力が勝って、これを持ちこたえるかの競争であった。風速は時間の経過とともに増した。

強風の中では人の声はほとんど聞こえなかった。強風が、そのあたりに落ちている板きれや木片を吹きとばした。全山が鳴った。

精錬所危うしと聞いて、会社の首脳部はほとんど大雄院に集まった。首脳部が集まったところで、これ以上人を増すこともできないし、強風を支える材料を集めることもできなかった。

赤煉瓦の壁が風圧を受けてしなうように見えると、木原吉之助は、もう黙って見てはいられなかった。彼は自ら風雨の中に出ていって、材料をかついだ。

十二時を過ぎたころ、突然、風速が落ちた。雨も小止みになったし、空も明るくなった。背後の森の中で鳥の声さえ聞こえた。

「勝った。われわれは台風に勝ったのだ」

人々は疲労した身体を、その辺に投げ出した。だが、台風は過ぎたのでもなく、彼等が台風に勝ったのでもなかった。一時的に静穏だったのは台風の眼が通過中の現象であった。

三十分ばかりすると、空は再び暗くなり、大粒の雨が降り出し、西寄りの風が吹き出した。その風は時間経過とともに、北へ廻り出したのである。いままでは、南風を防ぐために北側だけを防いだ。それが今度は、急に北から攻めかけられたので、にわかに防《ぼう》禦《ぎょ》陣を北側から南側に移動することはできなかった。

防禦陣に大混乱が起こった。人々は赤い煉瓦の壁の前で、絶望のためいきを洩らした。彼等の体力は午前中の風との戦いで尽き果てていた。風が北に廻り出しても、身体の動かしようもないし、だいいち、壁を防ぎとめる材料がなかった。やることとしたら北側の支えの材料を南側に移動することがせいぜいであった。木原吉之助が絶叫する声が嵐の中に聞こえたが、そのときは、もうどうにもならない状態になっていた。

入四間村の青年同志会が、急を聞いて、峠を越えて大雄院に到着した。関根三郎は、その先頭に立っていた。

青年たちは北側の防護資材を南側に移すことよりも、北側の防護を厳重にしすぎた箇所の支え棒を取り除く作業に当たった。北側の突っかい棒を強くするということは、北風に協力することになるからであった。

新手が加わってから、会社側の防護陣も、やや勢力を盛りかえしたようであった。

北風は強暴化した。風速は立って歩けないほどになった。山の木が倒れる音がした。小石や砂が飛んだ。嵐の中で、ひゅんひゅんと鞭を振るような音がした。

赤い煉瓦の壁が揺れた。

「危いぞ、壁から離れろ」

と口々に叫び合ったが、嵐の音で警戒の声は徹底しないようであった。

三郎は青年同志会の会員の肩を叩いて、壁から遠ざかるようにいって廻った。青年同志会、三十八名中、三十五名は、壁から離れたが、三名が、南側で作業中であった。

三郎は壁の南側に廻って、五郎と一郎と佐吉に危険を告げた。一郎と佐吉はすぐ逃げたが、五郎は、まだ気づかずに、支え棒の根っ子に石を置く作業をしていた。

「五郎、危いから逃げろ」

三郎が呼んでも、五郎には聞こえなかった。三郎は、五郎の腕を取って走った。壁の下を走るとき、壁の頭がこちらに傾きかけているのが見えた。

背後で壁の崩れ落ちる音がした。山津波に襲われたような大きな音であった。

赤い煉瓦の壁の下に六名の人夫が埋まった。台風は夕刻までに去った。精錬所の建物は半倒壊の損害を受けた。

台風が去ったが、木原鉱業所に対する天の鞭は尚続いた。台風が去ってひと月と経たないうちに、本山の分析所から出火した。風のない晩であった。火の手は真っ直ぐに立ち上った。この夜も、関根三郎は青年同志会とともに消火にかけつけた。分析所の火事があってから三日後に、更に大きな事故が鉱内で起こった。第三掘っ立て場で、六十尺余の落盤があって、作業中の鉱夫八名が不帰の人となった。

木原鉱業所は相つぐ悲劇に色を失った。名刹大雄院を買収して、ここへ精錬所を建てることに、墓場を移転させられた地下の亡霊が反対しているのだという流言が飛んだ。会社内部の大雄院移転に反対する批判派が、移転計画を再検討するように木原吉之助に進言した。

「このぐらいの蹉跌《さてつ》で顔色を変えていたら、今後、必ず起こるであろう難関を、とても切りぬけられるものではない。きみたちの一部は知っているだろうが、この鉱山《やま》の前の技師長のチャールス・オールセンがこの鉱山を去るときに、勇気と忍耐《カリツジ　ペイシャンス》ということばを残して行った。まさに、わが木原鉱業所は勇気と忍耐をもってこの難局を切り抜けねばならない」

長身痩軀の紳士木原吉之助は会社の幹部の前で、このような演説をぶってから、オールセンのいった勇気と忍耐という言葉は、木原にではなく、関根三郎のために置いていったものであることを思い出しておかしくなった。

木原吉之助は、丁度、彼の向かい側の席にいた総務課長の松倉謙造にいった。

「関根三郎君が、青年会を率いて、台風のときも、火事のときも応援にかけつけてくれたが、お礼は充分にして置いたろうな」

「お礼に行きましたが、礼金は一切受け取りませんでした。隣で困ることが起これば、駆けつけるのは人間として当然な義務であるといっておりました」

松倉謙造は立ち上がって答えた。

「立派だな。……それではというわけで、酒の三、四升持っていったというわけか」

「それが駄目なんです。入四間村青年同志会は、禁酒、禁煙の決議をして、それを実行しています」

「禁酒、禁煙、青年会がか？　いったいそれはなんのためにだ」

「木原鉱業所と戦うためだとはっきりいっております」

木原吉之助は、ううむと、感嘆の声を洩らした。

「手ごわい敵が現われたものだな。関根三郎君の年齢《とし》は幾つなんだ」

「二十歳です。第一高等学校に合格したのに、進学を止めて村に止まって、青年会の指導をしています。彼は、別子鉱山へ煙害の実情を調べに行って来ました。写真機を買ったのも、煙害の実情を記録するためだそうです。彼はもし木原鉱業所がこの土地へやって来なかったら私は外交官への道を進んだでしょうと、うちの加屋淳平にいったそうです」

木原吉之助は一瞬眼を見張り、そして、その視線を、峠を越えた向こうの入四間村の方へやっていった。

「誰がなんといっても、この木原吉之助は一歩も退《ひ》かないぞ。こうなれば前進しか道はないのだ」

その年のうちに、中里第一発電所、中里第二発電所、町屋発電所が完成し、十月末には、助川駅・大雄院間の電気鉄道が運転開始した。

本山・大雄院間の複線式架空鉄索工事も竣功《しゅんこう》した。台風中に倒壊して六名の死者を出した、大雄院精錬所は、十一月末には完成した。

大雄院精錬所熔鉱炉が吹き入れに着手した日は明治四十一年十一月二十九日であった。

4

三郎はチャールス・オールセンからの手紙を三度繰り返して読んだ。読み終わって角封筒の中へしまいこんで眺めると、遠く海を渡って来たその手紙がまたとなく貴重なものに思われて来る。三郎はその文面をほとんど暗記していた。

『あなたの手紙を受け取ると同時に、私の眼の前には日本の美しい景色が見えてまいりました。あなたが大学へ進学するのを断念して、あなたの村へとどまったということは賢明だと思います。そして、私の予言が不幸にも当たって、新しい鉱山経営者との間に、煙害についての交渉が始まっているということは、神があなたに試練を与えているのだと考えるべきでしょう。私は鉱山を去るとき、あなたに、勇気《カリッジ》と忍耐《ペイシャンス》という言葉を残しました。おそらくこれからのあなたは勇気と忍耐によって価値づけられるものと思います。私はマリーと結婚して、楽しく平和な毎日を送っています。スウェーデンの長い憂鬱な冬は間もなく去って、おそらく、この手紙があなたの手元にとどくころには、春になっているでしょう。かわいらしいあなたの許婚者《フィアンセ》によろしくお伝え下さい』

チャールス・オールセンの手紙にはそう書いてあった。辞書が必要なような単語はひとつも使ってなかった。三郎には、チャールス・オールセンの気の配りようがありがたかった。

玄関へばたばたと駈けこむ草履の音がした。みよが学校から帰ったのだなと三郎は思った。学用品を包んだ風呂敷包みをほうり出す音につづいて、祖母のいねの部屋へ走りこんで、なにか頂戴とねだる声が聞こえる筈なのだがそれらの音のかわりに、みよが咳《せ》きこむのが聞こえた。冬になると、祖母のいねがごほんごほんと咳をすることがあるが、みよが咳きこむことはめったにないことだった。みよの乾いた咳が止んで、廊下を三郎の部屋へ走って来る足音が聞こえた。

「おにいちゃん」

とみよは、呼んだ。そしてまた咳きこんだ。こんどは、前よりもはげしく、苦しそうであった。いねが障子を開けるのと、三郎が部屋を出るのと同時であった。みよは廊下にうずくまって咳きこんでいた。ひどく苦しそうで、眼に涙をためていた。

「どうしたのだえ、みよ」

いねが、みよの背を撫でながらいったが、みよは、いねに応えず、いねの袖の下から、なみだっぽい眼を上げて、

「おにいちゃん、黄色いけむりがやって来た」

といった。

「なに、黄色いけむりがやって来た？」

三郎はおうむがえしに、そういうと、庭へ眼をやった。そこからは煙は見えなかった。みよが通学している小学校は、村からややはなれた、どちらかというと、谷間の中心に寄った方に建てられているから、もし、峠を越えて煙がおりて来るとしたら、煙は谷の本筋を這って来て、小学校のあたりを衝《つ》くことは、かねてから予想されていたことであった。既に、この谷筋では、桑畑のほか蔬菜《そさい》畑が被害を受けていた。

三郎はすぐ、飛び出そうとしたが、手に持っている、チャールス・オールセンの角封筒に気がつくと、いそいで部屋に帰って、その手紙を机の上に置いて、洋服に着がえた。なにをするにも、その方が便利だからだった。洋服に着がえながら、みよが、けむりにむせびながら、けむりが来たことをいちはやく三郎に知らせてくれたことを感謝していた。十二歳のみよも、三郎が、村の青年同志会の先頭に立って、煙害に立ちむかっていることをよく知っていたし、そのけむりが、この村の敵であることも日頃の三郎の行動から充分察知していた。みよは敵を見たから、いっさんに走り帰って、それを三郎に告げたのである。

三郎は家の裏に走った。そこに一本杉があり、そこからは、村の小学校がよく見えるし、谷の全貌が見わたせた。

三郎がそこに駈けつけたときには、五郎がいた。五郎は、居たたまれないように、地団太を踏みながら、口でなにやらぶつぶついっていたが、三郎を見かけると、

「三郎さん、えれえことになったぞ」

といった。

黄色い煙は、煙のようには見えなかった。それは黄色い洪水が谷間に沿っておし出して来るように見えた。きわめて、比重の濃い、気体というよりも、重い液体が、谷間の中ほどを流れる川とともに、ゆっくりと下に向かって移動していくように見えた。既に谷間は、黄色い煙におおいつくされていた。黄色い煙の先端は、村の谷間を抜けて出て、入四間村の穀倉地帯ともいうべき、田圃の方へおし出そうとしていた。

黄色い煙には、切れ目がなかった。川の水の流れに切れ目がないように、黄色い煙は、ほとんど、濃淡の差もみせずに、かたまりあって動いていた。下へ下へと流れていく主流と、自然におしひろがっていこうとする分流とが、たくみに気を合わせて、やがて谷間が、黄色い煙でいっぱいになると、煙の流れは、次第に厚みを増してゆき、やがては村をおし包み、田圃を黄色い煙の海の底に埋め、更に、その黄色い煙の海は深さを増していって、入四間谷を形成する杉の美林までも、その煙の中に閉じこめてしまいそうにも思われた。

「どうしたら、いいのだ」

五郎は乞うような眼を三郎に投げた。

「青年同志会の者にいそいで知らせるのだ。そして、煙がどこまで延びていって、どのような悪さをするのか、黙って、じっと見ていることだ。この煙のことだから、作物に被害をきっと与えるだろう。被害が起こってからのことは、またそこで考えよう」

「蔬菜の方は、ちったあ枯れてもいいが、稲がやられたら困る」

五郎はまたじだんだを踏んだ。五郎の家は中百姓で一町歩ほどの田圃を作っていた。五郎の心配は無理もないことであった。田植えが終わって、まだひとつきとは経っていなかった。せめて、一番草でも終わったあとならば、稲の根はがっちりと田の中に食いこんでいるのだが、いまもし、黄色い煙が、三郎と恒吉が、別子鉱山から帰って報告したとおりの悪さをしでかしたら、まず稲は全滅するだろう。農民にとって米が穫《と》れないことは死を意味していた。

「稲がやられては、ほんとうにこまるのだ」

五郎は泣くような声でまたいった。

「そうだ、やられては困る。だがいまは防ぐ手段はない、はやくみんなに知らせてくれ」

三郎は五郎の肩を押すようにして、そこをはなれて家へ走りかえると、いそいで、草鞋を履いて、馬屋から愛馬の弦月を曳きだした。馬屋の隣で、莚《むしろ》を乾かしていた、関根家の内雇《うちやとい》（構え内に一軒の家を与えられて、もっぱら農事の手伝いをする定着の使用人）の伝吉夫婦が、鞍を置く手伝いをした。

「三郎様。どうなされたのじゃね」

伝吉は三郎のただならぬ様子を見てそういった。

「黄色い煙が洪水のようにおりて来たのだ」

そのひとことで充分だった。伝吉夫婦は互いに顔を見合わせて、ついに来るべきものがやって来たのかという顔をした。黄色い煙は、もう何度か小規模の被害を村に与えていた。そのうち、ものすごく大きな被害があるかもしれないと考えていたのは伝吉夫婦だけではなかった。

去年（明治四十一年）十一月に大雄院に大精錬所が建設されてからは想像もしなかったほど多量な煙が排出されて、日立村一帯に流れ出していった。大雄院精錬所に火入れをしたのが十一月の末であったから、その後、冬の間は北西の季節風が煙を日立村方面に運んでいった。だが春とともに、冬の季節風がおとろえ、そして、太平洋に高気圧が発達して来ると、煙は南東の風に乗り、峠を越えて、入四間村の方へやって来るだろうことは想像されていたが、本山に精錬所があったときよりも、二キロメートルも遠くへ離れたのだから、被害も軽減されるだろうという一部の考えがないでもなかった。しかし三郎と恒吉は、別子鉱山の煙害の実情を見て来ているから、精錬所が二キロメートル離れたことが、入四間村にとってたいして利することにはならないだろうと見ていた。伝吉夫婦は、三郎の感化を受けて、やはり悲観的な考え方をしていたから、三郎に、洪水のような黄色い煙が来たと聞いただけで、顔色を変えたのである。

「三郎様、これからどちらへ」

「見廻って来るのだ」

三郎はそういうと、弦月の背にまたがって、

「ヒー、ヒーッ」

と声を掛けて、村の下に向かって駈けおりていった。黄色い煙が、どこまで延びていくか、黄色い煙に対して、田植えして間もない稲がどのような反応を示すかを見るためであった。三郎は村はずれの馬頭観世音のところで、馬を止めて、田圃の方を見た。黄色い煙は、田圃の半ばをおおっていた。田圃の方へ走っていく、幾人かの人の姿が見えた。

三郎は入四間村の台地から一気に駈けおりて田圃の中央道に出た。臭いけむりが三郎の鼻孔をついた。三郎は顔をしかめた。咳が出た。弦月が狂ったように走り出した。弦月も、この異様な煙の中からいそいで脱出したい様子であった。

土橋を渡ったところで、黄色い煙の外に出た。三郎は弦月を柳の木に繋《つな》いで、田圃の方へおりていった。黄色い煙はすぐそこまで来ていた。

三郎は、写真機を持ってくればよかったなと思った。その煙はきっと稲に被害を与えるだろう。被害の前後の写真を撮って置くべきだと思った。三郎は田の畔《くろ》にしゃがんだ。さあこいという気持ちだった。そうやって見ていると、黄色い煙という表現は必ずしも当を得てはいないと思った。そこから見ると、おしよせて来る煙の先端は、白く輝いて見えた。太陽を背に負ったそのような位置では、黄色というより、濃白色に見えた。

煙は大地に密着してゆっくりと這っていた。堤を破った奔流の先頭が、生き物のよう

に、頭をふりながら、大地を席巻《せっけん》していくのとよく似ていた。洪水は飛沫《しぶき》を上げ、轟然《ごうぜん》と、音を上げておし出して来るが、煙は飛沫を上げないし、音も立てなかった。洪水よりもずっと幅が広く、厚みがあった。三郎は、その煙の流れと厚みになにかしらの法則があるのを見た。おそらく、それは、入四間峠を越えて吹きおりて来る風に関係があるように思われた。一定の微風が三郎の顔に当たった。三郎は眼をずっと遠くにやった。峠のあたりはどうなっているか見たかった。だが、煙は谷の奥の方に充満していて峠は見えなかった。おそらく、この煙は峠の向こうの宮田渓谷をおおい、その一部が峠を越えておし出して来たのではなかろうかと考えられた。

三郎はずっと高いところに眼をやった。煙でおおわれている峠の上は青空だった。つまり煙は、空には昇らずに、谷を埋めつくしたままでいるのだった。煙が空へ逃げずに、なぜそういうかたちで地上にへばりついているのか、三郎にはわからなかった。

煙はとうとうやって来た。煙の先端の白い舌が、稲の葉をぺろりとひとなめした。稲の葉は、僅かながら揺れた。煙に対して稲の葉が示したひそかな抵抗のようであった。

三郎は煙に包まれた。つづけて咳をした。眼から泪が出てしようがなかった。はげしく咳をしてから、ふたたび、さっきの稲の葉に眼をやると、稲の葉はいくらか頭を垂れたように見えた。気のせいではなかった。比較して見ると、稲の苗の立ち方は一様ではなかった。そこにはなにかが起こりつつあることはたしかだった。三郎は眼をこらした。だがそれ以上の急激な変化は認められなかった。三郎はそこを離れた。もし煙の影響で、稲の葉が頭を垂れるとすれば、この谷のずっと上の田圃、つまり、煙のおりて来る峠にもっとも近い方の田圃こそ、もっとも大きな影響を受けている筈だと思った。

三郎は弦月に乗ると、田圃の中を、村の上へ駈け上がっていった。途中で、幾人か村の人に会ったが、なにか気ぜわしく、話をする気にはなれなかった。村の最上部から、数町登ったところに、僅かながら田圃があった。その田圃が、この谷の上限であった。煙の中で、なにか呼んでいる声がした。馬からおりていくと、田圃の畔に佐吉が坐りこんで、わけの分らないことを叫んでいた。

稲ははっきりと眼で確かめられるほどに深く頭を垂れていた。

「稲がだめになる、はやく煙をどけないと稲がだめになる」

佐吉は三郎にそういった。佐吉の眼は血ばしっていた。

煙をどけないと稲が駄目になるという一言は、三郎にあるひとつの行動を思いつかせた。

「そうだ」

三郎は、弦月に乗ると、峠を目ざして駈け上っていった。坂道の途中で、弦月が、つづけて、二、三度、おかしな息づかいをした。胸の中にたまった空気を一度に吐き出すような仕草だった。三郎は弦月もやはり、悪い煙に苦しんでいるのだと思った。峠についたとき弦月は苦しそうにいなないた。

三郎は、前の年に、青年同志会の手によって整備された道を通って本山におりた。思ったとおり、どこもかしこも煙でいっぱいだった。去年の秋までは、この本山に事務所があったが、いまは、事務所は大雄院に引っ越したから、会社側とかけ合うためには、大雄院まで山を下らねばならなかった。

大雄院精錬所の入り口に守衛所があった。守衛は、馬上の三郎においこら、馬からおりろといった。巡査上がりのその守衛が地元の人たちに評判が悪いということは聞いていたが、まさか、おいこらと呼びとめられるとは思いもよらないことだった。尊大な顔をした守衛だった。

「木原吉之助さんに会いたい」

三郎は馬をおりずにいった。相手が相手だから、こっちもこっちだという顔をした。

「なんだ社長に会いたい、きさま気狂いか」

守衛がいった。このひとことは許すことはできなかった。

「そういうきさまこそ、ばかかあほうに違いあるまい」

三郎は、弦月の尻を守衛に向けると、足を延ばして当林（馬の後足上部の急所）を蹴った。弦月はひひんといななくと後足で守衛を蹴った。守衛は、馬の蹄《ひづめ》をよけようとして尻餅をついた。大坪流馬当ての術であった。そうして置いて、三郎は弦月に鞭を当てると一気に門を通って新しく建てられたばかりの事務所の前で止まった。

三郎は弦月を事務所の前の桜の木に繋ぐと、追いかけて来る守衛を尻目に事務所の中に入った。多くの眼がいっせいに三郎を見た。

八尾定吉が腰をかがめて走り寄って来ていった。

「さあ、さあどうぞ奥の方へ」

「いそいでいるのです」

三郎は、八尾定吉のつるつるした顔を睨みつけながらいった。

「なにをいそいでいるか知りませんが、とにかく応接間へどうぞ」

八尾定吉は応接間の方をゆびさしていった。

「ぼくは、社長の木原吉之助さんに会いたいのです」

三郎は、そこでまた社長の名を出してしまった。どうしても、社長に会わねばならないということはなかったが、守衛所で、木原の名を出したから、ここでもまたいってしまったのである。

「社長は不在ですが、御用件はなんでしょうか」

八尾定吉の眼が光ると同時に言葉つきが変わった。三郎のけわしい顔色を見て、なにごとか、重大なことが持ちあがったと見たようであった。

「煙が峠を越えて入四間村の田圃におし出して来ました。このままで放っておくと、稲は全滅するかもしれません。すぐ煙をどけて下さい」

三郎は大きな声でいった。事務所にいた半数ほどの人が、仕事をやめて三郎の方を見た。

「煙をどけろとおっしゃいますと？」

八尾定吉は、三郎のその表現が、いかにも間が抜けて、おかしいと、いいたそうに、やや首をかしげていった。

「煙をどけろということは、文字どおり、入四間村地域から煙をなくして貰いたいということです。煙をどけることができなかったら、煙を出すのをやめて下さい」

三郎は事務所の奥へよく通るような声でいった。事務所の中が騒然とした。

「おいこら外へ出ろ」

いつの間にか、三郎の背後に廻っていた守衛が、三郎の肩をつかんでいった。

「失礼なことをするのではないぞ」

奥の方で大きな声がした。総務課長の松倉謙造が加屋淳平をつれて近づいて来た。三郎は、ほっとした。加屋淳平と視線が合うと、それまで、いきり立っていた自分が少々恥ずかしくなった。相手が加屋淳平ならば話せば分る。感情に走ってはならないと思った。三郎はいわれるままに、草鞋を脱ぎにかかったが、守衛がまだそこに突っ立っているのを見ていった。

「馬のそばを通るときは用心してくださいよ、ぼくの馬は、相手の顔をちゃんとおぼえていますからね」

三郎は、そういい残して、加屋淳平のあとに従った。

異常な空気が村中をおおっていた。

その朝、田圃の水を見に行って帰って来た村人たちは、ほとんど常態ではなくなっていた。蒼白な顔でおし黙っている者もいるし、畜生め、畜生めといいながら歩いている者もいた。竹槍を作っている者もいた。

伝吉が村の様子を見て来て三郎に報告した。

「こりゃあ、どうしても一揆《いっき》ですよ、三郎様」

慶応生まれの伝吉には、その朝の様子が百姓一揆の前ぶれに見えたようであった。

「田は見て来たか」

「へい」

伝吉の、股引きは朝露に濡れていた。黄色い煙がやって来て入四間村の田圃の稲の頭が垂れたのは五日前であった。三郎は弦月に乗って峠を越えて、大雄院の木原鉱業所の総務課長の松倉謙造、地所係の八尾定吉、加屋淳平などとこの件について話し合った。

「稲は比較的煙には強い植物ですが、その稲が煙害に会った例は、別子鉱山にも小坂鉱山にもあります。関根さんも現地に行ってごらんになってお分りだと思いますが、稲が煙にやられたかどうかがはっきりするのは、四日目か五日目です。四日たっても、五日たっても稲が頭を垂れたままだとすれば、まず駄目です。まもなく全体的には赤錆色に枯れはじめ、葉先の下、三寸ほどのところが黒褐色になり、下葉はまくれかえって脱落します」

加屋淳平は、綴じ込みを開いて三郎に説明した。

「早速、地所係の者をお見舞いにやりますが、被害の補償の問題は、四、五日経ってから、あらためて御相談いたしましょう。関根さん、村へ帰って、みなさんに、木原鉱業所は誠意をもって補償に当たるつもりであるとお伝え下さい」

三郎は五日前に松倉謙造がいったことばを思い出しながら、伝吉に稲の様子を聞いた。

「稲は全体的に赤っぽくなって来たし、下葉もまるまって来た。まるで、田圃の近くで大火事があったあとのようだ」

伝吉は、今朝、田の水の様子を見に行って目にした状況をそのように説明した。

「火事にあったように見えたのか」

三郎は、去年の夏、四国で見た惨状を思い浮かべた。突然ふって湧いた、この大被害に対して、どう処置していくべきかに迷った。眼の前で稲が枯れたのを見せられたのだから、村の人たちが怒るのは当たり前である。しかし、こういう状態で、会社側との交渉はむずかしいと思った。交渉をするにしても、正式には、村の委員たちによる相談会が表に立たねばならないが、委員たちも、自分の田圃の稲が全滅となったら、相談も交渉もなく、ただ怒りを会社側にたたきつけるだけに過ぎないのではないかと考えられた。

三郎は、関根恒吉の家へ行った。恒吉は、腕を組んで、庭を歩き廻っていた。

「恒吉さん」

と話しかけたが、恒吉は返事をしなかった。ひどく怒っていることは彼の顔を見れば分る。

「どうしたんだね、恒吉さん」

　すると恒吉はくるりとふりむいて、

「小作米で食っている本宅はいいさ、一年や二年米が穫れなくたって、米蔵にはくさるほど米がある。だが、おれたち、自作農や小作農はいったいどうすればいいのだ」

　日ごろ冷静な恒吉がこんなふうに取り乱すとは思いもよらぬことであった。

「恒吉さん、まあ落ちつけ、落ちついて、おれの話をよっく聞いてくれ」

「落ちつけだと、稲が全部枯れたというのに落ちついてなんかいられるか、こうなったら農民決死隊を作って、大雄院におしかける以外に道はない」

　恒吉は四国で見て来た農民決死隊という、最後の手段だけが頭に浮かんでいるようであった。農民決死隊が動き出す前に、農民代表と会社代表との何度かの交渉があったことは忘れているようであった。恒吉がそのようだと青年同志会の会員を集めることもできないし、集めたところで、過激論が大勢を決めることは分り切っていた。

　三郎は、この村の村長でもあり煙害相談会の委員でもある大村善之助《おおむらぜんのすけ》のところに相談に行った。大村善之助の田圃はずっと下にあったので、こんどの煙害にはそれほどひどい被害を受けていなかった。彼は比較的冷静な顔で三郎を迎えた。

「三郎さん、たいへんなことになったな。いよいよ三郎さんに出て貰わないと、どうにも、交渉のつけようがなくなったというわけだが、いまのところ村中が気が立っていてどうしようもないから、ここのところは、おれたち老人が出て、村の衆をおさえるから、村の衆が静かになったところで、こんどこそ三郎さんに正式に委員になって出て貰うことにしよう」

三郎は村長のいうとおりにした。村の人たちの昂奮をおさめるには、結局は老人の力以外にないと思っていた。

三郎は自宅に帰って、今後どうしたらいいかを考えていた。伝吉が、村の動きをつぎつぎと三郎に伝えた。

〈筵旗《むしろばた》や竹槍で会社へおしかける前に、まずちゃんとした被害調査書と補償金の要求書を作ろうではないか。田圃の稲が全滅したとしても、秋になって穫れるだけの米を買う金を会社が出してくれるならばこっちには文句はない筈だ。会社が、それに対して、つべこべいったら、そこでおし出そうではないか〉

村長の正論には老人がまず賛成し、若い者の中でも、同調する者が少しずつ出て来た。どうやら村の中が静かになったのは正午を過ぎてからであった。

伝吉から、その報告を聞いて、三郎はほっとした。そう話が決まればあとは被害調査をしっかりやって、会社側へつきつける条件を考えればよいのである。三郎は写真機を持ち出した。被害状況の実態を撮影に出かけようかと思ったのである。

村の半鐘が乱打された。

三郎は、すぐ外へ出て見た。どこにも火事らしい気配は見えなかった。

「鉱山《やま》の連中が来たぞ。みんな出て来い。鉱山の連中が来たぞ」

村の中央を、そう叫んで通る者があった。鉱山の連中が来たと聞いただけで、村の人たちのおさまりかけていた怒りが再び燃え上がったようであった。

村の人たちは、手に手に棒を持ったり、鎌を持ったり、中には竹槍を持った者が村の上へ向かって走って行った。三郎も走った。村の人たちが鉱山の人になにかしでかしたらたいへんだと思った。

鉱山の連中というのは、総務課長の松倉謙造と八尾定吉と加屋淳平のほか地所係の人達数人であった。彼等は被害状況を調べるために峠からおりて来たところを村人に取りかこまれて、茫然としていた。

「うちの稲は全部駄目になった、いったいどうしてくれるのだ」

「おれたち百姓は米を作って生きているのだ。稲を枯らすことはおれたちを殺すことだ」

「百姓の気持ちが分らなきゃあ、分るようにしてやろう」

「てめえたちがおれたちを殺すというなら、おれたちだって、てめえたちを生かしては置けねえ」

村の人たちは、鉱山の人たちを取りかこんで口々に叫んだ。

「まあ、まあ、みなさま、そう昂奮なさらずに私のいうことを聞いて下さい。木原鉱業所の煙突から出た煙が、みなさまの稲を枯らしたということがはっきりしたら、会社は損害の補償をいたします。いままでだって、ちゃんとやって来たではございませんか」

八尾定吉は誰かれとなく笑いかけながら、そういって歩いた。

「なんだと、おい役者、もう一度いって見ろ、木原鉱業所の煙突から出た煙がみなさまの稲を枯らしたということがはっきりしたらとは、いったいどういうことだ。稲を枯らした煙が、木原鉱業所の煙でなくて、いったいどこの煙なんだ」

五郎は八尾定吉の名を呼ばず、あだ名を呼んだ。

「つまり、損害状況がはっきりしたらと申し上げているのでございます」

と八尾がいい直す。

「会社ははじめから誠意がないのだ。この野郎共は口さきで逃げることしか考えてはいないのだ」

うしろの方で誰かがいった。やっつけろ、ぶんなぐれという声も聞こえた。棒を持って数人の者が、八尾定吉に殴りかかろうとした。

三郎が駈けつけたのはそのときだった。三郎は八尾定吉の前に立って、叫んだ。

「手を出すな。手を出したら、こっちの負けだぞ。手を出しちゃあいけない」

三郎は絶叫した。叫びながら、棒をふり上げている人たちの顔を見た。五郎もいた。彦市もいた。

「彦市、五郎やめてくれ、青年同志会は、煙害問題については勝手な行動は取らないと申し合わせていたじゃあないか。おれは青年同志会の会長だ。おれにだまって勝手なことをして貰っては困る」

三郎にそういわれると、彦市は、ふり上げた棒のやり場に困ったように、すごすごと、人ごみの中にさがっていった。五郎は、棒をふり上げたままで横を向いた。

「棒を持っている者は棒を捨ててくれ、この人たちは被害状況を見に来たのだから、充分に見て貰おうじゃあないか。文句があったら、相談会の折、村の委員たちの口を通していって貰えばいい」

三郎の声はよく通った。三郎が同じことを何度かいって、どうやら、おさまりかけたところへ村の老人たちが到着した。八尾定吉は老人の中に、彼の知り合いの顔を見いだすと、ほっとしたような顔でいった。

「私たちは喧嘩に来たのではありません。被害の調査にわざわざやって来たのに……」

そのいい方が悪いといって村人たちはまたいきり立った。

「なぜ、謝らないのだ。迷惑を掛けてすまなかったとまず謝ってから、被害の調査にかかるなら、かかったらいいだろう。こんなひどい目に合わせておいて、でかいつらをしていやあがる」

そういう者があった。老人たちがまあまあと、止めると、それが刺戟になってまたいきり立った。

「私は総務課長の松倉謙造でございます。このたびは、わが社の煙が、みなさま方の水田の稲を枯らしてまことに申しわけございません。調査した上で、充分な補償をさせていただきたいと思います。どうぞ被害の調査に御協力下さい」

松倉謙造の声はどら声だった。声も大きいが、体格も大きい松倉が、そういって頭をさげると、村人たちは、それで幾分か気が落ちついたようであった。

「とにかく田圃を見て貰いましょう」

村長がいった。そして、相談会の委員たちが先に立って、田圃の方へおりて行った。その後を村の人たちがぞろぞろとついていった。

地所係員が田圃におりて、所有者の名前、田の面積、平均収穫高等をいちいち聞いては、帳面に書きこんでいく作業が始まると、村の人たちの気分は更に落ちついていった。所要記録を取ったあとで、

「さて被害ていどは、どのように記帳したらいいでしょうか」

松倉は村長に訊ねた。一目見て全滅とはっきり分る田もあったが、田の半分がやられて半分はなんでもないところもあったし、縞《しま》のように被害がでているものもあった。稲は全体的に元気がないが、やがて、自力で恢復できるかもしれないと思われるような田もあった。

被害は、田圃の面積の何割であるかという数字で記帳されていくから、被害者側になると、なるべく被害面積を多く見積もって貰った方が補償のとき有利になるし、会社側になると、被害面積は少なくあって欲しい。

村の委員たちは、村の人に恨まれるのは嫌だから、被害面積の査定はなるべく多くしようとするし、会社側では、村の委員たちに被害面積の査定に加わって貰いながら、な

るべく有利な条件を見いだそうとした。

そこでまた、村の人たちの間に不穏な空気が見えはじめた。

「きょうのところは、このまま双方引き揚げて、それぞれ、調査方法と補償方法について原案を出し合って明日、改めて協議したらどうでしょうか」

三郎がいった。会社側も、村の委員たちも、三郎の意見に同意した。

「では、明朝また、おたずねいたします」

松倉たちは村長や三郎たちに挨拶して、峠の方へ去っていった。彼等のうしろ姿に向かってつばを吐く者がいた。

その日、まだ明るいうちに、入四間村の村寄せが、御岩神社の社務所で開かれた。村寄せとは一戸一人ずつ出席する村の総会であった。数年前に、御岩神社の神主を決めるための村寄せが一度あっただけであった。村寄せをするほどの重大事件はなかったから開かれなかったのである。

村長の大村善之助は、今度の煙害について概略説明したあと、鉱山のあるかぎり今後も、このようなことは引き続いて起こり得る可能性があることを説いた上で、村として緊急にしなければならないことは、煙害の補償要求であり、会社側には学校出の、口の達者な者がいっぱいいるから、村の方でも、そいつらに太刀打ちができるような人に委員になって貰わねばならないから、相談会の委員の改選をしたいといった。暗に三郎の出馬をうながすような口ぶりであった。

「それから、いままでは村長が委員の一人であったが、今後は村長は委員には加わらず、委員の決めたことを承認する側に立ちたいと思う」

それまでにも三郎は何度か、委員になってくれと、村長にたのまれたが、年齢が若いからと辞退していた。表面に立つより、青年同志会を率いて側面から応援の形を取った方がいいし、もうしばらくは、自由な立場で、会社側の動きと、村の動きを見ていたいといって、委員になるのをことわりつづけていたのであった。

「煙害の起こるたびに、村寄せをやるわけにはいかないから、ここで一番、選挙によって、委員を決めて、その人たちに会社側との交渉をして貰ったらいいと考えるがどうでしょうか」

反対がある筈がなかった。

三郎は、村長に虚《きょ》を衝かれたなと思った。もうしばらくは、傍観的立場にいて、煙害と戦っていたかったのだが、こうなれば、もう仕方がなかった。

三郎は最高点で委員に当選した。煙害の交渉で会社へ行っても、酒ばかり飲んでいて、役に立たないと噂されていた委員が二名消えて、三郎のほか、平林孫作《ひらばやしまごさく》が加わった。関根恒吉も再選された。

「じゃあ、三郎さん、新しい委員を代表してひとことなにか」

村長がいった。

三郎は立ち上がっていった。

「委員に選出された以上、粉骨砕身、村のために働きます。私は、この仕事が、私に与えられたもっとも光栄ある仕事だと考えています。私は、今後、いよいよ多くなると思われる、煙害に対して、その被害者側がどうあるべきかについて、根本的に考えて見たいと思っております。委員はみなさまの代表ですから、みなさまの信頼がなくてはなにもできません。どうぞよろしく、お願いいたします」

三郎はそういって坐った。粉骨砕身という時代がかかった言葉をしゃべったことがちょっと気になった。

「では、村寄せはこれで散会して、引きつづいて、相談会をはじめますから、委員の方はお残り下さい」

村長がいった。村の人たちは次々と腰を上げた。しっかりやって下さいとか、三郎様お願いしますなどと声をかけて来る人たちに、いちいち挨拶をかえしながら、三郎は、なにか空虚な気持ちでいた。とうとう、煙害という怪物に、正面切って立ち向かわねばならなくなった自分をふりかえった。これで外交官の夢は完全に消えたと思った。

関根三郎は、そこに集まった六名の委員が、一様に三郎の方を期待を持ったまなざしで見ているのに気がついた。老人たちは、やり切れなくなっていたのだ。新しい力が加わることを望んでいたのだ。三郎は、その古老たちを失望させてはならないと思った。

「では相談会をはじめてください。私は委員ではありませんから、ここらで失礼しましょう」

村長がいった。

「ちょっと村長さんお待ち下さい。私は相談会という名称は変えた方がいいと思います。こういう名称だと、会社側になめられます。入四間村煙害対策委員会としたらいかがでしょうか。そして、従来、相談会の会長は村長がやっていましたが、村長が委員を辞退した以上、あらためて、委員長を決めるべきだと思います。まず、委員長を決め、委員会の組織と権限を明らかにし、村会にかけて、承認を受けるのです。そうしなければ、委員会が、村を代表した、公式の機関として、会社側と交渉することができません」

「なるほど、三郎さんのいうとおりだ。どうだね、みなさま」

村長は委員たちの顔色をうかがった。ひとりとして反対する者はなかった。

そのとき、入四間村煙害対策委員会は発足し、関根三郎はその委員長に就任する運命にあった。

入四間村煙害対策委員会が発足して、弱冠二十一歳の関根三郎がその委員長となってまず最初に手をつけたのは被害水田の調査であった。

「会社には独自のやり方で被害の調査をやって貰い、村は村で被害調査を正確にやろう。一坪のごまかしもなく、稲一株の調査洩れもないように、きちんとした資料を出して、会社側の調査結果と比較して見て、大きく違っているところは両者が立ち会って決定するということにしよう。この調査は正確無類でなければならない。入四間村の調査は正確だという印象を会社に与えることは今後の交渉上、必要欠くべからざる条件となるでしょう」

関根三郎は委員会の席上で強くこれを主張した。翌朝は委員の他に青年同志会の者を数名加えて、被害水田の調査をはじめた。水田の所有者も、調査現場に立ち会わせた。木原鉱業所側も、地所係の者がやって来て調査をはじめた。村の委員や青年同志会が彼等の案内役に立った。

調査は三日で終わって、第一回目の交渉は、大雄院の事務所で行なわれた。会社側の資料と村側の資料とが比較された。会社側の被害面積の評価は総体的に過少であったが、中には村側の評価よりも多いものがあった。

「両者の調査の結果がこれだけ違っていたら、話になりませんから立ち会い調査をいたしましょう」

関根三郎は、予期していたことだから、たいして驚いた顔はしなかった。

「もう一度調査をやり直すということになると、お互いたいへんですな、どうです、両者の調査の結果から平均値を出すということにしたらいかがでしょう。つまり、両者の調査結果をたがいに尊重し合うということなんですが」

八尾定吉が亀のように首を延して委員のひとりずつに賛成を求めるように眼を動かしていった。八尾定吉がそうやると、委員の中のある者は、八尾定吉の首の動きに合わせてひょいっと頷いてしまう者もある。八尾定吉は、最後に、三郎と視線が合うと、つづけ様に二、三度ぺこぺこやって、

「どうでしょうか、委員のみなさまはだいたい賛成のようですが……補償問題というのは、双方が信頼し合うことによってのみ、解決されるものですから――」

「そのとおりです。しかし信頼できない場合はどうなります」

「と、おっしゃいますと、あなたは会社の調査が信用できないとおっしゃるのですか」

「会社側の調査結果が村側の被害調査面積よりも一様に二割ないし三割下廻っているというのなら、今の御意見について考慮する余地がありますが、会社側の調査の中には、村の被害調査面積よりも、三割も過大評価しているところが四件もある。これは明らかに、どちらかの調査が非常に杜撰《ずさん》であったということになる。当然、立ち会いの上たしかめる必要があるでしょう」

三郎は、机の上にひろげてある両者の調査表をゆび先で示しながらいった。

「すると、あなたは、調査結果がはなはだしく違っていた四件についてだけ、立ち会い調査をやればいいとおっしゃるのですか」

「そうです。この四件について立ち会い調査をやって、四件とも会社側が正しければ、こんどの被害調査全般について、会社側の調査が正しいものとして、会社の調査資料を元にして補償金を算出していただきましょう。しかし、もし、この四件について、村の方が正しかったとすれば、補償金の算出基礎はすべて村の調査資料によることとしていただきたい」

三郎はいい切った。村の委員たちの一部は、それはいい過ぎではないかというような顔で三郎の顔を見ている者もいたが、三郎の意見に口をはさむ者はいなかった。

「そちらがそういうなら、そのとおりにやって貰おうじゃあないですか」

地所係の須《す》藤《どう》健《けん》吉《きち》は、こんどの煙害調査についての責任者であったから、三郎の発言に対して、あきらかに腹を立てているようであった。

「とにかく、その四件だけは、至急に立ち会い調査しないとならないでしょう。その結果、あとのことはまた御相談いたしましょう」

松倉課長が結論をいった。

会社との交渉はそれで終わった。八尾定吉がいそがしそうに、応接間を出たり入ったり、村の従来からの委員のひとりひとりに小声でなにか話し掛けたりした。いや、どうもと従来の委員の老人が、ていさい悪そうな顔をすると、八尾定吉は、老人の肩を叩いて、なにか冗談をいった。

三郎が書類をまとめて立ち上がろうとすると、八尾定吉がいった。

「外で馬車が待っていますからどうぞ」

「馬車？　馬車は要りませんよ、われわれは歩いて帰りますから」

「まあ、そうおっしゃらずに、そろそろ食事の御時間ですから、ちょっと、そこまで御同道いただけませんか、新しい委員や委員長のあなたにお話ししたいこともありますので」

「そういうことはいっさいおことわりいたします。ほんとうのことをいうと、お茶を出していただくのも迷惑なんです」

三郎は、村の委員たちに聞こえるように大きな声でいって、さっさと応接間を出ると草鞋を履いた。三郎のあとに関根恒吉と、新しく委員になった、平林孫作がつづいた。

六人の委員のうち三人が、馬車に乗らない意志をはっきりさせると、他の三人の委員も、それに従わざるを得なくなった。

六人はそろそろ暗くなりかけた道を、峠に向かって登っていった。

手にカンテラを携げ、尻敷きをばたばたいわせながらおりて来る坑夫の行列に会った。本山を通り、峠で六人はいっぷくした。その折りを見て、三郎は委員たちにいった。

「本日は御苦労様でした。私の家で、食事の用意がしてありますから、どうぞお立ち寄り下さい」

三郎が慇懃な挨拶をすると、馬車に乗って宮田の料理屋へ行けなかったのを不服に思っている委員たちが、おやっというような顔で三郎の顔を見た。

三郎の家で酒宴が始まったが、三郎はその席には出なかった。委員たちの接待には三郎の家の伝吉が当たった。伝吉は酒が好きで強かったからこういう時にはもってこいであった。

「委員長はどうしたのだ、委員長は」

などと怒鳴る老人には、

「三郎様は、全く酒がいけませんので、私がかわっていただきます」

と伝吉が盃《さかずき》を出した。

そのころ三郎と恒吉と平林孫作の三人は、恒吉の家で、菓子をつまみながら、明日の立ち会い調査のことを話し合っていた。

翌朝は小雨が降っていた。

蓑笠を被《かぶ》った村の人たちと、雨合羽を着こんだ会社の人たちとの立ち会い調査が始まった。間縄《けんなわ》を持った若い者が、田の畔《くろ》をあっちこっちととんで廻った。

問題となった四件については、やはり村の調査が正しかった。

会社側はしぶしぶとそれを認めざるを得なくなった。

会社と村との交渉はそのつぎの日に、大雄院の事務所で朝から行なわれた。

総務課長の松倉謙造は会議が始まると同時に立ち上がっていった。

「立ち会い調査の結果、入四間村の調査が正しかったことを認めます。わが社では協議の結果、今回の水田の被害補償については、入四間村煙害対策委員会が提出した資料によることにいたします」

被害度と被害面積はこれできまったが、被害度に対して、どのような率の補償金を出すかについてはまだ問題があった。

全滅と見なされる田圃については、その田圃の予定収穫に見合う金を即金で支払えというのが三郎が出した意見であった。

この案が通れば、他の田圃も、被害度に応じて補償金を払えばいいのである。

「即金で払えというのは、少々無理な要求ではありませんか。米が穫れるのは秋でしょう。そのころになって支払うのが当然だと思いますが」

八尾定吉が口を出した。

「八尾さん、あなたは農業の御出身ですか」

三郎は八尾定吉の発言をおさえるようにいった。

「いや、私は商家の生まれです」

「そうでしょう。商人に百姓の苦しみが分るはずがありません。今度の煙害を受けたときの村の人たちのあの怒った顔をあなたは見たでしょう。米は百姓の生命です。その生命をおびやかした責任は会社側にあります。補償金は物質だけではありません。ほんとうは物質より精神的な被害の方が多いのです。米が穫れないところへもってきて、秋になっても、会社が金を払ってくれなかったらどうしよう、などと考える人も一人や二人ではありません。この際、村の人の気持ちを静めるためには、補償金を即金で支払っていただくより他に道はありません」

三郎は飽くまでも即金を要求した。既に被害面積の調査で、一歩ひけを取っている会社側は、結局三郎の意見を聞くよりしようがなかった。三郎の論旨は整然としていていささかの乱れもなかった。

交渉は妥結した。関根三郎は松倉謙造と固い握手をした。

昼食時間になると、朱塗りの箱に二段にこしらえられた弁当が運ばれたが、三郎は、それには手をつけず、腰にさげていた、にぎり飯を出して食べた。

　委員の中で弁当を持って来た恒吉と平林孫作も三郎を真似た。他の三人の老人委員は会社が出した弁当を遠慮勝ちに食べた。

　食事が終わって委員たちが帰ろうとしているとき、加屋が松倉とともに入って来た。

「みなさまにお願いがあるのですが」

　加屋淳平は、そう前置きして話し出した。

「補償の問題とは別に、私は農業技術の専門家としてやって見たいことがあるのです。実は、今度、煙害にやられた稲が、どのていど、自力恢復できるものか、実験して見たいのです。会社からは肥料を提供しますから、稲を抜き棄てずに、これに肥料を充分に与えながら、しばらく経過を見まもっていただけませんでしょうか。ひとつき経ってもなんの変化もなければそこであきらめて下さい。もし万一に恢復して米が穫れれば、それだけ皆様が得をしたということになります。米が穫れたからといって、さし上げてある補償金をかえせとは申しません。飽くまでも、これは実験ですから、そのつもりで協力していただけないでしょうか」

　加屋淳平は訥々《とつとつ》とした調子でしゃべった。ひとりの委員が、

「枯れ木に花が咲いたというお伽噺《とぎばなし》は聞いたことがあるが、枯れた稲に米がなったという話は聞いたことはねえな」

といった。

「おれの家の田圃は三段歩ほど全滅したから、その田圃であんたのいう実験をして見よう。肥料をごまかして取ったなんていわれると嫌だから、あんたの眼の前で、あんたのいうとおりに肥料を使いましょう」

平林孫作がいった。

「肥料をただでくれるというなら、稲の枯れた田に肥料をやる人もでて来るだろう。その肥料は結局、田の土を肥すことになるからな」

と恒吉がいった。

加屋淳平の提案は受け入れられた。

数日後に、補償金が全額、支払われ、それと同時に、加屋淳平の指導のもとに、被害を受けた田圃に施肥された。

いくら肥料をやったところで枯れた稲が生きかえるわけがないと思いながらも、どうせ、ただでくれる肥料だからと、加屋淳平のいうとおりに即効肥料を投入して、しばらく経つと、枯れた稲の株から新しい稲の芽が出て来たのを見て、これは驚くべきことだと、本腰を入れて田の草を取る者と、

「今から芽が出たんじゃあ、米がなるのは来年だね」

と笑っている者と、村人の心はいろいろだったが、七月、八月と猛暑がつづくと、その芽はどんどん延びていって、八月半ばになると枯れた株から芽を出した稲は煙の被害を受けなかった稲と同じくらいの背丈になった。

「奇蹟だね、これは……」

いよいよ収穫が確実となったのを見て、三郎がいった。が、加屋淳平は首をふった。

「奇蹟ではありませんよ、植物の生命力です。そして、今年が平年以上に天候に恵まれていたということも大きく効いています。それから、もう一つの条件、この田圃に煙害が反復して起らなかったということです」

なるほどと三郎はうなずいた。田植えが終わってひとつきも経たないころ、峠をおりて来て田圃を襲った黄色い煙はその後、ふたたびおしよせて来ることはなかった。小規模な被害はあったが、大きな被害はなかった。

しかし、煙害が減少したというのではなく、山林の被害は急増するし、煙害のために生計が立たなくなったという村さえ出ていた。

「煙が峠をおりて来るのは、なにか天気と関係がありそうですね」

三郎がつぶやいた。

「おおいにあります。その年の気象状態で風の動きが違うようです。今年は小屋沢《こやさわ》村がひどい被害を受けました。或いは全村棄村することになるかもしれません」

「棄村といいますと？」

「家も土地も山も全部会社に売って去ることです。補償金が多い家では三万円、少ない家でも一万円ぐらいは貰えるそうです。既に三軒は宮田へ出て料理屋を開くことになったそうです」

小屋沢村は本山の南方二キロメートルのところにあった。本山精錬所があったころから既に被害が多かった村であったが、村を挙げて立ち退くということは初耳であった。関根三郎は、その小屋沢村の運命がやがては入四間村の将来を示唆するもののように考えた。

「関根さん、山はお嫌いですか」

加屋が三郎の顔を覗きこむようにしていった。

「山ですか？」

考えこんでいた三郎はびっくりしたように加屋淳平を見た。山は好きだとか嫌いだとかいう問題ではなかった。

煙害が多くなってからは、月に三度は煙害の実情を調べるために、重い写真機をかついで山の中を歩き廻っていた。

「こんどの日曜日に神峯山《かみねやま》へ登りませんか」

加屋淳平がつづけていった。

「日曜日ですか？」

おれには、既に日曜日はないのだと三郎は思った。

日曜日がある人がうらやましいというのではなく、そういう人たちが居るのが不思議でならなかった。

「日曜日は駄目ですか」

「かまいません」

「それでは、御一緒に願いましょう。久しぶりに、社用をはなれて、ゆっくり登山を楽しもうではありませんか。そうですね、入四間峠で八時に会うということにしましょうか」

加屋淳平と話しながら歩いていると、通り過ぎる村人たちは加屋淳平に、いちいち挨拶して行く。

春の煙害以来、加屋淳平は入四間村に何度も来て、被害のあった田圃の自力恢復の指導をした。そして、その効果が現われて、全滅と思われていた田圃から平年作の七割の収穫が予想されるようになった。

全滅と思われた田圃がそのようであったから、中程度の被害のあった田圃は平年作にかえっていた。

補償金を貰った上、米が穫れたのだから、加屋淳平を悪くいう者があろう筈がなかった。木原鉱業所に対する入四間村の村民の感情はやわらいだ。

村の主婦たちが、四人五人とつれ立って本山の社宅へ野菜を売りに行くようになった。鉱山住宅のおかみさんたちが入四間村へ野菜や米を買いに来ることも多くなった。鉱《や》山《ま》と入四間村とは、それまでになく親密度が増したようであった。

「このままで、ずっと行けばいいが」

三郎は、重く穂を垂れた田圃を見ながらいった。

「それが、なかなかむずかしいことなんです。精錬所が強化されれば煙は増えます。その煙に生物がどこまで耐えて行けるかが問題なんです」

加屋淳平は農学士らしい表現をした。

「ではこんどの日曜日の八時に、峠で待っています。そうだな、妹をつれて来ようかな」

加屋淳平はあとの方はひとりごとのようにいった。加屋淳平が去ってから、三郎は、加屋と日曜日に神峯山へ登ることについて考えた。会社側は、激増する補償問題に対して、あの手この手を使っているという噂がある。

各村ごとで、委員を立て、会社と交渉しているのだから、村によっては、会社側のいいように丸めこまれてしまうことはあり得ることであった。だから三郎は、いかなることがあっても、会社側の饗応は受けないという鉄則のほかに、いかなることがあっても、会社側の私宅を訪問しないし、会社側からも委員の私宅を訪問させない、もし必要があれば、前以て訪問することを告げて置いて、少なくとも、三人以上で面会するということにしていた。

「会社の人と日曜日に山へ登るということは、煙害対策委員会の委員長としてなすべきことではないのではなかろうか」

三郎はひとりごとをいってから、少々自分が神経過敏になっているのではないかと思った。

背負い袋の中に写真機を入れ、その上に三脚をしばりつけると、弁当の包みのやり場に困った。三郎は首をひねった。

「お兄ちゃん、そのおべんとう、みよが背負っていく」

そばで見ていたみよがいった。

みよは手を出して、その包みを取ろうとした。みよが、どうしても背負っていくというのに、いけないともいえず、二人分のにぎり飯の入った包みを、みよに背負わせるのは、かわいそうだという気もあって、返事をしかねている三郎に祖母のいねがいった。

「みよに背負わしたらいい、みよはもう大きいからな」

みよは十二歳だったが、身体が大きな方だから、いつも、一つか二つは上に見られていた。いねが、みよは大きいからといったのは、そんなところをいったのである。いねは弁当の包みをみよの右肩から左脇の下に斜めに背負わせた。三郎は、水の入った竹筒を背負い袋にくりつけてから背負い袋に肩を入れた。重いというほどのものではない。

「気をつけていっておいで、あまり、ちょこちょこ歩き廻るものではないよ」

といいねがみよに注意を与えたが、そのときみよはもう門の外へ出ていた。

みよは先に立ってとっとと歩いた。三郎がもっとゆっくり歩けといっても聞かなかった。入四間峠に近づくと、紅葉したウルシの木が、道の上まで枝をさしのべていたり、杉の林の中に、びっくりするほどあざやかに紅葉したモミジの木があったりした。

入四間峠では加屋淳平が先に来て待っていた。加屋は近づいて来る関根三郎の方に手を上げた。三郎もそれに応えながら、石の上に加屋淳平と並んで腰をおろしている女性の方に眼をやった。加屋淳平のかげで、よく見えなかったが、その女性が子供でないことだけは分った。加屋淳平は妹をつれて行くといっていたが、その妹を関根三郎は、みよと同じぐらいの年齢だと思っていた。別に理由はなかった。妹と聞いた瞬間、三郎の頭にはみよが浮かび上がり、みよと同じとし恰好の加屋淳平の妹を想像したまでのことだった。

三郎とみよが近づくと、加屋淳平兄妹は腰をあげて、二人の方へ歩いて来た。加屋淳平のかげで色彩が動いた。

「妹の千穂《ちほ》です」

加屋淳平はひどくぶっきら棒に紹介した。

千穂は華やかな微笑を浮かべていた。三郎はその微笑にどのように応えていいものやら分らずに、突っ立っていた。千穂はおどろくほど色が白く、目鼻立ちの整った顔をしていた。澄んだ大きな眼に浮かべた微笑は三郎をとらえて放さなかった。

華やかなものは、千穂の容貌だけではなかった。かき上げて丸く結い上げた、女学生風の髪に、そのころ流行の大きな赤いリボンが結ばれていた。

黒髪に赤いリボンはよくうつったし、彼女の着ている矢絣《やがすり》の着物も、海老茶の袴《はかま》も華やかであった。千穂は、白足袋に草鞋を履いていた。

すべてが華やかであったから、彼女の微笑もまた華やかであっていいのだが、その華やかさは絢爛《けんらん》といったようなものでもなく、人を圧倒してしまうものでもなかった。たしかに華やかであったが、その華やかさのかげに、つつしみがあった。どこまでも無制限に拡大していく、バラの匂いのような華やかさではなく、部屋の中の花瓶に活けこんだ一輪ざしの花からこぼれる匂いのような華やかさであった。

千穂の華やかな微笑が、三郎と並んで、びっくりしたような眼で彼女を見上げているみよの方へ移った。

「みよです」

三郎が千穂にそういって紹介した。

「まあ、なんとかわいらしい妹さんだこと」

千穂はそういうと、もうずっと前からの知り合いのように、みよの傍へ行って、背をかがめると、

「重かったでしょう、みよちゃん」

そういいながら、みよの背に斜めに背負われている、弁当の包みをおろしてやった。

「お姉ちゃんが持っていって上げるわ、だって、私なんにも持っていないものね」

ね、と千穂は顔を斜めにしてみよにいった。みよはまだ黙っていた。

「みよちゃんはいくつなの」

千穂はみよの手を取った。千穂に手を取られるとみよはいかにも恥ずかしそうに身体

をよじったが、やはりものはいわなかった。

「みよちゃんはだんまりなのね」

千穂がいった。そのとき、千穂の顔から微笑が消えた。華やかなものがいっさい消えて、そこにはなんともいえない淋しい翳《かげ》が浮かんだ。三郎はその翳を見のがさなかった。これほど美しい女性がなぜ、こんな淋しい翳を持っているのだろうかと思った。話しかけても、答えようとしないみよを見ていて、ふと浮かべたそのものさびしげな表情は、実は彼女の常の表情であって、華やかな微笑は、むしろ作られたものではなかろうか。三郎は千穂からそのような感じを受けた。

「十二です、みよは」

三郎はみよにかわって答えてやりながら、なにかいったらいいじゃあないかというような眼でみよを見た。

みよは丸い眼をして千穂を見ていた。みよもまた、突然眼の前に現われた美しい女性にびっくりしていたのである。入四間村には、女学校へ行っている娘はいなかった。みよは生まれてはじめて女学生というものを見たのであった。みよがなにもいえないのは当然であった。

「千穂は水戸の女学校へ行っています。女学校の寮にいるのですが、土曜日と日曜日には帰って来るのです」

加屋淳平はつけたしたようなことをいった。

四人は峠から、東側に分れている山道を登り出した。千穂とみよはすぐ仲よしになった。いったん馴れたとなるとみよはよくしゃべった。おねえちゃんの髪かざりはなんていうものか、おねえちゃんはどうして袴なんか穿いて山へ来たのかと、遠慮のない質問を発していた。千穂は髪につけているのはリボンというものであり、女学生は外に出るときには、必ず袴をつけていなければいけない規則になっているのだなどと、いちいちこまかに説明してやっていた。

三郎は加屋淳平と話しながらゆっくり歩いていった。加屋と話しながらも、耳は、みよと話している千穂の言葉を聞いていた。千穂というひとはなぜあのように、ほろほろと小鳥がさえずるようなきれいな声を出すのだろうかと思っていた。

峠から神峯山まではゆっくり歩いても一時間足らずの道のりのところを、四人は一時間半もかけて登った。

ずっと森の中の道だから暑いことはなかったが、丈の長い草藪がおおいかぶさるように生えているところへ来ると、みよは草藪に入って見えなくなった。そういうところは男たちが先に立った。だいたい尾根伝いのゆるやかな道で、神峯山の頂上へいくちょっと手前に急傾斜なところが一か所あっただけであった。

頂上には神峯神社の小さな祠《ほこら》があって、その前から、日立村の方へ向かって真っ直ぐ道がついていた。

神峯山の頂上には木がなかった。見はらしをよくするためにその辺の木を切ったのである。頂上には、おそまつな木のベンチがあった。

このごろ、この山を訪れる人が多くなったから、入四間村青年同志会が、その場に作りつけたものであった。

「このあたりの木が急に元気がなくなったようですね」

三郎がいった。

「あなたにもそう見えますか、ぼくにもそのように見えます」

「やはり煙の影響でしょうか」

「でしょうね、いままでなんでもなくていたものが急に元気がなくなるということになれば」

ふたりはそこで顔を見合わすと、不安そうな眼をまわりの山へ投げた。

全山紅葉の時期であった。そこに立てば眼も覚めるような秋の山の美しさが見えるはずであったが、期待していたようなものはなく、景色は全体として、煙っぽく濁って見えた。大雄院の精錬所から吐き出す煙のせいばかりではなく、あざやかな紅葉を見せずに葉を落とそうとしていく景色そのものが濁って見えるのである。紅葉の季節が訪れたのに、紅葉もしないで、そのまま褪色《たいしょく》していく、木の葉のひとつひとつを見ても、夏の間に思う存分延びたというものではなかった。なんとなくいじけながら秋を迎えたという感じであり、総体的には元気を消失した森であった。

「やがて、この辺一帯の木が全部枯れてしまうときが来るかもしれない」

関根三郎はつぶやくようにいった。

「そうしないようにしたいものだが、そうならないとは、今のところ断言はできない。ただ……」

加屋はそういって言葉を切った。

「ただ……ただどうしたのです」

三郎がその先を、しつっこく追及すると、加屋淳平は、

「ただ、その限度をどこまで持っていくかということになるでしょうね」

「限度というと」

「煙害の限度です。煙害が多くなれば、補償金が多くなります。あまり補償金が多くなれば企業は成り立たなくなります。そこがひとつの限度だと思いますね」

「すると、企業が成り立てばいくら煙害が多くなってもいいということでしょうか」

「そうではありません。第二の限度は、地元の生活と企業が両立できる線をどこに引くかということでしょうね」

「もっと具体的にいうと」

「いまわれわれが見ているかぎりのこの山々の木は全部枯れても、この山のふもとにある農地には煙害を及ぼさないようにするというのもひとつの限度です」

「結局、この山は煙の犠牲になるのですね、加屋さん」

「いやそうだと決まったわけではありませんが、そうなる可能性が強いといっているわ

けです」

ふたりは、また黙った。日露戦争以後日本は軍備拡張を急いでいた。日清戦争のあとの三国干渉も、日露戦争のあとの屈辱的講和条件も、日本の軍備が不足していたためであると考え、強大な軍備を背景にしてのみ、強力な外交がなし得ると確信している施政者が、その軍備の基礎となるべき銅山を保護するのは当然な成り行きであった。銅の生産量が増えれば、煙突の煙は増え、そして、この山の木は枯死するに違いないのである。

三郎はやりきれない気持ちを海の方へやった。海は大雄院の精錬所の煙突から吐き出す煙によって見えなかった。

煙は北東風の微風に乗って高鈴山《たかすずやま》の方向へ流れていた。流れるというよりも、山の上を這うようにして上昇していって、また山の斜面にそって這いおりていくように見えた。

「朝のうちはあのように地形にはりつくように流れていく煙も、昼ごろになると地形をはなれて上昇しようとする。そして、夕方になるとまた煙は低く停滞する」

加屋淳平は煙の一般性について更につづけた。

「煙は煙自身の意志によって動くものではなく、その時の気象状態によって動くものです。風、気温、湿度、日射などによって煙が動かされるということが、このごろはっきり分って来ました。だから、気象状態をよく調べて置けば、逆に煙がどう動くかを予想できる——」

加屋淳平は語尾に力を入れた。

「ねえ、関根さん、ぼくは、この神峯山のいただきに気象観測所を建てたいと思っています。ここはすばらしい眺望に恵まれたところであると同時に、ここを吹き通る風は、地形の影響を受けていない一般流と見なしていいような気がするのです。ぼくはここに観測所を建て、気象観測を行なうと同時に、観測塔の上から煙の行方を観測するのです。そして……」

加屋淳平は話すのをやめて、ふりかえった。みよと千穂が、大きな声を上げて追いかけっこをしていた。みよが、拾いあつめた木の葉を、千穂の頭にかぶせようとし、千穂がそれを逃れようとしているようであった。

「千穂があんなにはしゃいだところを見たことはない。よほどこの遠足が楽しかったと見える。妹は生まれてすぐ両親をなくしたから、なんとなく性格が暗くなり勝ちでね」

三郎は、その加屋のひとことによって、千穂の顔にかくされている翳がなんであったかが分ったような気がした。

みよも両親をはやくなくしたが、みよには暗い翳がなかった。祖父母が両親にかわって彼女を育てたからである。おそらく千穂には、両親のかわりになって彼女を育てた人がいなかったのだろう。

「さっきの話のついでだが」

加屋淳平は、話を前にもどした。

「ここに観測所を建てて、その観測塔の上から、四六時中煙の行くえを見ているのです。

煙が拡散せずに、密集したまま、そうですね、今年の春、入四間村の田圃を襲ったあの煙のように、煙の川が、山を越えて、里を襲っていくようなときには、いそいで、煙を出すのを止めるのです」

「熔鉱炉の火を消すのですか」

熔鉱炉の火をおとすことは簡単にはできないという話を聞いていた三郎は不審そうな顔をした。

「いや、煙を全く止めるのではなく、煙の出る量を減らすのです。技術的にそういうことはできるのです。煙を出さないということは、鉱山にとってはたいへんな損害になることですが、補償費のことを考慮すると、その方が得になるでしょう。得になるからこそ、ここに観測所を建てようと、私は上役に進言しているところです」

「会社の上層部は納得するでしょうか」

三郎は心配そうな顔をした。

「納得させねばなりません。日本では、まだ国立の観測所や測候所が一県に一つの割り合いでしか建てられていません。会社が私設観測所を設けるなどということは、他人が聞けば狂気の沙汰としか思われませんが、観測所は建てねば、ならないのです。そうしないと、煙害を防ぐことはできません」

「松倉謙造さんは、なんといわれましたか」

三郎は、加屋淳平のこの大きな夢は、まずその上の総務課長の席でおさえられるのではないかと考えた。

「総務課長は非常に乗り気です。今後益々、煙害が多くなると予想されているところですから、そういう施設を作るなら完全なものを作ろうではないかといっております。だが、本社の重役の中には反対する者がいます。あとは社長の判断を待つだけです」

　そのとき、三郎は長身痩軀の木原吉之助の顔をふと思い出した。やりそうにも、やらなそうにも見えた。

　みよの笑う声がしたからベンチの方を見ると、千穂の髪かざりの赤いリボンがみよの頭に結ばれているところであった。みよは、千穂にすっかり甘たれて、膝にもたれかかっていた。

「そうだ写真をとろう」

　三郎はたいへんな忘れ物をしていたように、やや性急な手つきで写真機の組み立てをはじめた。

　三郎は加屋淳平、みよ、千穂と三人を並んで立たせて、ピントを合わせた。シャッターをおそうとして三人の顔を見たとき、三郎は、千穂が、なんともいえない、淋しそうな顔をしているのに気がついた。ほんとは笑って貰いたかったが、笑えとはいえなかった。笑えば、千穂の顔は生きて来る。生きた美しい顔がそこにあるのだが、いま、憂いを含んだ眼で、じっとレンズを見ている千穂の顔は死を見詰めているひとのように見えた。三郎は、千穂のその淋しげな翳の深い顔に惹《ひ》かれたまま、しばらくはシャッターをおすのをためらっていた。

二枚目の写真は、加屋淳平と三郎が入れかわった。シャッターは加屋淳平がおした。

神峯山の頂上で昼食を摂《と》っていると、数人の登山者がやって来た。木原鉱業所に勤めている人たちで、その中のひとりが、加屋淳平に挨拶した。

四人が神峯山をくだって、入四間峠まで来たとき、山支度をした平林孫作に出会った。平林孫作は三郎に対しては儀礼的に頭をさげたが、加屋兄妹に対しては、冷たい一瞥《いちべつ》を投げたにすぎなかった。

「関根さん、観測所の話は秘密にして置いていていただけませんか」

加屋淳平は別れるときにそういった。


関根三郎は神峯山で撮った写真の現像、焼きつけは特に丁寧にやろうと思っていた。三郎は、家の北側に一坪半の写真室を持っていた。大工を東京へつれていって、写真用暗室を見学させて作らせたものであった。

暗室には、外部から樋《とい》で水も引きこんであった。外からも、中からも鍵がかかるようになっていた。

北に向けて三寸角の明り取りの窓が作ってあって、そこに、スリ硝子《ガラス》と赤硝子をはめこんで抜きさし自由になっていた。

彼は神峯山から帰って来た夜、写真室に入った。彼は棚の上に置いてある、豆石油ランプに火をつけて、その明りで、現像の準備をととのえてから、豆ランプを遮蔽箱《しゃへいばこ》の中に入れた。空気ぬきの長い煙突がついている箱で、横にとび出したように四角な窓があり、そこに赤いガラスがはめこんであった。

　しばらくじっとしていないと物が見えないほどの暗さだった。三郎は背で明りをかくすようにして、乾板を抜きだして、現像液の中につけた。現像液のつめたい感触が彼のゆび先を伝わって来る。彼はいま、白いものが、ただ黒く変色していくとしか見えない化学的変化を、祈るような気持ちで見つめていた。三郎は腕に自信があった。めったなことで失敗することはなかった。だのに、このような不安な気持ちで、原板を見ている自分が不思議でならなかった。

　彼は乾板を重い液体の中でゆすぶった。ほどよいところで、現像液から乾板を上げないと、かぶりがでる。彼は、静かに原板を液から出すと、赤い光にすかして見た。三人の影が映っていた。成功したと思ったとき、彼の胸が早鐘のように鳴っているのを感じた。

　写真をはじめた当初は、像が出るか出ないかの期待のために胸がときめくことがあったが、このごろはそういうことは一度もなかった。当然なことが起こっているのに、いちいち緊張する必要はないのである。それなのに、いま彼の心臓は、その音がはっきり分るほど鳴っているのである。

　三郎が現像に関するすべての作業を終わって写真室を出たときには、満天に星が輝いていた。星を見ていると、胸のときめきが、いくらか落ちつくような気がした。彼は星を見ながら、現像、定着の過程になにか重大な過失はないかと考えた。現像の過程に誤ちをしたことは一度もないのに、そんなことを考える自分はよほど、どうかしているのだと思った。

三郎は、錠の具合を何度かたしかめて見た。もし泥棒が入って、かわかしてある乾板をこわしたら困るなと思った。入四間村に泥棒が入ったなどということは、聞いたことはなかったが、そんなことが思い浮かぶほど、その写真室の中にあるものは、三郎にとってきわめて貴重なものであった。

三郎は乾板がよく乾くまで日を置いて写真室に入った。いよいよ写真焼きつけの日が来たのである。彼は、明り取りの窓を赤いガラスにしたままで、印画紙や、現像液、定着液の準備をした。水洗槽の中に流れこむ水の音が耳についた。その日は朝から曇っていた。

乾板はよく乾いていた。彼は焼きつけ用の取り枠のガラスの下に乾板と印画紙を重ねて置いて、それを明り取りの窓へ持っていって、赤いガラスを引いた。外の明りが、スリガラスを通して入って来る。

「ひとつ、ふたつ、みっつ、よっつ」

彼は声を上げて数えて、赤いガラス戸を閉めると、手早く、新しい印画紙に取りかえて、再び外から入って来る光に、露出した。こんどは五つ数えた。天気のいい日なら二つ数えればいいが、その日は曇っているから、四つも五つも数えたのである。

いろいろと露出時間をかえて、十枚ほど焼きつけてから、こんどは現像にかかった。胸が鳴り出した。乾板を見れば成功不成功は分っているのに、胸が鳴るのは、写真ので
き具合を期待するものではなかった。三郎は写真を通して、いま千穂と再会できることで胸をときめかしているのであった。それが三郎にもはっきり分った。

印画紙を現像液につけると、無から有が生じた。にじみ出て来る三人の姿のうち、千穂の姿を三郎は凝視した。

水洗いは充分にやった。

彼はでき上がった写真を、新聞紙の上に並べて乾くのを待った。もう、あとはいそぐ必要はなかった。乾いたところで、印画紙の隅を裁断器で切り落とせばいいのである。

三郎ができ上がった写真を持って、茶の間に出て来た日は、ひどく寒い日であった。いねが、そろそろ炬燵《こたつ》をかけようかといっていた日であった。この村は炬燵を使うほど寒くはないが、老人のいる家では炬燵をかけた。

「みよ、写真ができたぞ」

三郎は、その一枚をみよに見せた。

「おねえちゃんが綺麗にとれている」

みよは、大きな声でそういった。

「おねえちゃん？　ああいつか神峯山へ一緒に行った娘さんだね」

どれといって、いねは写真を手に持ったままで眼鏡を探しに行った。

「なんだか、顔色が悪い女だね、このひと労咳《ろうがい》(肺結核)ではないのかね」

いねは立ったままでいった。綺麗だなどとは、ひとこともいわなかった。

「この写真、おねえちゃんのところへ持っていってやろう、ね、お兄ちゃん」

みよはそうすることは当然なようないい方をした。

「そうだね、今度の日曜日にでも持っていってやろうか」

「なにも、わざわざ持っていかなくとも郵便で送ったらいいじゃあないかね」

いねがこわい顔をしていった。

「だっておばあちゃん、みよはおねえちゃんに会いたいもの」

「用もないのに、やたら他人様《ひとさま》の家へ行くものではない。それに、そのひとだって、どこの馬の骨だか、分ってもいないしね」

そのいい方には多分に針が含まれていた。三郎とみよは同時にいねの顔をとがめるように見た。

十一月に入ると急に寒くなった。西風が吹き出すと、精錬所の煙はもうやって来なくなった。澄んだ青空の日がつづいた。

みよは、日立村宮田の木原鉱業所の社宅へ、日曜日ごとに帰って来るという千穂に会いたがった。連れていけと三郎にせがんだ。

「だって、たずねて行くって約束したもの」

みよは、反対するいねにいった。

「先生が、約束は守らねばならないといったから、みよはおねえちゃんのところへ行くよ」

結局、いねは負けた。

その日曜日は朝からつめたい風が吹いていた。三郎は弦月の鞍《くら》の上に、みよを乗せて、自ら手綱を取った。ずっと以前は、みよを抱いて乗れたのだが、十二歳になったみよと同乗できるほど、鞍には余裕はなかった。

千穂は三郎とみよの訪問をひどく喜んだ。神峯山で撮った写真を出すと千穂は声を上げて喜んだ。それを胸に抱くようにした。三郎はみよを千穂にあずけて、加屋淳平の部屋に入った。彼の部屋には農業関係の本が、ぎっしり並んでいた。買って来たばかりのような化学に関する本もあった。

「来年早々、ぼくは東京の中央気象台へ行って見ようと思っているのだがね」

加屋淳平がいった。

「気象のことでどうしてもわからないことが、いくつかあるし、神峯山の頂上に観測所を建てることについても意見を聞いて見たいんだ」

「水戸の観測所だっていいじゃあないですか」

三郎がいうと、加屋淳平は首を横にふっていった。

「行って見たよ。だめだね、県立の測候所などというものは、ただ命令された仕事しかしていない。新しい学問をしようなどという意欲を持った人もいない」

当時の地方の測候所は県が運営していたから、東京の中央気象台とのつながりは少ないし、学究意識も、けっして旺盛だとはいえなかった。

「東京の中央気象台へ行けば、少なくとも、二、三人の学者はいるだろう」

加屋淳平は書棚から、近世気象学という本を抜き出して三郎の前に置いた。理学博士藤岡作松《ふじおかさくまつ》という著者の肩書きがいかめしく三郎の眼に映った。

二時間もしてから、三郎はもう少し居たいというみよを連れて社宅を出た。近所の社宅の子供たちが、門につながれた弦月を取りかこんで、ものめずらしそうに眺めていた。

「私も一度でいいから馬に乗ってみたいわ」

と千穂が弦月の背に置いた鞍を見ながらいった。

「ばかなことをいうもんじゃあない。子供じゃああるまいし、女が馬に乗るのはお嫁に行くときぐらいのものだ」

加屋淳平が千穂をたしなめた。

「でも乗ってはいけないってことはないでしょう」

千穂は、今度は三郎の方を見ていった。

「かまいません、いますぐ乗せてあげてもいいのですよ」

千穂の眼が三郎の言葉に誘われるように動いたが、すぐ思いとどまって、

「でも、今はいやだわ、春がいいわ。じっとしていると眠くなるような春の日に、この

馬に乗って、ゆらゆら揺られながら、峠を越えて入四間村まで行きたいわ」

「承知しました。来年の春になったら、弦月を曳いてお迎えに来ましょう」

「来年の春……そう、どうしても来年の春でなくてもいいの。再来年でも、そのつぎの年でもいいのよ私、なるべく、希望を遠いところに置いた方がいいわ。……三郎さん約束して下さる、私をこの馬の背に乗せて下さるって？」

千穂はすがりつくような眼で三郎を見た。

「ええ、約束します。いつの日にか、きっと千穂さんをこの弦月に乗せて、あの峠を越えます」

いつの日にかといったのが気になったから、三郎はいい直そうと思った。もっと具体的な年月をいった方がいいような気がした。

「そう、いつの日にか……」

やはり千穂は三郎のいった、いつの日にかという言葉にこだわっているようであった。彼女はそれを口にしたとき、なにか暗いところに引き込まれるような淋しい顔をした。いつの日にか、という言葉が拒否と取れたかもしれないと三郎は思った。いつの日にかという一語だけ聞けばそうも取れようが、そのときの三郎の期待をこめた眼つきや、言葉のはずみようを見れば、否定と取られるはずはなかった。それなのに千穂はなぜ、急に、悲しそうな顔をしたのだろうか、三郎には分らなかった。

三郎はみよを鞍の上に乗せて手綱を取った。千穂と眼があった。千穂の眼にはもう悲しみはなかった。三郎を見詰めている千穂の眼にはそれまでに見られなかった力を感じさせる輝きがあった。三郎は千穂のその眼に打たれた。

「みよちゃん、また来てね」

千穂は眼を馬上のみよに移していった。三郎はその言葉は、みよをだしにして、自分にいっているのではないかと思った。

弦月が歩き出してから、三郎は、弦月に鈴をつけたらと考えた。そしてすぐ、彼は、鈴で飾り立てた箱鞍の上に、厚い布団を敷いて、その上に坐っている花嫁姿を思い出した。千穂が一度でいいから馬に乗りたいといったことと、箱鞍に乗った花嫁とはなんの関係もないのだが、三郎はそれを関係づけようと考えていた。春の日に馬に乗って峠を越えたいという千穂の希望は、そのまま絵の中か小説の中に出て来そうな風景だった。やはり、千穂の頭の中には嫁ぐ日があったのではなかろうか。それにしても、千穂は、いつの日にかという言葉になぜあのような反応を示したのであろうか。いつの日にかという言葉を借りて、その日はけっして来ないことを予言したのだろうか。

「おねえちゃんと約束しちゃったよ」

馬上のみよがいった。

「なにを約束したのだ」

「みよは、水戸の女学校へ行く」

「おねえちゃんがいるからか」

「ううん、みよが女学校へ入るころには、おねえちゃんはもう卒業している。だけど、みよは、水戸の女学校へ行くの」

「勉強しないと入れないぞ、みよ」

みよは馬上でうなずいていた。三郎はみよの髪に、黄色いリボンが結びつけてあるのを、そのときになって発見した。馬の歩調に合わせてリボンが揺れた。空は曇っていた。曇りではなく、煙で空がかくされているのである。季節風が吹き出すころになったから、煙は宮田から日立村一帯をおおっていた。

その憂鬱な煙は、来年の春になるまで、立ち退かないだろう。そして春になると、その煙はまた彼の村を襲うだろう。

(来年は鉱石を積んだ貨物船が会瀬港《おうせこう》に入るだろう)

とさっき加屋淳平がいったことが気になりだした。木原鉱業所は、日立鉱山で掘り出した鉱石を精錬することだけではがまんができなくなったのだ。いよいよ買石精錬を始めるのだ。それは当然なる行きかもしれないが、三郎にとってはおそろしいことに思われた。

峠を越えて家へ帰ると、いねが囲炉裏で火をたいていた。

ただいま帰りましたと挨拶すると、いねは、ごくろう様でしたといった。皮肉にも取れたし、他人行儀にも取れた。宮田へ行ったことが気に入らないのだなと三郎は思った。

三郎は彼の部屋に入ると、すぐ机の上の本の間に挟《はさ》んである写真を見ようとした。千穂の顔を見たかったのである。写真はあったが、千穂の姿だけ、鋏《はさみ》で切り落としてあった。

三郎は写真を持ったままふるえた。どうしていいかすぐに判断はつかなかった。顔から血が引き、すぐ全身の血が顔に集まって来るのを感じた。

「おばあさん、なぜこんなことをしたのです」

千穂の姿を切りおとした写真は全部で四枚だった。千穂、みよ、加屋淳平の三人が並んで撮ったのが二枚、そして、千穂、みよ、三郎、の三人が撮ったのが二枚あった。どの写真からも千穂の姿は消えていた。

「三人で写真を撮ると一人は死ぬるっていうからね、二人にしたのだよ」

いねは、囲炉裏の火を見つめたままでいった。

「そんなことは迷信だ。その迷信をおばあさんが信じる信じないはおばあさんの勝手だが、なぜぼくに黙って写真に鋏を入れたのです」

三郎の声が大きいので、みよが出て来て、千穂のいない写真を見た。みよの方が三郎よりも大きな衝撃を受けたようだった。みよは千穂の姿が切り取られた写真を手にして声を上げて泣いた。

「三人で写真を撮ると一人が死ぬというからね」

いねは、同じことを繰り返すだけだった。みよはなかなか泣きやまなかった。小さいときには、おばあちゃんのばかといって、いねを打ったが、そのときみよはいねを打ちもしないし、言葉で責めもしなかった。みよはただ長いこと泣くだけだった。泣くことによって、彼女の気持ちをいねに知らせようとしたのである。

「そんなにあの写真が欲しいなら、また三郎に焼いて貰えばいいじゃあないか」

みよの涙に負けて、いねはとうとう妥協した。

その夜、みよが寝てからいねは三郎の部屋へやって来た。

「三郎、お前にはみよという、ちゃんと決められた女がいるのですよ。え、三郎、お前はみよと夫婦になるために、この家へ来たのだよ。高いお金を出して写真機が買えたのも、みよと夫婦になると決められているからなんですよ」

いねは千穂の出現を喜んではいなかった。千穂にかぎらず、三郎の前に年頃の娘が現われることを、すべて、好まないのである。

三郎は黙っていた。いねのやり方は許せなかったが、だからといって、この家を飛び出すようなみっともないことはしたくなかった。三郎は、ずっと以前、チャールス・オールセンが、背におんぶしているみよと三郎とが許婚者《フィアンセ》であると聞いたとき、

（それは東洋の神秘的な結婚形式ですね）

といったことを思い出していた。

明治四十三年の二月になって間もないころ関根三郎のところに一冊の本が届けられた。本の間に加屋淳平の手紙が挟んであった。近いうちに上京して、中央気象台の藤岡技師

と会う予定になっているが、もしよかったら、同行しないかと書いてあった。気象学の本であった。上京までに、その本を読んで置けというのか、その本をくれるというのか、そのへんについては、いっさい触れてなかった。手に取ると重かった。

三郎は気象学の本を開いて読み出した。非常にむずかしい学問だという先入観があったにもかかわらず実際に本を開いて見ると、第一頁に書いてある、大気という定義にまず心をひかれた。

三郎はその本の主なるところを帳面に写し取りながら読んでいった。読みながら、この本を加屋淳平のところへ返しに行くときは日曜日にしようと思った。

四月になるのを待って、三郎はみよを弦月の鞍に乗せて峠を越えた。日曜日だったが千穂はいなかった。

加屋淳平は、つまらなさそうな顔をしているみよに、千穂は東京の伯母のところへいっていることを告げた。

「このつぎの日曜日には帰って来るの」

みよが訊ねると、

「さあ、どうかな、おねえちゃんは、今年の春、女学校を卒業したのだから——」

当分は、こっちへは帰って来そうにもないような口ぶりだった。

「東京の伯母は、妹に作法をしこむのだといって聞かないのでね」

三郎に対しては、そのように説明していながらも、加屋淳平の顔は、けっして明るくはなかった。

千穂が女学校を卒業したとすれば、当然縁談が起こるのは分り切っていた。その前に、女としてのひととおりの作法を教えこもうと、伯母は千穂を東京へ呼んだのであろう。それはきわめて常識的なことで、別に驚くべきことではなかったが、三郎にとっては、彼女を弦月に乗せてやるという、千穂との約束の日が急に遠のいたようで気が重かった。

「おねえちゃんは、東京のどこにいるの、みよ手紙を出していいかしら」

「そうだ、みよちゃんの手紙をもらったらおねえちゃんはきっと喜ぶよ」

加屋淳平は紙に四角な大きな字で千穂の住所を書いて、みよに渡した。

千穂の話に、一応結末をつけてから、加屋淳平は、上京の話をはじめた。

「実は、中央気象台の藤岡技師からこういう手紙を貰ったのだ」

加屋淳平は一通の封書を三郎に見せた。太いペン字の跡が三郎の眼を引きつけた。用件はよく分った。口添えできることがあったら、喜んでするから、上京して来るようにと書いてあった。手紙の最後に追而書《おってが》きとして、門へ入るとき、うるさいから、この手紙を忘れずに持って来るようにと書いてあった。

「この場所が場所だからな」

加屋淳平は藤岡技師の手紙を指さしていった。住所は麴町《こうじまち》区代官町になっていたが、手紙の中の道案内の図を見ると、中央気象台は皇居のお濠の橋を渡ったところの旧本丸跡であった。

加屋淳平と関根三郎はそれから五日目に助川駅で落ち合って東京へ向かった。加屋も三郎も、その日だけは、洋服に草鞋ばきはやめて、洋服に靴を履いていた。

三郎は、いくつかの質問事項を胸に抱いていた。もし、時間があれば、聞いて見ようと思った。加屋の方は観測所を建てるについての意見を聞きに行くのであるが、三郎は、いわば遊びのようなものであった。三郎は気楽だった。

ふたりは地図をたよりに、皇居のまわりをぐるりと廻った。代官町は分ったし、どうやら中央気象台への入り口と思われる橋も分ったが、そこに守衛所があって、髭を生やした巡査が二人いて、二人をじろじろ見ているのが気になった。

「どこへ行くのだ」

巡査がいった。

加屋淳平は内ぶところにしまって置いた、藤岡技師からの手紙を出して、用件を話した。巡査は、その手紙をひったくるように取って読むと、黙って奥の方にいた巡査に渡した。

「よし、通れ」

奥の方にいた巡査が出て来て加屋にいった。ふたりが巡査に一礼して橋を渡ろうとすると髭の巡査が三郎の肩をつかまえて、

「お前は入ってはならぬ」

といった。その手紙には、ふたりで来いとは書いてない、宛名は加屋淳平ひとりにな

っている。余計な者は入れるわけにはいかないといった。加屋が弁解をはじめると、巡査の髭がぴくぴくと動いて、大声を発した。

「ここをどこだと心得ているのか、此処は宮城《きゆうじよう》だぞ」

その一喝《いつかつ》を食らうと、三郎はどうすることもできなかった。

加屋が気の毒そうに、三郎の顔を見た。

「おれは此処で待っているから、加屋さんだけ行ってくればいい」

三郎は泣きそうな顔でいった。

皇居の濠に沿って桜が植えてあった。花が散ったばかりだった。その木の根元にしゃがんでいると、竹橋を渡って荷車が坂を登って来て、三郎の前で止まった。

「おい、手伝ってくれないか。この坂を越えたら二銭やろう」

と、大八車の梶棒《かじぼう》を握っている男がいった。三郎には、なんのことだか分らないから黙って見ていると、どこに、どのようにかくれこんでいたのか、乞食よりはいくらかましな恰好をした男が現われて、

「へい、旦那、おしましょう」

といって、ぺこりと頭を下げた。

「なんだ、いたのか」

大八車を曳いていた男は、そういうと、車のうしろに廻った男と気合いを合わせて、坂を登っていった。

「おいこら」

と、呼ぶ声がするので、ふりかえると、さっきの巡査が来て、三郎を手招いていた。

「気象台の人と一緒にゆけ」

藤岡技師が外で待っている三郎のことを聞いて、若い気象台員を迎えによこしたのである。

三郎は皇居にかかった橋を渡った。ずいぶん長い高い橋だった。橋を渡ったところに大きな門があって、三人の巡査がいたが、迎えに来た男がなにかいうと、黙って通してくれた。

眼の前に高い石垣があって、その上に楼《やぐら》があった。天気予報の旗が風にひるがえっていた。

「どうも、あそこの人たちは、やたらに威張りたがってね」

背広服を着て金縁眼鏡をかけた男が微笑を浮かべながら三郎を迎えた。そして、三郎がなにもいわぬうちに、藤岡技師ですと、自己紹介をした。

「とにかく、気象台の中を一応見ていただきましょうか」

藤岡技師はそういうと、気楽に先に立って、気圧計室や、芝生のあちこちに気象器械を置いてある露場《ろじょう》や、風力塔を案内した。その見学は、二人にとって気象観測の概念を得るのに非常に役に立った。

見学がすんでから、加屋淳平は、煙害の情況を話し出した。煙害が気象ときわめて密接な関係があるから、神峯山へ観測所を作りたいという話をした。彼は説明用に付近の見取り図を用意して来ていた。

「それは結構ですね。ぜひ観測所を作られたらいい。だが、一か所だけではほんとうのことは分らないのではないだろうか」

と藤岡技師がいった。

「神峯山に観測所を作ることが会社の利益に結びつくことがはっきり分ったら、次々と新しい観測所がまたできるでしょう」

加屋はそういった。

そして加屋淳平は用意して来た質問を藤岡技師の前に出した。

「煙は、朝と夕方になると、なぜ大地を這うように動くのでしょう。日中でも、時によると、そういうことがあるのは、なぜでしょうか」

加屋淳平は、絵に書いて来た煙の実況図を藤岡技師の前に置いた。

「多分、それは大気の中にできた逆転層のために、煙が上昇することができなくなるのでしょう」

藤岡技師は逆転層というむずかしいことばを使ってから、その意味を分りやすく説明しだした。

「大気の温度は上空に行くに従って低くなっていきます。その低くなっていく割り合いは百メートルについて、摂氏〇・五度ぐらいになります。だから、千メートルの山へ登ると、その麓よりも摂氏五度低くなるという、計算になります」

三郎は大きくうなずいた。そこまでは、加屋淳平から借りて読んだ、気象学の本にちゃんと書いてあった。

「上へ行くほど大気の温度が低くなっていくような垂直構造のときに、地上にひとかたまりのあたたかい煙を置いたとする。煙は大気に比較して、暖かくて軽いから浮き上がろうとします。丁度お風呂の下で火をたくと暖かい水がどんどん上昇していくと同じ理屈で、上空へ昇っていこうとするのです。ところが、その大気のどこかに、上空に行くにしたがって気温がさがっていくという大気の掟《おきて》を破って、逆に気温が高い気層があったとしたらどうなるでしょう。そこまで上昇して来た煙はそこで頭をおさえられて、それから上へ上昇できなくなるのです。この大気成層が逆になるところを逆転層というのです」

藤岡技師は、その説明をさらに完全にするために、ふたりの前に洋書の頁《ページ》を開いた。

「そうすると煙が地上を這うように見えるのは、地上付近に、その逆転層があるからでしょうか」

三郎は遠慮なく質問した。

「いちがいに、それだけだとはいえませんが、だいたいそうだと考えていいでしょう。おそらく逆転層は、一つだけではなく、幾重にもなっているでしょう」

「つまり、煙はなかなかその逆転層を抜け切れないというのですね」

「そうです。逆転層がある場合は、なかなかむずかしいでしょうね」

「その逆転層のずっと上で煙を出したらどうでしょうか」

三郎が突飛な質問を出した。三郎は、そんなことをいえば、藤岡技師は笑うだろうと思った。だが、彼は笑わずに、ううんといったまま、しばらく考えこんだあとでいった。

「そうすれば多分いいでしょうが、その逆転層がどれほどの高さにあるのか、いまの気象学では残念ながら分っていません」

「思い切って高い煙突を建てたらどうかな。その逆転層を突き破ることのできるくらいの大煙突を作ったらどうでしょうか」

三郎は自分の言葉が少々上ずっているのを感じた。学者の前に出たので昂奮しているのかもしれないと思った。

「あなたのような考え方を持っている学者もごく少数はいるようですが、多くの学者はそれには反対です。ここに英国の煙害問題についての報告書がありますが、その中にも、高い煙突を作ることには否定的な結論がでています。煙突を高くすれば煙は更に広範囲にひろがると書いてあります」

藤岡技師は、ちゃんとその論文まで用意していたのである。

ふたりは、三時間ほども中央気象台にいた。藤岡技師は二人を橋を渡った門のところまで案内した。眼の前を、大八車の後押しをしていく、さっきの男がいた。藤岡と別れてから、その男のことを加屋に訊くと、

「あれか、立ちん坊だよ。坂の下に立っていて、通りがかる車の後押しをしていくらかの銭を貰って生きている人たちだ」

三郎は東京というところは実におかしなところだと思った。そのおかしなところで生きている立ちん坊に間違えられたわけでもないが、二銭やるから、車のあとを押せといわれたことはちょっと他人には話せなかった。彼はひとりで苦笑した。

その夜、三郎は兄の家へ泊り、加屋淳平は伯母の家へ泊って、翌日の汽車でまた一緒になった。

「千穂が君によろしくといっていたよ。千穂は弦月に乗って峠を越えるという君との約束を覚えていてね、なんとか、伯母をごまかして、日立村へ帰りたいといっているが、いまのところはまずだめだな」

加屋淳平はそのあとで、伯母は、千穂を仕込むといいながら、実際は女中がわりにこき使っているのだと不満を洩らした。

三郎が村へ帰って数日経って、加屋淳平から神峯山に観測所を建てることが決定したという通知を受けた。

地鎮祭が六月になって行なわれて、八月の半ばに観測所ができ上がった。それまでに、加屋淳平は何度か上京して、藤岡技師の指導を受けていた。三郎は、加屋淳平が、しばしば上京していることを、千穂の手紙で知っていた。千穂は三郎あての封筒の中に、彼あての手紙とみよあての手紙を必ず二通入れてよこした。いねはその手紙を見るたびに顔をしかめた。

会瀬浜に鉱石を積んだ船が入港したという話を三郎が伝え聞いたのは、八月の終わりころだった。

三郎は、弦月に乗って峠を越え、その船を見にいった。

黒塗りの大きな船であった。船腹に相川丸と白ペンキで書かれた字も新しかった。相川丸は台湾から銅の鉱石を満載して来たのである。

「これからは月に二度か三度は鉱石を積んだ船が入港するだろう」

船を見に来ていた、加屋淳平がいった。いよいよ買石精錬の方針がはっきりしたことをいったのである。

三郎は、その大きな船に積みこまれて来た多量の鉱石が熔鉱炉に投げこまれると、その鉱石が保有する質量のすべてに相当するだけの、ひろがりを持った煙に化けて、煙突から排出され、山を谷を村を農地を音もなく犯していく様子が眼のあたりに見えるような気がしてならなかった。煙となるものは鉱石のすべてであるというふうに思われてならなかった。

去年の春入四間村の田圃に与えた煙害のあとはしばらく、問題になるような被害はなかった。

それは会社側が、買石精錬の下準備のために、全精力を傾倒していて、しばらく煙を出すことを忘れていたかのようにさえ思われた。

三郎は、その夜、煙害対策委員会の委員を彼の家に集めて、その日、彼が見て来た相川丸の話をした。

「会社側が、買石精錬を始めることになると、煙害はいよいよ、はげしくなるものと見なければならない。われわれは、そのつもりで結束をかためないと、たいへんな目にあうことになるだろう」

委員たちは不安そうな顔で聞いていた。神峯山の観測所のことを根掘り葉掘り聞く者もあったし、補償金について意見をいうものもあった。

三郎は知っているかぎりのことを話した。加屋淳平と中央気象台へ行ったことも話した。

「加屋淳平さんは、会社の人じゃあないかね」

それまで黙っていた平林孫作がそう前置きして、

「三郎さん、あまり会社の人と親しくするとへんに思われるぜ」

孫作はそうつけ加えた。入四間の村民は、加屋淳平だけには心を許していた。加屋は入四間村において農業指導員的立場にあった。村人は加屋淳平に彼等の田畑の酸性度を測定して貰うほど心安くなっていた。三郎が加屋淳平といくら親しくしても、へんに思う村人はいなかった。

平林孫作ひとりが、なぜそんなひんまがった眼で三郎を見るのかよく分らなかったが、委員の中に三郎と考え方が違った人間が少なくとも一人居ることだけは、それではっきりした。

　煙が多くなったのは、十月に入ってからだった。朝起きて見ると、十メートル先も見えないほどの濃い煙の中にいることもあった。

　日暮れどき、山を越えておりて来る煙が、村をつつみかくして一晩中放さないこともあった。

　稲は稔《みの》ったあとだったから被害はなかったが、蔬菜類がひどい被害を受けた。

　三郎の仕事は急にいそがしくなった。彼は毎日、被害調査や、補償問題で歩き廻った。彼自身のためではなく村のためだった。

「なあに三郎さんは、お大尽の家へ養子に来て、別に仕事ってないのだから、煙害のことをやらせて置けば、ちょうどいいのだ」

　そんな声を時々、耳にすると、三郎は、青春を犠牲にしてまで、煙害と取りくんでいる自分がかわいそうに思えてならなかった。そんな夜、彼は東京の千穂に手紙を書いた。

5

明治四十四年の春、みよは水戸の女学校に入学した。

水戸には三郎の生家があったから、そこから通学するようにと、祖母のいねがすすめたけれど、みよは寮に入るといって聞かなかった。

「おばあちゃん、人間を作るには寮に入ることが一番いいのよ」

みよは、そんな生意気なことをいった。

寮に入れとみよにすすめたのは千穂であった。みよは千穂との手紙のやり取りの間に、千穂の感化をかなり多く受けていた。

みよに対して、甘すぎるほど甘いいねは、みよにそういわれると反対することもできずに、

「それでも土曜日の夜は家へ帰って来るだろうね」

などといった。

いくら、いねが土曜日には帰って来いといっても、水戸から常陸太田《ひたちおおた》まで汽車で来て、

て行っていいのか当て先はなかった。

入四間村は狭間にあった。逃げるとすれば、左か右の山の中だが、もし、その山が崩れて来たのだとしたら、逃げようにも逃げるわけにはいかなかった。村の下へ逃げるのは泥水にさらわれる危険があった。

結局、狭間の中の丘の上の中ほどにある、彼の家の付近を動かぬのがもっとも賢明に思われた。三郎はそのように理屈で割り出したのではなく、ふとそう思いついただけだった。

「屋根だ、屋根だ」

三郎はそう叫ぶと、彼の部屋にかえって、ズボンと上衣をつけると、蔵の軒下から梯《はし》子《ご》をかついで来て母屋《おもや》の屋根にかけた。

伝吉が、弦月を馬屋から出したり、入れたりしていた。彼もまた、突然なことなのでどうしていいか分らないでいるようだった。

「おい伝吉、屋根へ逃げろ」

三郎はそう叫んだ。家がおしつぶされても、屋根の上にいれば助かると考えたのである。三郎はいねとみよに、屋根へ逃げるようにいった。

いねとみよは黙って三郎のいうとおりにした。三郎といねとみよと、伝吉と、そして、怖ろしさで、がつがつ歯を鳴らしている伝吉の女房の五人が屋根へ登ったのとほとんど同じくらいの速さで黒い物が、まるで、海の波のように、うねりながらおしよせて来るのを見た。黒い物は、大きな物をさけ、小さな物はそのうねりの中にとらえこみながら、急速に移動していった。

見る見る間に、家の前の小川も道も土砂に埋まっていった。

轟音が二度ほど続いた。そして、そのあとは嘘のように静かになった。黒い流動物の流れは止まった。

夜は明けたが、雨は止まなかった。明るくなって見ると、黒い流動物は、黒というよりも灰色によごれた土砂であった。

「鉱山で捨てた廃石だ、廃石が流れ落ちて来たのだ」

と叫んでいる人の声がした。

三郎は屋根からおりて、その場へ行って見た。泥を手ですくい取って見ると、その石は、木原鉱業所が、大雄院の精錬所の熔鉱炉に還元反応を促進するために投入する珪石《けいせき》を、御岩山付近で採取した際の廃石に間違いなかった。ほとんどが、雲母片岩《うんもへんがん》であった。

鉱山では、珪石を取ったあとの石を入四間村側の谷に棄てていたのである。黙って棄てたのではなく、あらかじめ、その谷の一部を所有者から買収していたものであったが、捨て石の量が多くなり、たまたま長雨が続き、しかも、前夜豪雨があったので、突然崩れ出したのである。

廃石は入四間村の中心部に楔《くさび》を打ちこんだようにおおいかぶさった。廃石の流出経路にあたる、山林、農地、枯草小屋、道路、用水路、そして数軒の物置が土砂に埋まったが、人畜に被害はなかった。

村人は茫然として土砂の中のわが家を見つめていた。家の中まで土砂に入りこまれた人たちは、恐怖のために、身の廻り品を持ったままで雨の中に立ちすくんでいた。

青年同志会の者が続々と三郎の家の庭に集まって来た。彼等は、なにか命令して貰いたかった。なんでもいいからいいつけて貰わないとどうしていいか分らなかった。

「恒吉さんは三人ばかり連れて、廃石が、まだ流出して来る心配があるかどうか見て来てくださぃ」

「あとの者は全員で、水のはけ口を開けよう」

三郎は、自らその指揮に当たった。一応水のはけ口を作ってから、被害が多かった家へ応援に行った。

関根恒吉の報告によって、廃石は全部流下してあとはもう、押し出して来る心配がなくなったと分ると、関根恒吉にあとのことをたのんで、三郎は単身鉱山にかけ合いに行く決心をした。

三郎は木原鉱業所がどのような職制になっているか熟知していた。廃石は採鉱課の責任において処理されていることも知っていた。

(まず、採鉱課にこの事実を知らせて、これ以上廃石を棄てないようにたのんで置いてから、大雄院《だいおういん》の事務所へ行って総務課長の松倉さんに善処方を要望しよう)

関根三郎は立ったままで、いねが作ってくれたにぎり飯を食べてすぐ弦月に乗った。

雨合羽の間から吹きこんで来る雨が襟首から流れこんでつめたかった。道はずっと煙っぽく、濃い煙に出会うと、弦月は立ち止まって、前足で土を掻いた。弦月は煙が大嫌いであった。

本山《もとやま》の鉱山事務所の入り口の守衛所には、三郎の顔見知りの男がいたから、そのままそこを通って、事務所の前で馬をおりて、事務所の門柱につなごうとしていると、

「こらっ、そんなところに馬を繋ぐ馬鹿があるか」

と窓を開けて怒鳴った男がいた。

三郎はその男と顔を見合わせた。いつか大雄院の精錬所の写真を撮ろうとしていたとき口論した矢沢だった。

「何の用だ」

矢沢は窓から顔を出した儘でいった。

「採鉱課長に会いたい」

三郎は、矢沢など相手にしているよりも、直接、責任者にあたろうと思った。

「なに採鉱課長に会いたいいだと」

矢沢は、ふんと鼻先でせせら笑った。

手入れのしてない口髭がうすぎたなく見えた。

三郎は事務所の一角に仕切ってある応接間に通された。小柄で赤ら顔で、眼の吊り上がった矢沢は、腕組みをしたままで三郎にいった。

「用件はなんだ」

「採鉱課長に会ってお話しします」

「だから、話したらいいじゃないか」

矢沢にそういわれて、三郎は、はじめて矢沢が採鉱課長かもしれないと思った。会社の機構は知っていても、人事のことはよく知らなかったから、やむを得ないといえば、やむを得ないことだったが、この場合の交渉相手としてはまずい相手だと思った。

「あなたが採鉱課長ですか」

「そうだ」

矢沢は胸を張った。

「廃石がおし流されて来て、村の田畑を埋め、道路や水路を……」

と話し出すと、矢沢はその三郎の話を手でおさえるような恰好をして、

「怪我人は？」

と訊ねた。

「幸い人畜には被害はありませんでしたが、村の惨状は眼も当てられません」

「そうか、それは気の毒なことをしたな。だが、その苦情はおてんとう様にいうのだな」

「なんですって、おてんとうさま？」

「そうだ、文句があるなら、天に向かっていってくれ。たしかに、おれの責任で廃石を

谷に捨てている。だが、その廃石を運んでいって、きみの村へまきちらしたのは、雨だよ。雨による出水によって、廃石は動かされたのだ。おれの責任ではない」

採鉱課長の矢沢は昂然といい放った。

「たしかに、雨が廃石をおし流したが、その廃石がなかったら、わが村はこんなひどい目にはあわなかった筈だ。被害を起こした責任はあんな危険な場所に廃石を棄てた会社側にあると思いますが」

三郎は腹が立つのをおさえながらいった。

「あんな危険な場所といったな、つまり君は廃石の棄て場所が危険だと知っていたのだろう。それなら、こうなる前に、なぜ文句をいいに来なかったのだ。いまになって、被害が起きたといって来るのは、補償金欲しさのずるい考えからなのだ。だいたいきみたちは、補償金ずれがしている。たいした被害でもないのに、被害だ被害だと騒ぎ立て、会社のふところを狙いに来る。不愉快きわまりないことだ」

矢沢は、不愉快だという彼の気持ちをそのまま顔に現わして、まくし立てた。

「不愉快だといいたいのは、こっちです。あなたはたいした被害でもないのにといっているが、被害状況も見ないでどうしてそれが分るのです。とにかくぼくと一緒に、村へ来て被害状況を見て下さい」

「必要ないね。見ないでもたいしたことではないことは分っている。人畜に被害がないと聞いただけでおおよそのことは分る。それに廃石の量だってたいしたことはない」

「ぼくは、補償の要求に来たのではありません。実情を見て貰うために来たのですよ。被害の実情を見て、今後、あの場所に廃石を棄てるのを止めるようにお願いに来たのです」

「補償金はあきらめるというのか」

「その問題は、あらためて、総務課の方へ行って相談します」

するとと矢沢は、薄い唇を曲げてげらげら笑って、

「そら見ろ。やはり補償金が目的じゃないか。土百姓の乞食根性だ。それならここへは来ずに、直接、大雄院の事務所へ行ったらいい。あそこには腰抜け社員どもがいっぱいいるからな」

矢沢の声が大きいから、仕切りをへだててその声が、事務所のすみずみまで聞こえているのは明らかだった。わざと大声を上げているようにも思われた。

「今回の廃石の流出は、どうしても会社の責任ではないというのですか」

「くどいな君は」

「ぼくもくどいが、あなたもくどいですよ。物の考え方が旧時代的にくどくて、発展性がない。要するにあなたの考え方は、もぐらの考えと同じです」

「もぐらの考えとはなんだ」

「鉱山《やま》の中で鉱石《いし》を掘っているもぐらには、里の人の心は分らない。もぐらは結局、もぐら根性でしかないといっているのです」

土百姓の乞食根性といわれたからもぐら根性といったのである。

「なんだと、この野郎」

矢沢が立ち上がって、テーブルを廻って、三郎のとこへ殴りかかって来る気配がした。

(殴るなら殴って見ろ、こういう喧嘩は殴った方が負けにきまっている)

三郎は矢沢の顔を睨《ね》めつけていた。外でいい合いを聞いていた人たちが応接間にとびこんで来て、矢沢を抱きとめた。

矢沢は部下たちの腕に抱き止められると、一層昂奮して、あの小僧めとか、土百姓めとか怒鳴り立てた。三郎は矢沢をそのままにして外へ出た。二度と来るところではないと思った。

「なにかありましたか」

大雄院の事務所で総務課長の松倉謙造は三郎の緊張した顔を見ていった。

「この大雨で鉱石の廃石が流出して来て、村の半分ほどを埋めました」

そのひとことで松倉謙造はしばらくはものもいわず三郎の顔を見詰めていた。

「もうしわけのないことをいたしました。すぐ地所係長をやりましょう」

松倉謙造は大声で加屋淳平を呼んだ。

「こんどの人事異動で、加屋君が地所係長になりました」

松倉は三郎にいった。

「加屋君、きみが係長となって、最初に手がける仕事だ、しっかりやってくれ」

松倉は雨に濡れた手で、加屋淳平の肩をたたいた。

加屋淳平が来てくれれば、なにも心配はないと三郎は思った。加屋のことだから、村の人が納得のいくように処理してくれるだろうと思った。

加屋淳平は、その日のうちに、彼の部下とともに、入四間村へやって来て被害の状況を調査した。廃石が流出して来て、被害を与えたのだから、その損害は会社側が負担すべきものであることを率直に認めた。

数日後に雷雨があって、梅雨が上がった。水害のあと始末は、約一か月かかった。押し出されて来た土砂は取りかたづけられ、ほぼ、もとどおりになったころ、会社側と村の委員との間で、廃石の棄て場所について協議がなされた。同じ場所に廃石を棄てれば、同じことが、また起こることは分っていた。

会社側は、別のところに廃石の棄て場所を設けることにして、問題は解決した。

この席には矢沢採鉱課長は顔を見せなかった。会社側は三郎と矢沢との正面衝突をさけたようであった。

廃石の流出問題がすっかりかたがついたころ、夏休みが終わって、みよが水戸の女学校へ帰る日が来た。

「三郎、お前が水戸までみよを送っていっておやり」

いねは三郎にそういいつけた。

三郎は、みよを弦月の鞍に乗せた。いままでのように、鞍の上に布団を置いて、その上にまたがらせようとしたが、みよは、その乗り方がいやだといった。どうしても、鞍に腰をかけて、行くというのである。そういう恰好で馬にのっている娘を時々見かけることはあったが、その乗り方は、よほど注意しないと落馬する危険があったし、馬を曳く方も気苦労であった。

「みよは大きくなったからね。もうまんざらの子供ではないからね」

横坐りに馬に乗るというみよに、いねは眼を細めてそういった。

みよは、見事に鞍に腰かけた。長い海老茶の袴《はかま》が弦月の横腹で揺れていた。その下から、白足袋に草履を履いたみよの可愛い足が揃ってのぞいていた。


明治四十四年の夏に入ると、煙害の規模は急速に拡大して、その及ぼすところは大雄院精錬所を中心として、半径二里（八キロメートル）の範囲となった。

日立村の北部の滑川《なめかわ》、小木津《おぎつ》、南部の成沢《なるさわ》、諏訪《すわ》あたりの農民はそれまで、煙害らしいものを蒙ったことはなかった。数年間にわたって煙害を経験している宮田村や入四間村とは違って、或る日突然襲った煙のために、眼の前で農作物がやられていくのを見たときの精神的打撃は大きかった。

「成沢で騒ぎが起こったらしい」

という情報を三郎がつかんだのは、九月に入ってすぐだった。三郎は関根恒吉と共に峠を越えて成沢村へ急行した。

事件は起きてしまったあとであった。

稲の花が咲いたところに、煙がやって来て、枯らしたのである。はじめのうち農民は、信じられない顔で、赤錆色に枯れた稲の葉を見ていたが、そのうち、原因が煙だと分ると、いきりたった。そこへ運悪く木原鉱業所の地所係の若い者が三人でやって来た。彼等は東京から来たばかりで、こういう場合いかにして農民の心をしずめるかを知らなかった。馴れていなかったのである。申しわけございませんの平あやまりと充分な損害補償はさせていただきますといっておればよかったが、そうはいわず、一応煙害かどうか調査して見ますといったことから、いい争いになり、三人の地所係員は、ふくろ叩きにあったのである。急を聞いて駈けつけた係長の加屋淳平は、農民たちに納屋の二階に追い上げられて、梯子をはずされて軟禁状態にされたのである。

「それはひどすぎる。すぐ加屋さんを助け出さないといけない。ぼくが行って話をつけてやろう」

いまにもその交渉に乗り出そうとする三郎をおしとどめて、関根恒吉がいった。

「待ちなさい、三郎さん。いまあなたが出ると、まずい。こういう場合仲裁に出るのは、この村に顔が売れている人でなければならない。おそらく、誰かがやって来るでしょう。誰かがね」

関根恒吉が誰かがね、というところに力をこめていった。

その誰かは、恒吉のいったとおり、間もなくやって来た。この地方では、あまり見かけない背広姿に、ステッキを持っていた。よく手入した八の字髭のあたりに微笑を浮かべながら、農民たちをかきわけるようにして、加屋淳平の軟禁されている家へ乗りこんでいった。

どこかで見掛けたことのある男だなと三郎は思った。

「なんだね、あの男は」

「あれが、有名な龍口清太郎《たつぐちせいたろう》です。去年、小坂鉱山へ行って、あの地方の煙害処理情況を調査して来て、いまさかんに活躍している男です」

「有名な？」

「有名ですよ、煙害問題があると、彼はすぐ駈けつけて、被害者側と会社側の間に立って問題の処理に当たるのです。彼の現われたあとには、きっと、役者が現金を持って現われる――」

「役者というと渉外係の八尾定吉さんのことかね」

「そうです。龍口さんとあの役者は組んで仕事をしているのではないかという人もある」

それで三郎は思い出した。かなり前、会社の事務所の応接室で、八尾定吉と龍口とが話しているのを見たことがあった。

「とにかく行って見よう」

三郎は恒吉とともに群衆の中に入っていった。龍口清太郎が、空箱を踏み台にして、演説をしていた。

「煙害はいよいよ激甚となっていく。このままだと農民は煙と心中せざるを得なくなる。みなさんの気持ちはよく分る。不肖《ふしよう》、龍口清太郎は、煙害問題解決について、別子鉱山、小坂鉱山の被害地を調査して来た。彼の地方では、多年の間、会社側と被害者側との間でこの問題を研究し、双方が満足いくようなところに漕ぎつけている。私は、別子、小坂の先例を基として私の独特の解決方式を案出した。私は日立鉱山の煙害について、既に、二十余の問題を解決している。みなさん、ここのところを私におまかせいただけないでしょうか。私と、この村の代表数名によって、会社側とかけ合い、みなさんに有利な条件でこの損害に匹敵する補償金を、即金で支払わせるようにしたいと思います」

龍口清太郎はよく通る声をしていた。話しながら、ときどき柔和な微笑を浮かべていた。

「まず村の代表を決めよう。話はそれからだ」

誰かが叫んだ。

「そのとおりです。会社との交渉に当たる村の代表をまず選んで下さい。私は、その村の代表に、心置きなく、お口添えをいたします。申しおくれましたが、私が煙害補償問題に口をさしはさむのは、これによって何等かの利益を得ようというのではありません。私は、一銭の報酬も求めるものではありません。私は、みなさんのために働かせていただきたいのであります」

龍口清太郎は、そこでひといきついた。

村民ががやがやと話し合いをはじめた。龍口さんのいうとおりに、まず村の代表を決めようという意見があっちこっちに上がった。

「もう先は見えた」

関根恒吉はそういって、三郎の洋服の袖をひっぱった。

「この前、小木津で問題が起きたときも、今日と同じような演説をやった」

恒吉はそういって、地面につばを吐いた。

「見ていたのか恒吉さん」

「見ていたよ。他の村で問題が起こるとおれはすぐに見に行った。他の村では、どうやっているか見て置くことが、村のためだと思ったからな」

「なぜ、ぼくにも知らせてくれなかったんです」

「大将が細作《さいさく》みたような真似をする必要はないからね」

「細作？」

「戦国時代に諜報の仕事にたずさわった人のことですよ。いまのことばでいえば、情報収集屋ですね。そういうことは、あなたより私の方がずっとうまい。一応情報が集まったところで、大将をひっぱり出したというわけです」

もともと恒吉は情報を集めることが好きな男かもしれないと三郎は思った。つまり彼は下準備をすることが得意なのだ。栃木県の佐野へ行って、田中正造を訪ねて来たのも、恒吉だし、三郎を青年同志会に引っ張りこんだのも恒吉である。山の中で加屋淳平と三郎を会わせたのも彼である。いわば恒吉という男はお膳立てをするのが好きな男で、そのお膳の前に坐らされるのは、いつも三郎である。

「龍口清太郎という男は県会議員にでもなるつもりかな」

「その野心もないらしい」

「すると、なんであああいうことをするのだろうか」

「いまに分ります、そのうち尻尾を出すでしょう。おれは、龍口清太郎が間に立って話をつけた補償問題をいちいち調べて歩いた」

「それで結果は？」

「補償条件は、入四間村の場合とそう違ってはいない。総体的には村民に有利なように解決つけている。だが……」

恒吉はそこで言葉を切って、しばらく考えてからいった。

「さし当たっての煙害問題を見事に解決することによって、彼の顔は売れた。彼を信用する者も多くなった。最近は個人的に彼のところに相談に行くものが増えた」

「個人的にというと、やはり煙害問題で？」

「煙害だけではない、宮田村の一部の田圃は、鉱山で流す水が入るために米が取れなくなった。会社側はこれに毎年補償金を出していたのだが、最近は、かなりまとまった補償金を払って、補償打ち切り、つまり土地買い上げの方針を取るようになった。この土地買い上げに龍口が会社と地主の間に立って、無事手打ちとなった例が多い。一度にかなりまとまった金が入るし、米の穫れない田圃を持っていてもしようがないから農民は田圃を手放す。三郎さん、その土地は将来どうなると思いますかね」

「どうなるかって、会社のものになるのだろう」

「木原鉱業所はどんどん膨張しています。木原鉱業所から独立したばかりの日立製作所もたいへんな勢いで伸びていく。土地はいくらあっても足りないのです」

いったい恒吉は、三郎になにをいおうとしているのだろうか。三郎には、恒吉が考えていることがよく分らなかった。

ふたりが肩を並べて日立村の方へ歩いて来ると、向こうからきらきら光る自転車に乗った男がやって来た。自転車が珍しいから足を止めると、自転車に乗った男も止まった。眼があった。

「やあ」

二組は同時に声を上げた。四国の今治《いまばり》で会った新聞記者の山田であった。

「とうとう、此処でも始まりましたね」

山田は笑いながらいった。

三郎と恒吉は顔を見合わせた。新聞記者というものは耳がはやいものだと思った。

「始まったといっても……」

今治のような大ごとには、まだまだなってはいないのだと三郎はいおうとしていると、

山田の方が、

「だが、そのうち、きっとそうなりますよ。そうなる前には、必ず、煙害虫が現われる。煙害虫にも、種類があって、調停屋という看板をかかげた虫もいるし、政治屋という旗を立てた虫もいる。今日の騒ぎにも、その一匹が這い出したらしい」

山田はそういい残すと、自転車のベルを鳴らして走り去った。

煙害にまつわる、被害者側と会社側との小ぜり合いは、その後も引きつづいて各地に起こった。滑川では、蒟蒻芋《こんにゃくいも》の葉が枯れた原因について両者の意見が正反対になっていた。

会社側は一目見て、それは病害だとした。滑川の近くの田尻で同じようなことが起こっていたから会社側は自信を持って病害を主張したのに対して、農民側は、頭から煙害だと信じこんでいたから、会社のいい分をいいのがれだと取った。

被害の調査に来た地所係の三人は農民に殴打され、そのひとりは全治二週間の怪我を負った。

結局、県の農事試験所の技手が滑川に来て、蒟蒻芋の被害は病害によるものだという判断を下した。煙がかからないのに、同じような状態になった畑が、その周辺にあったし、畑から採取していった蒟蒻芋の葉っぱを顕微鏡で見て病原菌が発見されたのである。

この事件は会社側をかなり刺戟した。煙害でもないのに、煙害だと主張し、あまつさえ暴行まで加えるような相手と交渉するには、根本的に煙害対策の方針を変えざるを得なくなったのである。会社は積極的に自衛せざるを得なくなったのである。自衛といっても暴力団を雇うのではなく、加屋淳平がかねて主張している気象観測所を兼ねた煙害観測所を各地に設け、そこに職員を常駐させて、煙が、その地方にやって来た場合は、まずその煙に含まれている、亜硫酸ガスの濃度を測定し、作物に煙害が起これば、いちはやく出張して、その被害度、被害面積を調査しようというのであった。会社側が、このように技術的背景を持った施設を作り、積極的に煙害と取り組む姿勢を見せるならば、被害者側も、無茶なことはいわなくなるだろうという見通しを建てたのである。

この年のうちに、神峯《かみね》観測所の他に、高鈴山《たかすずやま》、原、下深《しもふか》、高萩《たかはぎ》、大門《おおかど》、瑞龍《ずいりゅう》、洪沢《ぬかりざわ》に観測所を設け、これらの観測所と神峯中央観測所を電話で直結した。四町十三か村の被害対象町村に、観測所の網を張ったのである。私企業が、これほど充実した観測網を張ったのは日本では勿論初めてだし、外国にも例を見ないことだった。

第二次大戦後、微気象という言葉が使われ、公害防止の一環として二キロ平方メートルに観測所をひとつずつ設けて、地域気象を観測しようという風潮が現われたが、加屋淳平は、半世紀前に既にこの考えを持ち、それを実行に移していたのである。

観測所は地所係の下におかれたから、地所係員は急に増えた。加屋淳平は、観測所の指導に毎日とび廻っていた。

明治四十五年の旧正月が終わって間もなく、入四間村の関根三郎の家の前に立派な馬車が止まった。

2018年
3月の新刊 文春文庫

女ともだち

の醍醐味をぜひご堪能ください

エッセイ・ノンフィクションフェア

新田次郎
ある町の高い煙突〈新装版〉

日立市の象徴「大煙突」は、百年前にいかにして誕生したか。煙害撲滅で、住民との共存共栄を目指す企業。奇跡の実話を描く長篇

●750円
791036-5

宮部みゆき　半藤一利
昭和史の10大事件

昭和史の大家と天才小説家は下町の高校の同窓生！二・二六事件から宮崎勤事件、日本初のヌードショーまで硬軟とりまぜた傑作対談

●670円
791039-6

中野京子
名画の謎
陰謀の歴史篇

フェルメール、ゴヤ、グレコなどが描いた絵画から読み解く時代の息吹と人々の思惑。『怖い絵』シリーズも人気の著者の絵画エッセイ

●860円
791040-2

大竹昭子
須賀敦子の旅路
ミラノ・ヴェネツィア・ローマ、そして東京

旅するように生きた須賀敦子。生前から親交のあった著者が、ミラノ、ヴェネツィア、ローマ、東京と足跡をたどり、波乱の一生を描く

●1100円
791041-9

姜　尚美
何度でも食べたい。あんこの本

京都、大阪、東京……各地で愛される小豆の旨さが詰まった菓子と、それを支える職人達の物語。あんこ名店ガイドとしても役立ちます！

●850円
791043-3

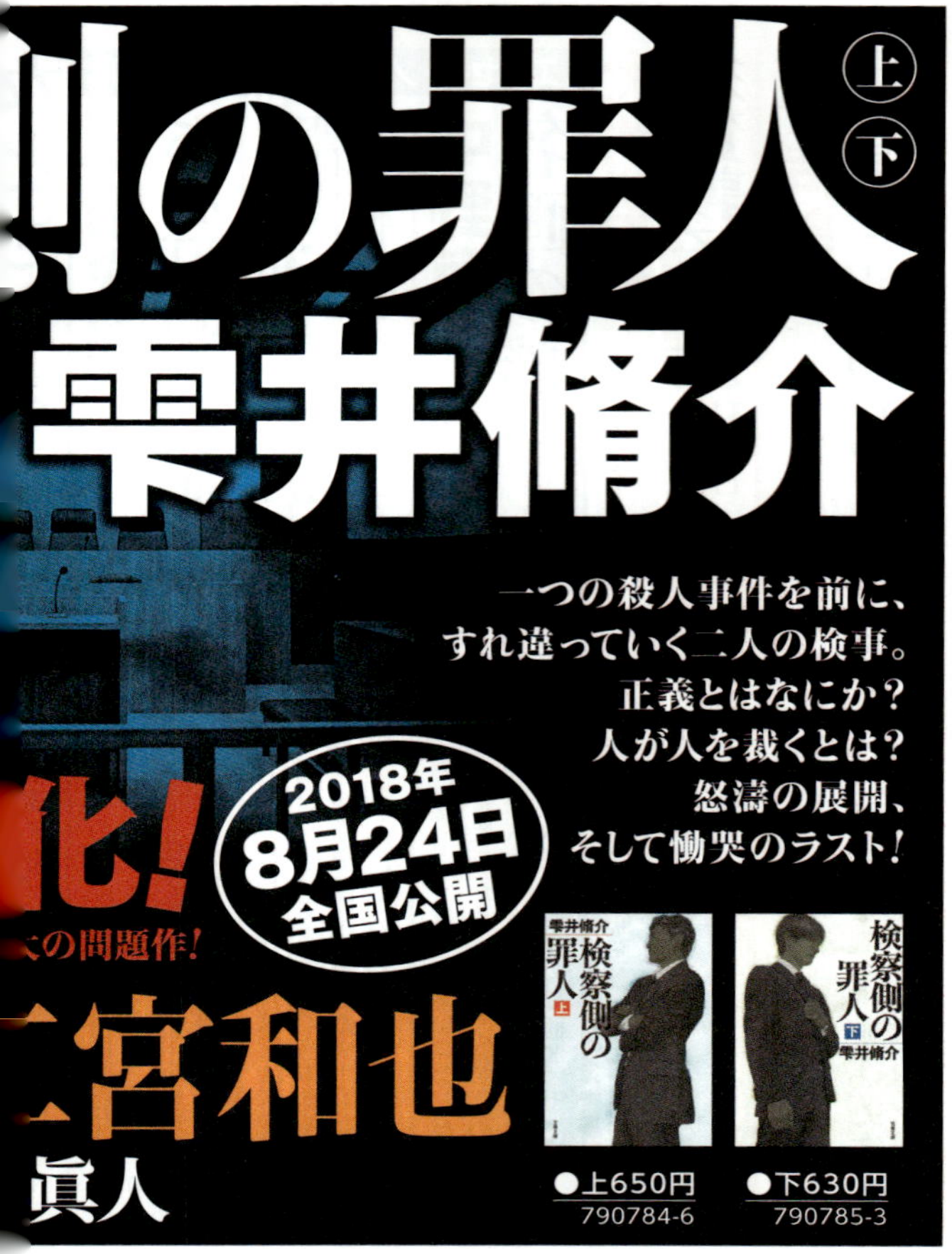

の罪人
上
下
雫井脩介
一つの殺人事件を前に、
すれ違っていく二人の検事。
正義とはなにか?
人が人を裁くとは?
怒濤の展開、
そして慟哭のラスト!
2018年
8月24日
全国公開
化!
の問題作!
宮和也
眞人
雫井脩介
検察側の罪人 上
検察側の罪人 下
雫井脩介
●上650円
790784-6
●下630円
790785-3

馬車からおりた紳士は、関根家のいかめしい門構えを睨めつけるように見上げてから、門を入った。

「県会議員の田野村七郎左衛門《たのむらしちろうざえもん》です」

紳士の名はひどく長かったが、顔もまたのっぺりと長く顎が幾分しゃくれていた。田野村七郎左衛門は、私はこの地方の煙害を黙って見ておられなくなったから、乗り出して来たのだと前置きをしてからしゃべりだした。

「そもそも政府の政策は、強い者には弱く当たり、弱い者には強く当たるようなやり方である。各地に起こっている煙害問題にしても、結局は地元が泣き寝入りをするというかたちで終わりをつげている。わが茨城県では断じてこうあってはならぬ。われわれは、政府のこの誤った政策に対抗するために、団結をかためねばならぬ。煙害被害町村、四町十三か村が手を組んで立つときが来たのである」

七郎左衛門は、あっちこっちで、それをやって来たらしく、流暢にまくし立てた。黙っていれば、一時間でも二時間でも、しゃべりつづけていそうな顔だった。

「御用件はなんでしょうか」

三郎は改まっていった。

「われわれは日立鉱山煙害防止達成同盟を結成しました。この入四間村は、煙害のもっとも激甚なところですから、ぜひこれに加入していただきたい。ごらんのとおり、被害町村のうち、半分以上はこの同盟に参加しています。団結です。団結の力で当たらないと、大資本には勝てませんぞ」

七郎左衛門は、そういいながら、日立鉱山煙害防止達成同盟趣意書と書かれた文書を見せた。いま、彼がそこでしゃべったことが、そこに書いてあった。

「さあ、どうぞ。ここに、あなたの名前を書いて印をおして下さい」

七郎左衛門は既に何人かの名が記入してある紙を三郎の前に出した。

「私はこの村の煙害対策委員会の委員長ですが、私には、この書類に印を押すような権限は与えられておりません。この同盟に入るかどうかは委員会を開いて、その決議に従うよりほかありません」

三郎は同盟に入ることを拒否した。田野村七郎左衛門と話していると、いつか、新聞記者の山田がいった煙害虫ということばが、頭に浮かび上がった。団結すれば力は強くなるという言葉には動かされやすかったが、その中心となろうとする、田野村七郎左衛門を信用するわけにはいかなかった。

その夜、三郎は彼の家に委員を集めて田野村七郎左衛門の来訪を受けたことを告げたあとで、煙害関係についての新聞の切り抜きを読み上げた。

小坂銅山農民蜂起
二十四日午前十時三十五分羽後《うご》大館《おおだて》発にて、代議士荒谷桂吉氏の下に到達したる電報に曰く「味噌を携へ小坂に向ふ、事態容易ならず、保安課長鎮撫《ちんぶ》として小坂銅山に向ふ」

小坂農民蜂起原因

秋田県小坂銅山の鉱毒事件は同地方の一大問題にして、大館近傍十七ヶ村被害民は同鉱山事務所即ち藤田組に向ひ、約二十万円の損害賠償を要求し、鉱山側にては其の要求を不当とし、一万五千円丈の賠償を為すべしと云ひ、両者間に大なる懸隔あり、過般来、県会開会中なりしに依り、其の調停を某議員に託したるに、当県会議員は藤田組のために買収せられて、農民側に不利の条件を提出せし模様あり、このため激発したるものなりといふ。（明治四十一年十二月二十五日東京朝日新聞）

三郎は、その新聞記事を大声をあげて読み上げてから委員たちの顔を見た。

「われわれは大団結などという美辞麗句に動かされてはならない。この村だけでしっかり団結していれば、おそれることはなにもないと思う。そのうちに大団結の必要が来るかもしれないが、そのときには、そのときで考えればいい、とにかく、近ごろは煙害虫がやたらに動き廻っているから気をつけねばならない」

「煙害虫？」

委員はいっせいに反問した。関根恒吉が三郎にかわって煙害虫がなにものであるかを説明した。

「まあ、まあ、三郎さんと恒吉さんにまかせて置けば、おれたちの村は安心だということだな」

「委員の一人がそういった。それを聞いて、平林孫作がむっとしたような顔をした。なにかいおうとしたが、三郎の視線を感ずると、ぷいと横を向いた。

その朝は珍しく空気が澄んでいた。きのうまで、うるさくまつわりついていた煙はどこかに去って、何年間も見なかったような青空が覗いていた。昨夜《ゆうべ》、降っていた雨が朝になって止んですぐ吹き出した北西の風が煙を一掃したのである。

三郎は部屋の障子を開け放って、坐り机の前で、明治四十五年に入ってからの、煙害調査をまとめていた。明治四十三年以後急激に増加した煙のために、山林がいちじるしい被害を受けていた。その被害は、この春の発芽期をひかえて最大になるかと思われた。この期間に煙害を受けると、芽はそのまま枯れてしまって、そのあとに新芽が出る。その新芽がまた煙害で落ちてしまうようなことを繰り返すと、その木はもう自力で恢復することは困難になって、やがて枯死していくのである。

入四間村の村有林、私有林をふくめて三百五十余町歩の林は、部分的には被害があったが、どうやら生きて来た。もしこの林が、この春になって、いっせいに被害を受けたらどうだろうか。また、従来の被害のために、このごろすっかり元気がなくなっている木々が、春になっても、芽を出さなかったらどういうことになるだろうか。三郎は、そのことを考えると、気が滅入ってしまうようがなかった。

「お兄さん、千穂さんが宮田に来ていること知ってるの？」

廊下伝いにやって来たみよが小さな声でいった。学年末の休暇でみよが帰郷して来ると、関根家はにぎやかになった。みよが起きているかぎり、きっと歌声が聞こえた。歌が聞こえなくなると、いねや伝吉夫婦や女中のけさを相手にしゃべる声がした。みよの声はよく澄んでいて、家の中だけでなく、庭にいてもよく聞こえた。三郎は、みよの声を小鳥の声のように聞いていた。

そのみよが、声を低くして、千穂が峠を越えて向こうの宮田へ来ていると三郎に告げたのは、そのことをいねの耳に入れたくなかったのであろう。みよは十五歳である。彼女はそのような心づかいのできる年ごろになっていたのである。

「宮田にいつ来たのだ」

三郎は、つい五日ほど前に来た千穂の手紙にも、そんなことは書いてはなかったのにと思った。

「一昨日《おととい》には来ているはずよ。しばらく宮田の兄の家にいるつもりだって……そして手紙の最後に、弦月に乗って峠を越えたいとつけ加えてあったわ」

弦月に乗って峠を越えるには、三郎にたのまなければならない。その三郎に直接そのことをいわず、みよの口を通して、三郎に彼女の願いを伝えようとしたのは、みよに対する配慮のように思われた。千穂がみよの存在を意識して来たのは、みよがもう女学校の二年生にもなっているということもあるし、もしかすると、みよと三郎とが許婚者《いいなずけ》の関係にあることを知っての上かもしれない。

「お兄さん、なに考えてるの」

「なにも考えてはいない」

「うそ、おっしゃい、弦月をつれて、宮田へ行こうと思っているくせに。お兄さんの眼を見ればちゃんと分るわ」

「みよはどうする。今日でもいいのか」

「いいわよ。今日は、久しぶりに煙がないでしょう。行くならいまのうちよ」

みよは、それでもう話がきまったような顔をして、いねのところへ交渉に行った。いねが反対する声と、そのいねをやりこめているみよの声が段々高くなっていって、やがて急に静かになった。結局いねはみよの敵ではなかった。いねは、みよに負けた不満を三郎にたたきつけるようにいった。

「三郎、一時間もいたら、おいとまして帰って来るのだよ」

三郎とみよは弦月を連れて家を出た。みよに弦月に乗るようにいったが、みよは歩いた方がいいといって聞かなかった。村の女たちが、野菜の大きな荷を背負って、二、三人ずつまとまって峠を登っていった。三郎は、その女たちの荷を、どうせ、空馬だからといって弦月の鞍につけてやった。

「その野菜、村で取れたものなの？」

みよが聞いた。このごろ、入四間村の野菜畑は煙害にやられて、村で使う物にさえ窮しているのに、どうして、そんなにたくさんの野菜を持って鉱山住宅へ売りに行けるのだろうかと不審に思ったのである。

「そうじゃあねえよ。今朝暗いうちに起きて、一里も下の油《ゆ》ヶ崎《さき》まで買い出しに行って背負って来たものばっかりですわ。うちの村ではもう野菜はおろか米も穫れなくなるかもしれねえっていうことだが、そうなったら、いったいどうして生きていったらよかんめえか」

ねえと、女たちがいったときには、顔は三郎の方へむいていた。三郎が煙害対策の委員長であり、この村の危急に際しておもて立った人であることを彼女等は知っているからであった。

「だから、そうならないうちになんとかしようとみんなで相談しているのです」

「そうですかねえ。わたしら女には、むずかしいことはわからねえが、村の男衆たちは、ただ補償、補償って、金を貰うことばかり考えていて、煙を止めることは、ちっともしていねえように見えてなんねえがね」

そういったのは、いしという女だった。いしは、女角力《ずもう》にでもなれそうな体格の女で、五人の母であった。他の女の、一倍半ぐらいの野菜を背負って、毎日本山の鉱山住宅に売りに行っていた。

いしの一言は三郎に衝撃を与えた。たしかに、煙害対策委員会は、補償のことばかりに尽瘁《じんすい》して来ていた。いかにして村に有利な条件で、煙害を、補償金に換算するか、いかにして会社の提示した補償案をひっくりかえして、村の補償要求を認めさせようか。たしかに、三郎たちのやって来たことは、主として、煙害の根を断つ努力ではなくして、煙害によって生じたことに対する処理であった。森林被害の補償金算出に際して被害者に有利なような、総体積法を採用するようにしたことも、森林被害の補償に際しては、まずその森林の最有利伐採年度の終材価を求め、その終材価格から、終材価を得るために要した投資額を差し引いた金額を補償額とするという計算方法を立てたのも、すべて、野菜売りのいしがいった、補償金を貰うことばかり考えての行為であった。三郎はそれまでの委員ができなかった複雑な計算をやって、村を有利にした。だが、いままで、煙を出すなという交渉を、会社側とやったことがあるだろうか。煙を制限するという具体的方策を示せと申し出たことがあるだろうか。

如何にして煙を出さないようにするかは会社が考えることであって、被害者側が考えることではない、というように考えていたことに根本的な誤りがあったのではないだろうか。当面の煙害に眼がくらんで煙害の根を断つことを忘れていたのではなかろうか。野菜売りの女たちと、本山《もとやま》で別れてからも三郎はそのことをずっと考えつづけていた。

宮田の鉱山社宅に加屋淳平は不在だった。煙害が増大して来たので、日曜日にもかかわらず彼は出勤していたのである。

三郎とみよは久しぶりで千穂に会った。二〇三高地の髪型に結い上げた千穂はすっかり大人びていた。この前、この社宅で会ったときのように女学生らしいところはなく、立派な嫁入り前の娘になっていた。住宅には加屋淳平の身の廻りの世話をしている住込みの婆さんがいて、三郎とみよを座敷にあげると、すぐ加屋を迎えに会社の事務所へ走った。

「みよさん、大きくなったのね」

千穂はまずみよに声をかけた。みよは、赤い顔をして三郎のかげにかくれていた。三郎は、だまって千穂を見つめていた。ものをいえば、声がふるえそうだった。手紙を交換している間に、愛情以上のものが二人の心の中に流れていたが、それをはっきり書けずにいたのは、やはり、三郎にはみよという許婚者《いいなずけ》がいるからであった。三郎は、そのことを、いつかは、千穂に打ちあけねばならないと思っていた。千穂がそのことを伝え聞いて知っていたとしても、三郎の方から打ち明けねばならないことだった。それが三郎にはできなかった。そうしたら千穂との間に、深い溝ができると思ったからだった。

三郎が千穂に向かって話しかけられないもうひとつの理由は、千穂の変わり方であった。三郎の前にいる千穂は、それまでずっと、彼の頭の中にいた千穂ではなかった。三郎の頭の中の千穂は三年前にここで会った女学生姿の千穂であった。神峯山へ遠足に行ったときの赤いリボンを結んでいた千穂であったが、三年の間に千穂は変わった。千穂には女学生らしい面影はなく、完全な女性としての美しさを備えた千穂に変わっていた。千穂は華やかな美しさではなく、寄りつきがたいほどなにかに傾きかけた美しさであった。輝く美しさというものではなく、奥に秘められた美しさが透いて見えるようだった。

千穂に見つめられていると、なにもかも、心の奥まで、見すかされてしまいそうだった。千穂の眼は澄んでいた。澄み切っていた。眼ばかりではなく、顔も透きとおるように白かった。異常な白さだと思った。化粧をしていないが、頬のあたりがうっすらと赤らんでいるのは、病的な美しさにも思われた。

(千穂はどこかが悪いのではないだろうか)

三郎はふと浮かんだその考えを、全身の力で打ち消した。

「どうぞ弦月に乗って下さい。峠は……」

三郎は全く突然、頭の中で考えつづけていた台詞《せりふ》を口にした。そのあとに峠は若葉ですという筈であったが、そこまでいってから、若葉の季節にはまだ早いし、その季節になっても、峠が緑におおわれるかどうかは分らないということに気がついた。数年前は、いまごろ峠へ行く途中になにかしら花が咲いていたが、いまはどこにも花は見えなかった。それはすべて煙のせいだと注釈をつけようとしたが、そのときになって、三郎は、あまりにも、自分のいい方が、突飛であって、おそらく千穂はこんなことを突然いった自分を軽蔑するだろうと思った。自分はいま、いささかあがっているのだ。三郎はあとがいえず頭を垂れた。

「ほんとうに乗せていただける？　馬の背に乗って、峠を越えることができるのね」

しかし、千穂は、三郎の誘いをちゃんと受けた。千穂もまた、その言葉を頭の中で用意していたかのようであった。千穂は彼女の喜びを包みかくすことができないように、両手でみよの肩をゆすぶった。

「おねえちゃんは馬に乗って峠を越えるのよ。みよちゃんも一緒にね」

というと、外出の支度をするために彼女の部屋へ入っていった。三郎は庭へ眼をやった。小さな庭だったが庭のかたちはあった。だがそこには植物らしいものは見えなかった。いろいろ植えた形跡はあったが、すべて枯れてしまっていた。春が来たのに、発芽しない木ばかりであった。庭を見ていると、胸の動悸はおさまった。三郎はほっとした。

ひどく外が煙っぽくなったような気がした。風が変わったのだなと思った。今朝からずっと、吹きつづけていた北西風が衰えたので、煙がそのあたりに瀰漫《びまん》したのではないかと思った。

加屋淳平が会社から帰って来た。

「前に知らせてくれればよかったのに」

加屋は三郎にそういった。そして、千穂を馬に乗せて峠を越えるのだという話には、あまり気乗りしない様子で眼を外へやった。

煙が立ちこめていた。加屋の不安な表情がそのまま三郎に移った。ふたりはだまって外へ出た。宮田から入四間峠へかけての谷は濃煙で埋まりつつあった。その煙はやがて、峠を越えて入四間村の方へ流れていくだろう。

濃煙の峠を馬で越えてなんになろうか。三郎も加屋淳平も、みよも、その気持ちを口には出せずに、魔物のように翼をひろげていく煙を見つめていた。

千穂は市松模様の着物に紫の袴を穿いて現われた。彼女は、三郎の視線にちょっと恥ずかしそうにほほえんだが、すぐ編み上げの靴を履いた足をそろえていった。

「ではお願いします」

そういったとき、彼女が緋色の座布団をかかえこんでいるのに三郎は気がついた。

「この煙だよ千穂」

加屋淳平が気の毒そうにいった。

それで千穂は、風が変わって煙が谷にいっぱいになったことに気がついたようだった。

「この煙の中を馬に乗っていったところで、なんの情緒もないし面白いこともあるまい」

加屋は、さすがに、それ以上はいえずに、千穂から眼をそらして、大雄院精錬所の方へやった。煙のなびき具合では、煙害のために枯死した大雄院の背後の山の惨憺《さんたん》たる様相が見えるのだが、いまはなにもかも見えず、ただけむったくて、憂鬱だった。

「三郎さん、ここだけでいいから、私を馬に乗せてくださらない」

千穂が三郎にいった。なにかを踏み越えようとしているような眼つきだった。

「そうですね、峠の方は煙が濃いから海の方へでも行きましょうか」

「いいの。峠が越えられなければ、ここでいいのよ。私はただ、この弦月の背に乗って見たいだけなのよ」

なぜ、千穂が馬で峠を越えたいのか、越えねばならない理由がなんであるのか三郎には分らなかったが、彼女が、いま、弦月に乗ることを切望していることだけははっきりしていた。

加屋淳平と三郎は、あき箱や、踏み台を持って来て、千穂を弦月に乗せてやる用意を始めた。

千穂が持って来た緋色の大座布団は、鞍の上に丁度うまく載った。その座布団はこの日のために千穂がわざわざこしらえたもののようだった。

三郎が弦月の手綱を持ち、千穂が鞍の上に腰かけるのは加屋が手伝ってやった。三郎が、あれこれと注意を与えた。

「ずいぶん高いのね、あら海が見えるわ」

海なんか見えないのに海が見えるといって、手をかざしている千穂の顔は喜びに輝いていた。

「では少し歩いて見ましょうか」

三郎は弦月の手綱を曳いて、鉱山住宅の間を来て、本道のところまで来ると、千穂はここまででいいから、もとのところへ引き返してくれといった。遠慮ではなかった。ほんとうに、もういいのですと千穂が何度も何度もいうから、三郎は弦月の手綱を持って廻れ右をした。社宅の子供たちが見物に集まって来たから、千穂が急に帰るといい出したのかもしれない。弦月を曳いて、加屋の家まで引きかえすと、千穂は、すぐにでもおりそうな様子を示した。加屋の姿が見えないから、みよに弦月の手綱を持たせて、三郎は踏み台に立って千穂に手を貸してやろうとした。三郎が手を出そうとしたのと、鞍に腰かけていた千穂の身体がすべり落ちて来たのと同時だった。弦月が動いたのである。三郎は千穂を両腕でしっかりと抱き止めた。靴を履いた千穂の足が宙でぶらぶらしているのを感じた。千穂は予想外に軽かった。三郎は抱きとめた千穂をそっと踏み台の上におろした。千穂の紅潮した顔に誘われたように、三郎も赤くなった。抱きしめたときの千穂の身体のやわらかさが、三郎の胸に残っていた。

「なんだもう帰って来たのか」

加屋淳平がいっていることばも、三郎には上の空に聞こえた。

千穂は踏み台の上で、着物を直すと、三郎の耳に聞こえるか聞こえないかのような小さな声で、

「思い残すことはないわ」

といった。そのことばが三郎には、ひどくもの淋しげに聞こえた。なんで彼女はこんなことをいうのであろうかと思った。三郎とみよが弦月を曳いて、加屋の家を去るときの千穂はなにか思いつめたような眼で三郎を見ていた。瞬《まばた》きもせず、ものもいわず三郎が去っていくのを見詰めていた。ふりかえると、そこには、千穂の眼があった。なぜそんな眼で見詰めるのだと叫びたくなるような、憂いに沈んだ眼であった。死の翳《かげ》を浮か

ばせたままで、三郎を見詰めているような眼にも見えた。

　みよは、帰りにも、弦月に乗ろうとしなかった。みよは馬に乗ることには馴れていたから、三郎がちょっと手をかしてやれば、簡単に馬上の人になれるのだが、みよは、頑強に弦月に乗ることをこばんだ。

「なぜ、千穂さんが弦月に乗って峠を越えたいのか分る？」

　とみよが峠の近くまで来て三郎に訊いた。

「分らない。なぜなんだ」

「私には分るわ。でも教えて上げないわ」

　みよは、いままで、そんなふうな口のきき方をしたことはなかった。かくし立てをしたことのない、兄と妹の間柄であった。三郎は、みよがそんな生意気な口をきくのも彼女が女学生になったからだと思った。このごろ、すくすくと背丈を延ばしていくみよを見ていると、女学校を卒業するころのことが思いやられた。

「教えてあげましょうか、お兄さん」

　みよは峠のいただきにかかったところで、いった。

「知っていたら教えてくれよ。なぜ千穂さんが、馬に乗ってこの峠を越えたがっていたのか」

「千穂さんは、馬の背に乗ってこの峠を越えてお兄さんのところへお嫁にゆきたいのよ」

「な、なんてことをいうのだ、みよ」

三郎は大きな声を上げた。

「だって、そうだもの。私にはちゃんとそれが分るもの」

三郎はそのみよの顔を、とがめるように見詰めていた。みよは妹なのだ。許婚者《いいなずけ》どうしなのだが、妹に対する愛情以外のものはみよからは感じ取ることはできなかった。いかなる兄妹よりも、仲のよい兄妹であり、可愛くてならない妹であったが、みよに対する気持ちと千穂に対するそれとは次元の違ったものであった。三郎は峠の上で、弦月の手綱を持ったまま突っ立っていた。濃い煙が三郎とみよと弦月をおしつつんでいた。

関根三郎は、野菜売り女のいしが、

(村の委員の衆は補償金のことばっかりに精出していて、煙の根を止めることを考えていねえ)

といったことを繰り返し思い出していた。

たしかに煙害をなくすためには、いしのいうように、煙の根を止めることだった。煙の根を止めるには、精錬所の火を落としてしまうよりほかなかったが、現状ではそれが無理なことはわかりきったことだし、買石精錬が軌道に乗って来たいまとなっては、煙の根を止めるどころか、煙の根はますます深くなっていく傾向になっていた。

だがしかし、いしのいったとおり、煙の根本問題に触れずに補償金のことばかりに頭を突っ込んでいたのでは、そのうち、村をかこむ森林も田畑もすべて煙のために荒廃して、ついには補償を求める対象物さえなくなってしまうおそれがあった。そうなれば当然補償は打ち切りとなり、土地があっても土地を失ったと同様な状態に置かれる農民はいったいどうして生きていけばいいのであろうか。事実、それに近いことは近村で起きつつあった。

三郎はひとりで入四間峠を越えて大雄院の事務所へ行った。それまでは弦月に乗って峠を越えたが、最近弦月が急に弱って来たので、乗ることをやめて、峠を歩いて越えたのであった。

三郎は木原鉱業所の総務課長の松倉謙造と加屋淳平とこのことについてじっくり話し合ってみたかった。

(煙突から煙を出すなとはいえないが、煙突から毒の煙を出すなという権利はある)

三郎は、その理屈を頭の中でこね廻していた。彼は会社側が、煙害対策として計画している、排煙中の亜硫酸を酸化せしめて硫酸を製造する。煤煙中の硫黄を利用して二硫化炭素を製造する。熔鉱炉に重油を注加して、これによって生ずる硫化水素と有毒成分である亜硫酸とを化合せしめて、硫黄を生成する——という三つの方法の何れかを採用して、空中に放出される毒煙即ち亜硫酸ガスを捕捉することに期待をかけていた。

三郎はこの方法について加屋淳平の説明を聞いたし、彼自身もその理論については勉強していた。

という（問題は、会社が誠意をもって、この亜硫酸ガスの捕捉に当たるつもりがあるかどうかということである）

三郎は大雄院の守衛所を通った。

「今日はあの気狂い馬に乗って来なかったのかね」

いつか弦月に、あやうく蹴とばされそうになった守衛が、三郎の顔を見ていった。

「いやいや弦月は気狂い馬どころか非常に利口な馬です。人の心を見わけることができるほど利口な馬です。あの馬に蹴られるような人間は、よほど根性が悪い人間と見てまず間違いないでしょうね。なんなら、このつぎまたここに連れて来ますから」

三郎は守衛に答えて事務所の方へ歩いていった。三郎は此処へは何遍も来ていた。守衛も受付も顔見知りであった。受付へ顔を出すと、三郎の方から用件をいわないうちに加屋淳平を呼んでくれた。加屋がいないときには地所係の誰かが出て来て三郎を応接間に通してくれた。

だが、その日は、いつも受付にいる人が、そこにはいなかった。硝子窓ごしに、事務室の中を見ると、いつもと違って人の動きがいそがしそうだった。知らない人の顔も二、三見えた。

背後に人の気配がしたのでふりかえると、加屋淳平が数人の男をつれて事務所へ入って来たところだった。東京から視察にでもやってきたような紳士ばかりであった。

加屋淳平はいつになく緊張した顔をして、先頭を歩いていた。ふたりは軽く挨拶した。

加屋は三郎と目礼を交わしながら、今日はいそがしいからという気持ちをその眼つきに表わしていた。

「関根三郎さんではないですか」

その紳士の中の一人が三郎に声を掛けた。中央気象台の藤岡作松《ふじおかさくまつ》技師であった。三郎はひどくあわてた。偉そうな恰好をした人が大勢居る前で名前を呼ばれたので思わず赤くなった。

三郎は一歩前に出て、この間は失礼いたしましたと挨拶した。一行は三郎と藤岡技師とが話しているのを横目で見ながら奥へ入っていった。そこには三郎と藤岡技師と、そして木原鉱業の社長の木原吉之助《きはらきちのすけ》の三人が残った。

「お知り合いですか」

と、木原吉之助が藤岡技師に聞いた。

「ついこの間気象台で会いました。なかなか鋭い質問をされたし、卓見も持っておられるので驚きました」

藤岡技師はにこやかな微笑を浮かべていった。

「卓見といいますと、煙害防止に対してですか」

「そうです」

と藤岡技師が答えると木原吉之助は、ほほうと感心したような眼を三郎の方へやって、

「関根さん、よかったら、これから始まる煙害予防調査会の模様を聞いていかれたら如

何ですか。会の内容については、公式に発表されるまでは口外しないと約束していただければ、特別にあなたの傍聴を煙害予防調査会の会長にお願いしてみましょう」

三郎は、しばらくは面喰らった顔で、木原吉之助の顔を見ていた。

煙害予防調査会は政府の偉い役人が中心となって、錚々《そうそう》たる学者数名によって構成されていると聞いていた。その人たちの会議に出席することには気が引けた。

「調査会の方々は三日前から、日立に来ていろいろと調査しておられたのです。これからの会議は、公式のものではなく、いわば予備会議のようなものですから、会場に、正式委員以外は入れてはならないということはないのです。加屋君も松倉君も傍聴します。無理にはおすすめしませんが、よかったらどうぞ」

木原吉之助はそういうと先に立った。その木原の言葉を補足するように藤岡技師の微笑が、三郎を誘った。

三郎は、その会議室に入ったのは初めてだった。

所長室に隣接した比較的明るい部屋であった。大きな黒板に対して長いテーブルが直角に置いてあった。身体をやや斜めにすれば黒板の前で説明する人の話が聞けるようになっていた。

三郎はテーブルの前には坐らず、予備の椅子を引きずっていって、加屋淳平のうしろに坐った。

「ではこれから煙害予防調査会の予備会を開催いたします。本日は予備会であるから、飽くまで自由な発言を期待いたします。会の主題は、この日立鉱山の煙害をいかにして防止するかということであります。発言は明確にし、簡潔に願います」

司会者が立ち上がっていった。

三郎は、おそるおそるそのテーブルにいるお歴々の顔を見渡した。六名が六名髭をたくわえていた。誰がなんという博士やら技師やらわからなかった。六名の中の一人である藤岡作松気象台技師だけが、他の五名に比較してずっと若く、洋行帰りでもあるかのようなしゃれた洋服に蝶ネクタイをしていた。

ひとりが手を上げて司会者に発言を求めると、えへんと咳払いをしてしゃべり出した。

「三日にわたり付近を見聞いたしましたるところ、煙の流散方向に対して、一方は海、他方は森林原野が連なり、まことに製銅事業に好適の地と思われる。従って、煙の処理については、この地形を充分に利用して濃煙が耕作地に入って害を与えないように、事前に、稀薄拡散することが最良の方法と考えられる」

彼はそこで一息ついて、委員の顔をひとわたり眺め廻してから、テーブルから離れて黒板の前に行って白墨を持った。

「濃煙を稀薄せしめんためには、如何にして濃煙と空気とを混合させるかということが問題である。私は従来、八角煙突から出た濃煙がそのままの密度を持って放流されたがために、耕作物に害を与えたことから考えて、濃煙を一か所より一度に排出するのをやめ、微量な濃煙を広い面積にわたって放出することにより、大気との自然混合をはかり、稀薄せしめる方法を考案したのである」

その男は小柄な痩せた男であったが弁舌はうまかった。ただ、そのいい方がいささか時代がかっているので三郎には、なんとなくしっくりと感じ取れなかった。

黒板の前に立った男は、黒板一ぱいに山の形を書いた。どうやらそれは宮田あたりから神峯山を見た景観のようであった。神峯山のいただきに観測所が記入され、大雄院のあたりに、八角煙突が記入されると、まさしく、彼が書いている地形が大雄院背後の山であることは明瞭になった。

彼はそこで委員たちの方をふりむいていった。

「これは現在の状況です。これから記入するのが私の提唱する煙道である。煙突ではなく、有孔《ゆうこう》煙道であるところに充分御留意いただきたい」

彼は、大雄院精錬所のあたりから、太い煙道を神峯山の中腹に向かって書き出した。しかもその煙道上部の表面に赤いチョークで無数の穴を書き加えた。

画ができあがると、彼はいささかそり身になって、

「既にお分りになったと思うが、煙道をこのように長くし、その煙道上部に無数の穴を設けて、ここから濃煙を分散排出するならば、濃煙は外部の空間と広い範囲において混合稀薄されるから、いままでのような被害はなくなるものと思われる」

彼は、得意そうな顔をした。

「質問はありませんか」

司会者がいった。

藤岡作松技師が手を上げた。

「濃煙と空気が速かに混合するためには、何等かの物理的刺戟方法を講じなければなりません。ただ煙を空気中に放出しても、煙は煙として存在するでしょう。もっとはっきりいうならば、濃煙と空気が混合するためには、そこになんらかの擾乱《じょうらん》を起こさねばならないのです。あなたは、その擾乱は自然風だとおっしゃるでしょうが、弱い風では、なかなかむずかしいのではないかと思います。強いて濃煙と空気を混合せしめるためには、あなたが書かれた、煙道上部の穴のところに扇風器を取りつけて、空気を攪拌《かくはん》してやらないとだめでしょう」

藤岡技師の発言は、煙道に対して真っ向から反対する意見であった。

それに対して次々と手が上がった。

「ただいまの発言は、偏見に過ぎると思います。煙と空気を混合せしめるには、そこに擾乱を起こしたほうがよいには違いありませんが、自然風や地形によって、時間とともにごく自然に、濃煙が空気の中に入って稀薄されていくことは、既に実験によって明らかであります」

そのような意見が、つづいた。六名の委員のうち四名は煙道説に賛成、一人は賛成とも反対とも意志表示せず、はっきり反対したのは藤岡技師ひとりであった。

「反対のための反対の意見ではこまります。反対する以上、あなたは、なにか代案をお持ちでしょう」

と藤岡技師に食ってかかる者がいた。藤岡技師はふたたび立ち上がった。

「現在の段階で煙害予防の策を建てるのは無理です。徹底的な基礎調査をやっての上でないと、私は自説を主張することはできません。従って反対のための反対をするのです」

「徹底的な基礎調査というとなんでしょうか」

委員のひとりが司会者に発言の許可を求めずにいった。

「木原鉱業所の神峯山観測所ほか八か所に気象観測所を設けたのも基礎調査のひとつですが、問題は、この付近の大気構造がどのようになっているかということです。八角煙突から出た煙が、なぜ上昇していかずに、大地を這っていくかということを研究するのが先決問題です。煙が地上におりて来るのは、大気中に逆転層があるからだとわかっていても、それが、幾層あって、一番高い層が、どの辺にあるかということがわかっていないのです。私がいう基礎調査は、そういう大気の構造を観測することをいっているのです」

「どうやってそれをやるのです」

「最近、外国では、気球に水素ガスをつめて、上空に放ってやり、その気球の動きを経《けい》緯儀《いぎ》によって観測して、上空の風向風速を測定しています。私はそれをやって見たいのです」

「煙害予防調査会は研究機関ではありません。いかにして、煙害を軽減するかその方法を諮問する政府の機関ですよ。日立鉱山の煙害は農作物において、二町十か村、山林において三町十八か村に及んでいます。研究を口実に対策を延引する余裕はないのです」

「だからといって基礎調査もなく、いい加減なことをやっていいということはないでしょう」

「いい加減なこととはなんです」

藤岡技師を中心にして議論が白熱して来たので、司会者が、

「今日の会は予備会であり、各委員の発言がおおよそ出たようですから、これで閉会といたします」

会は終わった。

会が終わって、委員たちが立ち上がろうとしたときに、木原吉之助が藤岡技師にいった。

「藤岡さん、大空の構造の基礎調査というのは、いますぐにでもできるのでしょうか」

木原が質問を出したので席を立ちかけた委員はまた腰を落ちつけた。

「すぐはむずかしいと思います。まず機械を揃えなければならないし、そのため観測要員の準備も必要です。かなりの費用がかかりますから正式に予算を要求しなければなりません」

「いっさいの費用は、私が持ちますから、ぜひその基礎調査をやっていただきたいので

す。それから気球を飛ばして、上層の風を測定すると、どういうことが分るか、もう少しくわしく説明していただけませんでしょうか」

藤岡技師は木原吉之助の要求を入れて、黒板に向かうと、煙道の絵を消して、大気の垂直構造の図を書いた。

「地表付近の大気の層の温度は上空に行くに従って低くなっていきますが、ところどころに逆転層といって、気温の成層が逆になっているところがあります。煙はこういうところまで来ると上に抜けられずに、その下を這うことになります。また風は上空に行くに従って少しずつ強くなっていく傾向があり、或る程度高くなると、常時一定風速の風が吹いているところがあります」

「そこは地上何メートルくらいのところでしょうか」

「それはわかりません。だから基礎調査、つまり上層気流の観測をしてみたいといっているのです」

木原吉之助はしばらくの間、藤岡技師が書いた図を見ながら考えこんでいたが、いきなりつかつかと黒板の前に進んで行って、藤岡技師が書いた大気成層の図の中に、高い煙突の画を書いた。

「藤岡さん、煙突をここまで高くしたらどうです。常時一定風速の風が吹いているという気層まで高くしたら、煙はどうなります」

「おそらく煙は、その気流層に乗って遠くに拡散していくでしょう」

「つまり、煙害は少なくなるということですね」

木原吉之助がそういうと、五名の委員がいっせいに口を出した。

「煙害は少なくなるどころか、そんなことをすれば、煙害地域をいよいよ拡大することになるでしょう」

議論は思わぬところに発展した。

三郎の前にいる加屋淳平がふりかえって三郎にいった。

「感覚的にはぼくは木原社長の意見に賛成だな、あなたは？」

「ぼくも賛成です。だが、あんなに高い煙突が作れるでしょうか」

感覚的にはと、加屋淳平がいったことばが三郎の頭の中で光りを発した。それは現在の科学の範囲外だから感覚的に考えるよりしようがないという意味であったが、三郎には、その感覚的ということばが、河原の石にまじって光っている一粒の宝石を見るように新鮮なものに感じられた。

(感覚的という言葉をいいかえるとかんということになる。科学の限界ではかんにたよるしか方法はないのであろうか)

三郎はまた考えこんだ。

6

大雄院精錬所から神峯山にかけて奇妙な工事が始められた。遠くから見ると水力発電所に用いる大水道管のようなものが、神峯山の中腹を這いながらどこまでも延びていくのである。水を導くのではなく、それは煙を導くための煙道であると説明されても、付近の人たちは、首を傾げて、

「へえ、大地に寝そべった煙突なんて聞いたことたあねえな」

と話し合った。たしかに、煙道そのものが、常識的に見ておかしなものである上に、日が経つにつれて、その煙道の形がはっきりして来ると、いよいよその地方の人たちは眉をひそめ、首を傾げた。

煙道は、神峯山の中腹を二キロメートルほど、頂上に向かって延びていた。煙道を山の中腹に固定するための支えが、両側に、がっちりと取りつけられると、巨大な百足《むかで》が山腹を這っているような怪奇な姿に見えた。

「あの百足煙突に煙を送るのだそうだ、そうすると、煙は薄くなって、煙害はなくなる

のだそうだ」

知ったかぶった顔でいう者がいた。そのころはもう、百足煙突という立派なあだながついていた。

百足煙道と呼ぶ者もまれにはあったが、会社が正式の呼称として用意していた神峯煙道という名を呼ぶ者は一人もいなかった。

「なぜ、百足煙突にすると、煙が薄くなるのだ」

とやや突っ込んだ質問に対して、

「あの煙突のずっと上の方の横腹をよく見ろ、穴が幾つも見えるだろう。あの穴から煙が煙道のまわりに吹き出すのだ。だから煙が薄くなるのだ」

「そこがわからねえ。なぜ、そんなことをすれば煙が薄くなるのだ」

その素朴な質問こそ、実はこの百足煙道の成果に対する大きな疑問であった。

百足煙道を作れば、煙害はなくなるという理論的根源はなにもなかったが、増大する煙害に対して、なんらかの方法を講じなければならないというせっぱつまった考えから、煙害予防調査会の勧告に従って、会社側が巨費を投じて作ったのがこの煙道であった。

煙道は神峯山へ向かう尾根の上を這うように延びていった。そのあたりの木はすべて枯死して、一面赤い地肌をむき出していたが、ずっと上の方には、まだ木があった。

「結局、煙をずっと上に引っ張っていって出すということになるのだな。そうなると、神峯山の向こう側の連中はえらい目に会うことになるな」

神峯山の向こう側というと、入四間村になる。

人々の口から口へと、その成果が危ぶまれながらも喧伝されているうちに、この巨大な百足煙道は完成した。

関根三郎は、この完成の日に招待された。その日は四月のよく晴れた日であった。

神主の祝詞《のりと》があった後、木原吉之助の右手の人さしゆびが電鈴のボタンをおした。乾いた電鈴の音を合図に、煙道へのゲイトバルブが電動機の力によって開けられ、同時に、八角煙突への気道は閉鎖された。

百足煙道はしばらくはそのままであったが、間もなくずっと上の煙道の側面から黄色い煙が出るのが見えた。

つづいて、百足煙道の中間に取りつけられた二百馬力の送風機が動き出すと、百足煙道は異様な音を発しながら煙をむくむくと吐き出した。三郎にはその百足の化物が身振いをしながらなにか叫び声を上げ、煙を吐き出しているように見えた。

叫び声は、煙道の中ほどのモーターの唸《うな》り音であり、煙道が身をふるわせるように見えるのは、煙道の中腹より上部に設けられた、数十か所の排煙口から吹き出す煙が揺れ動くので、百足が首を振っているように錯覚したのである。

百足は頭を振りながら、黄色い煙をたくましく吐きつづけた。

三郎はその煙を凝視した。

排煙口から出た煙が空気と混ざって稀薄化されるかどうかを食いつくような眼で見詰

めた。

黄色い煙は幾条かの黄色い蛇となって、空間を這っていった。そのままの形でその辺を這い廻りながら、同類を探し求めていた。黄色い蛇は、黄色い蛇を探し求めていた。無理に分離されたのが、たいへん不満だったように、ひとたびからみつくと二度と離れようとはしそうになかった。

怒れる百足の頭部から排出された黄色い蛇はやがて、黄色い大蛇《おろち》となって海から吹き上げて来る風に追い上げられるように神峯山の方向に這い登っていったが、神峯山と高鈴山との中間の入四間峠の凹部を見つけると、そこを通るのは、ずっと昔からの約束だったようにそこに頭を突っ込むと、身をくねらせながら獲物を求めて入四間谷へすべり込んでいった。

三郎は声も出なかった。眼の前が真っ暗になった。その百足の化物は、入四間村を全滅させるために生まれたものであったのである。

「これで、精錬所の人や、事務所の人や社宅の人は、煙から救われるが、山の向こうの人たちはえらい目に会うなあ」

完成式に呼ばれて来た、付近の村の人たちが話している声が聞こえた。その声で三郎はわれにかえった。

(いったいどうしてくれるのだ)

といういきどおりが彼の全身を貫いた。彼は、さっきその場で、もっともらしい顔をして、ボタンを押した木原吉之助の姿を求めた。胸倉をつかまえて、あの煙の行方を見ろといってやりたかった。

木原吉之助は多くの人にかこまれて、やはり心配そうな顔をして煙の行方を眺めていた。

「畜生め」

三郎は、とうとうその激しい言葉を口にした。

こうなったら、社長の木原とかけ合うしかないと思った。煙害予防調査会を政府に作らせたのも、その席上での議論も、すべて木原吉之助の芝居であって、彼は精錬所の背後の山と村に犠牲を強いることによって、自分だけ生きようとしているのだ。三郎はそう思った。こうなることがわかっていてやったのだ。

なにもかも計算ずくの上のことなのだ。三郎は参列者の人垣をわけて前へ出ようとした。

うしろから、三郎に組みついた者がいた。

「本宅の三郎さん、がまんしておくれ。喧嘩は仕掛けた方が負けだと、常日頃いっているのは、三郎さん自身じゃあなかったか。いまはいけねえ、いま此処であばれたところで、どうなるというものではねえ。本宅の三郎さん、がまんしてきょうは帰っておくれ」

関根恒吉が必死になって叫んだ。

三郎と恒吉がもみ合いをはじめると、その周囲の人々はすぐ三郎が怒っている理由がわかったようであった。その悲壮な空気は波のように会場を伝わっていった。木原吉之助がこっちを向いた。三郎は恒吉に羽がいじめにされたまま、全身の怒りをこめて木原を睨んだ。木原の顔に動揺が起こった。木原は三郎の方に歩いて来ようとした。すぐその廻りに人垣ができた。木原の姿が見えなくなると、三郎の身体から力が抜けた。

「さあ、村へ帰ろう」

恒吉がいった。

「うん」

三郎は、そういったとき、涙が一度に出てきた。彼はそのときまで、手にしっかり握っていた完成記念の手拭と落雁《らくがん》の菓子折を大地にたたきつけて両足で踏みにじった。そうしている間も涙が出てしようがなかった。

入四間峠は濃煙に包まれていた。

結局は煙道の口が二キロメートル、入四間村に近づいたと同じことであった。

三郎と恒吉は煙にむせびながら、峠を越えた。煙は峠を越えても、そのままの濃度で入四間谷を入四間村へ向かって下降していた。

「いったい、これはどういうことだ」

村の人たちは突然やってきた濃煙のために色を失っていた。

三郎は家に帰ると自分の部屋に引きこもって食事になっても出て来なかった。

祖母のいねが心配して見に行くと、静座したままなにか考えこんでいた。

その日は午後になって風が出たから、煙は一時吹きとばされたが、この日を境として入四間村は濃煙の坩堝《るつぼ》と化した。百足煙突ができて二十日ほど経った日のことである。午後二時ごろから谷におりてきた濃煙は入四間村を煙の中に閉じこめたまま夜になっても動かなかった。ほとんど無風であったから、煙は時間とともにいよいよ濃くなっていった。

いねがはげしく咳きこんだ。いねは、百足煙突ができて、濃煙が村へやってくるようになってから、喘息《ぜんそく》の発作に襲われた。いねだけでなく、この村のほとんどの老人が、この刺戟性の煙を嗅いで、呼吸器をやられた。子供たちも咽喉《のど》の痛みをうったえた。これに対して医学的処置としては、うがいをすることだけだった。全校生徒が、うがいの瓶を持って学校へ通った。

眼をやられる子供たちもいた。それも眼をしばしば洗う以外に防ぎようがなかった。

「三郎、煙はまだどかないかい」

いねは苦しい息の下で三郎にいった。

「もうすぐ、どくからもうしばらくの我慢だ」

三郎はそういって家の中を見廻した。これだけ建てつけのしっかりした家の中へ、どこから、煙が入って来たのだろうか。

三郎は百足が首を振りながら、黄色い毒ガスを吐き出す光景を思い出しながら、いったい、あの巨大な百足をあやつる木原吉之助と戦うにはどうしたらいいのかと考えていた。

「三郎様、弦月がへんだでよう、見に来ておくれ」

伝吉が母屋に走って来て告げた。

伝吉が、ちょっと戸を開けただけでも、黄色い煙は一度にどっと家に入って来た。三郎は女中たちにいねの介抱をたのんで、外へ出た。

家を出たとたんに、三郎ははげしく咳きこんだ。霧でも、こんな濃い霧には出会わしたことはなかった。馬屋へ行く方向もわからないほど濃いガスだった。

「どんなだ、弦月は」

伝吉に聞くと、伝吉は、口をおおっている手拭を取っていった。

「腹に波を打たせて、咳きこんでいます」

人間は煙にむせると、ごほんごほんと音を立てて、咳をするけれども、馬はごほんと咳をしなかった。弦月は喘《あえ》いだ、喘ぐような咳の仕方をした。多量の息を吐いたり吸ったりした。非常に苦しそうで、そのたびに腹に波を打たせた。人間のように、ごほんごほんとやれないだけ苦痛ははげしそうだった。

弦月が元気がなくなったのは、ここ一年ほど前からであった。水戸の獣医に来て貰ったが、どこが悪いかわからなかった。が、いま眼の前で苦しんでいる弦月を見ると、弦月は人間以上に、煙の害を受けているのではないかと思われた。煙に当たって植物は次々と死んでいく。その煙に汚染された草を多量に食べている弦月がなんでもない筈はないと思った。弦月は空気からも食物からも見放されたのだ。

弦月は全身に汗を掻いていた。その苦痛が容易なものではないことがわかった。気が強い馬だから立ってはいるが、まもなく坐りこんでしまいそうに見えた。そうなったらもうおしまいなのだ。

「弦月よ」

三郎は首筋をたたいていった。いつもの弦月ならば首筋を叩いてやると、それに応えるように、首を縦に振るのだが、弦月はそうする元気がなかった。垂れようとする首を持ちこたえているのがやっとのようであった。連続的に奇妙な咳をした。

「薬湯《やくとう》で元気をつけてやるしか方法はない」

三郎は伝吉にそういうと、伝吉とともに母屋に帰った。

三郎は祖父の兵馬に教わった、大坪流馬術の中の薬法を弦月に用いて見ようと思った。獣医の置いていった薬が効かないとすれば、あとは古式の薬法によるより仕方がなかった。三郎は古色蒼然とした箱を蔵から持ち出して来て、その前で大坪流馬術秘伝中の薬法の項を開いた。

延命丹、緊急の際用ふべし。人参一両、えん石六分、竜脳八分、麝香《じやこう》六分、小黒焼一両、塩硝半両、青花六分、沈瀉半両、これを細末にして、蜜にて練り、轡《くつわ》に付ける。

三郎は薬箱を開けたが、そこに書いてある薬のうち、人参、竜脳、麝香の三つが欠けていた。

彼は薬箱に入っていた秤《はかり》で指定された分量を測り取り、乳鉢で擦って、蜜がないから、砂糖水で練った。伝吉にも手伝わせた。

伝吉の女房のまさが、血相をかえて、とびこんで来て、弦月が馬屋に坐りこんだと告げた。

三郎と伝吉は、やっとでき上がった薬を持って馬屋にかけつけたが、弦月は、倒れたままだった。まだ体温はあるのに呼吸は止まっていた。おそらく、まさが知らせに来ている間に、横に倒れて死んだのであろう。

午後の十時を過ぎたころであった。

濃煙は朝になっても、入四間の谷から去らなかった。

午後になって風が出て来て煙はやっと去った。

ありとあらゆる蔬菜類はすべて、首を垂れていた。路傍の雑草まで毒煙の影響を受けていた。入四間谷を埋めつくしている杉の美林の葉が柔軟となって、だらりとさがっていた。それらの植物への影響がはっきり現われたのは、さらにそれから三日経ってからであった。入四間谷の杉は、全山赤銹色になり、蔬菜類はすべてその生命を絶たれた。

三郎の家の庭へ続々と村の人が集まって来た。以前ならば、鋤鍬《すきくわ》をかつぎ、鎌を手に持って来る村民たちなのに、その朝は、ひどくしょんぼりした姿でやって来ていた。

　百足煙道ができてから入四間村の煙害は激甚になった。煙害対策委員は連日会社側と掛け合わねばならなかった。

「会社は損害の補償をいたします」

　会社の回答は判でおしたようだった。被害があればあっただけ補償金をくれるのは、以前と同じであった。それは誠意というものではなく、きわめて事務的な処理でしかなかった。

「弦月が死んだそうだねえ」

　とひとりがいった。

「会社は弦月が死んだのにも補償金を出すだろうか」

　その男は、ひとりごとのようにいった。

　会社側は補償金を請求すれば、それを払うだけである。そして、そのあとに来るものは、木のない山と、農作物の生えない荒廃地に立つ農民のあわれな姿であった。

「いったい、この村はどうなるんだ。ねえ三郎さんどうなるのだ」

　げんこつで眼やにをこすりながらそういう男に、三郎自身も答えてやることはできなかった。

　三郎は自分の力の弱さをなげいた。製銅事業の興隆こそ軍国主義の躍進につながるのだという歌い文句を挽歌として聞きながら、土地を失わねばならない自分たちの運命を呪った。

「やれるだけやって見ることだ。やれるだけやってどうにもならないときは、おれはこの村とともに死ぬつもりだ」

三郎の頭の中には、これからやらねばならない多くのことが箇条書に並んでいた。

一、被害町村が結束して煙害に当たる

一、郡や県の施政者の協力を求める

一、会社側と交渉をつづける

だが、それらのことは三郎の頭の中に書かれただけですぐ消えていった。被害町村が結束できるならば、既にできていた筈であった。郡や県は煙害について重々知っているが、妙にそっぽを向きたがる癖があった。会社との交渉はやれるだけやった。

弦月の葬儀は、関根家とその近所の人たちの手によって行なわれた。弦月は村はずれの馬頭観世音の碑が林立している、馬の墓地に葬られた。

その夜、彼は千穂とみよに弦月の死を知らせた。千穂を乗せて、峠を越すはずだった弦月が死んだことが、千穂にどのようなショックを与えるかは考えなかった。三郎は、弦月の死の状況を比較的冷静に書いた。

みよには弦月の死のほかに、いねの喘息が日を追うごとに悪くなっていく傾向にあることを告げた。

三郎は、千穂あての手紙に封をしながら、手紙を通じて、千穂と自分とが急激に接近しつつある事実を感じ取った。

(今、村は非常時なのだ。それだのに)

しかし、彼はすぐその考えに、

「恋と仕事とは別問題なのだ」

と、みずから訂正を加えた。

煙害に対して被害住民が結束して当たろうという機運が盛り上がって来たのは、煙害の範囲が拡大して、四町十三か村に及び、常陸太田町から久米村方面までが被害をこうむるようになってからであった。

太田町の有志は隣接関係町村と相談して煙害連合調査会を組織して、活発な政治運動を開始した。煙害連合調査会の幹事役を務めている今西久武《いまにしひさたけ》が、関根三郎を訪ねて来たのは、大正と改元(明治四十五年は七月二十九日まで)された直後であった。

「入四間村は煙害の最激甚地だから、ぜひ煙害連合調査会に入っていただきたい。鉱山と戦うには被害地住民の結束以外に武器はないのです。われわれは手を組み合って鉱山と戦わねばなりません」

今西は能弁だった。足尾銅山のこと、別子鉱山のこと、小坂鉱山のこともよく知っていた。理路整然としていて、語り出すと滔々《とうとう》として尽きることがなかった。発言の中に、県会議員の幾人かの名前が羅列され、その議員たちに、あれはばか者だとか、あれは日和見主義者だとか、あの議員は鉱山と通じているなどと、いちいち悪評を加えた。

「その調査会に入ったとして、われわれはいったいなにをやるのです」

三郎はいった。

「なにも、しないでもよろしいのです。いっさいはぼく等があなた方の代理者となって、事に当たります。お任せ下さい」

今西は自信あり気であった。

「すると補償問題も……」

「勿論です。煙草畑も桑畑も、コンニャク畑も、杉の森林の損害補償についても、既に会社側との間に交渉を開始しています」

今西は持って来た印刷物を出した。三郎はそっちの方に眼もくれずに、

「それでは、ちょっとお伺いしますが、杉一石《こく》についての補償金額はどのくらいでしょうか」

「杉一石ですね」

今西は、困ったような顔をして資料をひっくり返した。どうやら今西は杉一石の意味を知らないらしかった。

「杉一石というのは、すえ口直径一尺、長さ十尺の杉材のことをいうのです」

「なんだそういうことですか、そうそう、一石と呼んでいましたね、杉一石となると、確か補償金十五円……」

それを聞いて三郎は笑い出した。

「一石十五円は米の値段です。杉一石は現在一円三十銭です。失礼ですがあなたは、農事のことをご存知ないようですね」

すると今西は頭を掻きながらいった。

「いや、これはどうも、家が呉服屋だものでつい……しかし、そういうことは、調べればすぐ分ることであり、問題は、現在、被害住民が如何にして結束するか、それがきまれば、そのようなこまごましたことは自然に解決するのです」

そのとおりだった。被害住民が結束することが第一、被害補償は第二の問題だ。しかし、杉一石の意味も知らない者が幹事を務めている調査会とはいったいいかなるものであろうか。

三郎は、自分ひとりでは決断できないからみんなと相談してご返事するといって、今西に引き取って貰った。

その後、間もなく、煙害連合調査会が、県議会へ鳴り物入りでおしかけたという記事を三郎は新聞で呼んだ。代表者の名前が幾人か出ていたが、その中に激甚地に住んでいる人たちは含まれていなかった。

新聞記者の山田が東京からわざわざ、三郎をたずねてやって来た。彼はその日も自転車に乗っていた。

「全村を挙げて南米へ移民するんだって?」

山田は三郎の顔を見るなり、いやな冗談をいった。煙害激甚地はこうなったら、南米へでも移住するよりしようがないといっている者もいた。

山田は三郎の家の縁側で汗を拭きながら、彼が廻って来た被害地の状況を話したあとで、結論のようにいった。

「まったくひどいものです。このままにして置いたら、南米移民を本気で考えなくてはならなくなるだろう」

そして山田は、自転車を三郎の家にあずけて、三郎と共に入四間村の被害地を見に出た。

「これはいったい……」

と彼は村のはずれに立って、赤錆《あかさび》色に変わった杉林を見ながら言葉を呑んだ。

「煙をかぶるとこうもなるものか、こうなってしばらく経つと枯れるのだな」

そうつぶやきながら、彼は、なにか大発見でもしたように、杉林の一点に眼をこらした。長い柄のついた草刈り鎌で、杉林の下草刈りをやっている村人の姿が眼についたからだった。

「枯れるときまっている杉林の下草をなぜ刈るのです」

山田は突っかかるような訊き方をした。

「まだ枯れるとは決まっていません。この村の青年同志会では、完全に枯れるまでは、手入れをしてやろうという申し合わせをしたのです。杉は他の樹木に比較して煙に強いから手入れをしてやれば、或いは、あの煙に耐えぬくかもしれないからなんです。杉林ばかりではなく、一般の作物だって完全に枯れてしまうまでは、肥料をやり、手を加えてやって、作物自らの力で煙と戦わせようとしているのです」

「煙を出す相手となぜ戦わずに煙と戦うのです。煙といくら戦っても、その根元を斬らない限り、あなたたちは負けますよ」

「よくわかっています。だが、われわれは、傷ついた杉林や農作物を黙って見ているわけにはいかないのです。農民である以上、最後まで作物を育てることに希望をかけているのです」

「そんなことをいっているときではないですよ、関根さん。大至急、激甚地の住民が結束して、煙害防止に乗り出さないと、たいへんなことになりますよ」

「煙害連合調査会にでも加盟しましょうか」

「あれですか。あの団体はあまり感心しないな。煙害を政治の道具とするようなにおいが少しでもある団体には入らないほうがいい。飽くまでも、被害地農民の結集力でいかないといけない」

「つまり、あなたは……」

三郎は山田の顔を見た。

「そうです。簡単にいえば一揆を起こせということです。別子鉱山の農民決死隊を、あなたは眼の当たり見たでしょう。こうなったら、あれしかない。あれをやると新聞に出る。世論が騒ぐ。政府も黙ってはいないでしょう」

「あなたは私に農民決死隊をすすめに来たのですか。それなら、どうぞ、このままお帰り下さい。そんな過激な行動を取らずとも、なんとか打開できる道があるでしょう。きっとある筈だと思います」

「どういう道です、それは」

「科学です。こうなったら科学の力にたよるより仕方ないのです。鉱山が本気でやるならやれるはずです」

「つまり毒煙を出さないようにするということですね。それが科学というならば、科学は百足煙突でしかなかったということになる」

山田は高々と笑ってから、

「そうそう、この間、中央気象台の藤岡技師に会った。彼はもともと百足煙突には反対していたらしいので、この際、基礎的研究、つまり高層気流の研究をするように木原吉之助に勧告したそうだ」

「やるのですか、それを」

山田は黙って首を横に振ると、カンカン帽を取って汗を拭いた。三郎は山田と別れてから、この問題について三日三晩考えた。せんじつめると、山田のいうとおり被害激甚地が結束して、会社に当たるしか道はないように思われた。被害激甚地の村々は、各自に委員会を作って会社と交渉していたが、これでは力が弱い。

三郎は、中深荻、下深荻、東河内《ひがしごうと》、町屋、西河内《にしごうと》、諏訪、油縄子《ゆなご》、成沢、助川、宮田、滑川《なめかわ》、高原、黒坂、福平、小木津、田尻の村々の委員たちを歴訪した。

委員に会ってその話をすると、誰一人として三郎に反対する者はなかった。だが、ひとたび、煙害激甚地同盟の結成内容に触れようとすると、彼等は何故か尻ごみをした。

「なあに、おれたちの村はおれたちの村でなんとか、うまくやって来たし、これからもやっていけるでしょう――」

彼等はそういった。確かに、村々によって被害程度も違うし、考え方も違うから、一律にこの運動を進めることは困難だったが、なんとかして横のつながりをつけなければ、みすみす会社の、各個撃破の作戦にあって、取れるものも取れなくなるのだと説明すると、

「ほかは損することがあるかも知れねえが、おれの村は絶対に損はしていねえ」

といい切るのである。

彼等は、他と協同することによって、かえって害があると考えているようであった。三郎は、その交渉に当たっているうち、いたるところで、会社の渉外係長の八尾定吉のにおいを嗅いだ。渉外に天才的技術を持った八尾定吉は激甚地の委員の多くを彼の掌上にしているように思われてならなかった。八尾定吉の存在もさることながら、彼等がもっとも警戒しているのは、三郎が煙害激甚地同盟を結成しようというのは、その同盟の上に立って、うまいことをしようという下心があるのではないかという疑心からであっ

た。

彼等は多かれ少なかれ、会社側と被害者の間に立って甘い汁を吸う龍口清太郎のような煙害虫や、煙害を政治に利用しようとする、県議の田野村七郎左衛門などに痛い目にあわされていた。

三郎は重い足を引きずって、助川池の端（現在の市役所のあるところ）に来た。池のほとりに、小屋ヶ沢部落の人が経営している料理屋があった。一戸当たり三万円という大金を貰って、部落そっくり、鉱山側に土地を売って、この地区に転居して来た小屋ヶ沢の人達のその後のことが知りたかったのである。

だが、三郎が見たものは、料理屋風の一軒の売り家であった。近所の人に聞くと、料理屋は多額の借金を残して、去年つぶれてしまったということであった。小屋ヶ沢出身の人の行方もわからなかった。山の中の狭い土地を耕して麦を作り、炭を焼いて暮らしていた人たちが、料理屋を経営して儲かる筈がなかった。

三郎は日立村の委員に会うために、更に歩をすすめた。日立村に入ってすぐ、高松台に真新しい二階家が見えた。その辺ではめったに見ることのできない豪華な家の造りだった。たまたまそこを通り合わせた顔見知りに誰の家かと訊ねると、彼は首をすくめていった。

「あれが、煙害成金の龍口清太郎の邸宅さ」

三郎はいやなものを見たように顔をそむけた。

幾日か足を棒にして三郎が得たものは、煙害対策は、従来どおり入四間村が一丸となって当たるしかないということであった。他の一部の町村のように、委員会があるのに、補償について、個人と会社とが取り引きをするようなことがないだけでも、入四間村の煙害対策はしっかりしていると自己満足するぐらいの効果しか得られなかった。

その日三郎が峠を越えて帰宅すると、庭でみよが薙刀《なぎなた》の稽古をしていた。夏休みで帰宅しているみよは、朝と夕方の二度必ず薙刀の稽古をやっていた。しかも、みよが振り廻している薙刀は、関根家伝来の小薙刀である。いくら広い庭であっても真剣の薙刀を振り廻すからなんとなく危くて見ていられないから、三郎が注意したことがあったが、

「だって兄さん、やはり真剣の方が気合いがこもるもの、それに刀というものは、ときどき風に当てないとだめなのよ」

などと理屈をいった。みよは十五歳であるけれど身体が大きいから十六、七に見えた。女学校の薙刀の先生も、みよには特に眼をかけているという話だった。

「やはり、みよには先祖のみだい様の血が流れているのだねえ」

といいねが、薙刀の稽古をしている孫娘のみよの姿をたのもしそうに見ながら三郎にいった。みだい様というのは、十何代か前にこの地に砦館《とりでやかた》をかまえて、佐竹一派と争っていた関根一族の女主人であった。或る日この館に佐竹の刺客十数名が、男たちが狩りに出て不在を知って、斬りこんで来た。男たちはたった三人しかいなかった。みだい様は薙刀を振って防戦した。三名の男は斬り殺されたが、みだい様ひとりは負けずに戦って、

十五人の敵のうち二人を斬り殺し七人を手負いにして追いかえした。どこまでが真実かわからないが、そのときみだい様が使った小薙刀と共に関根家に語り伝えられて来た話であった。みだいとはどういう字を書いたか、記録には残っていなかった。関根兵馬はこの字について考証した。御台だとすれば、大臣、大将、将軍の御簾中のことをいうのであるから、御台を僭称してみだいといったのだとは考えたくなかった。関根兵馬は、みだい様はおそらく御代様と書いたのだろうと推察した。御代をみよとよませ、そのみよの名を孫娘につけたのであった。

みよは薙刀を振り廻しながら、えい、やあっと鋭い気合いを放った。薙刀が空を斬るとき残照が当たってきらりきらりと輝いた。みよのふくよかな頬が紅潮して美しかった。

みよは稽古が終わると、縁側に上がって薙刀に手入れを加えた。刀背《むね》の反《そ》り加減はどちらかというと古刀造りで、坂刃《さかば》から鋩子《ぼうし》にかけて、よくよくたしかめると、研《と》ぎつめた形跡があるので、実戦に使ったことは真実に思われた。しのぎと平行に三本の血流《ちながし》の条《すじ》が走っていた。刃の長さ一尺八寸、みよが朱色に塗った柄を持って、石突を大地に立てると、刃は彼女の耳よりやや高いところにあった。彼女はまだその薙刀を持つには、年少なのである。

「兄さん、おばあちゃんが夜中にこっそりどこかに出かけていくのを知っている」

みよが小さい声で三郎にいった。そのときいねは座をはずしていた。

「夜というと何時ごろ？」

「十二時ごろよ、そのころになると、提灯をつけてどこかへでかけて行って、しばらく経って帰って来るのよ」

「お墓かな?」

と三郎はいった。お墓参りなら、昼やればいいのにと思いながらも、お墓以外に、いねの行き場所は思い当たらなかった。

「それが、そうではないらしいのよ。おばあちゃん、どうやら、村の上《かみ》の方へ行くらしい」

みよはそこまでいって言葉を切った。いねが来たからであった。

「三郎、きょうも千穂という女から手紙が来ましたよ。このごろは三日にあげず来るのだからねえ……お前が手紙を出すから向こうも寄こすのだよ。いったいどういう了簡かね。え、三郎」

「どういう了簡かって、おばあちゃん。そういうことを聞くのは野暮っていうのよ。つまり兄さんと千穂さんは目下恋愛中なのよ」

みよはあけすけにいった。

「まあ、この子はなんていうことを。恋愛中なんてことは、聞くだけで不潔だよほんとうに。それに、みよ、お前は三郎をなんだと思っているの、お前だってもうまんざらの子供でもないのに」

「お兄さんだと思っているわ。私の大好きな三郎兄さんよ。ねえ兄さん」

みよは三郎の顔を甘えるように見上げてから、手入れの済んだ薙刀を持って家の中へ入って行った。

「ほんとうに、お前たちはわたしの気も知らないで。まあまあいまに見てるがいい。そのうち……」

といいかけていいねは、なにかそこにいることが居たたまれなくなったように席を立った。

三郎は彼の部屋に入った。机の上には千穂からの手紙が置いてあった。

「三郎様にこのままお会いできずに死んでしまうのではないかと思うような日が多くなりました。今日は一日中、愛と死ということを考えつづけました。私がどんなに三郎様をお慕い申し上げても、死が突然やって来たならば、すべては空しくはかなく消えてしまうのではないでしょうか……」

千穂は死についてのみ書き続けていた。千穂が愛と死についてこんな長い手紙を書いて来たことは初めてだった。どうしたのだろうか。千穂はどこか身体を悪くしているのではなかろうか。そのことが三郎の頭に残って、その夜は眠れなかった。

眠れないままに考えごとをしていると、母屋の方でかすかな物音がした。いいねが外出するらしい気配だった。三郎は寝床の上に起き上がって、手探りで、ズボンを穿き、上衣を着て、窓をそっと開けてはだしで庭におりた。おぼろ月夜であった。三郎は遠のいていくいいねの草履の音を追った。どこへ行くか見届けないと気がすまなかった。

同じ一家で秘密が存在してはならないと思った。

夜気がひんやりと彼の肌にふれた。

いねの提灯の火は夜の靄《もや》の中に鬼火のように揺れ動き、いねの草履の音はひたひたと夜露でしめった大地を打っていた。

三郎は足音をしのばせながらいねの後を追った。いねは関根家の通用門を出ると、村の中央の道を上に向かってゆっくり歩いていた。いねはときどき立ち止まって腰を延ばして休んだ。そのいねの呼吸使いが聞こえるほど静かであった。

いねはひと休みしてから、御岩神社へ行く道に入っていった。

(ははあ、御岩神社に願かけにいくのだな)

三郎は咄嗟《とっさ》にそう判断した。村の人が御岩神社に深夜お百度を踏んで、病気の平癒《へいゆ》を祈ったという話は聞いたことがあった。御岩神社は霊験あらたかな神社であるから、たいていの願いごとはかなえて貰うことができると信じている村人は多かった。

(いったいいねはなにを祈願に来たのであろうか)

三郎は考えてみたがわからなかった。いまのいねの最大な望みは、はやいところ、孫娘のみよと三郎が結婚して、その間に子供が生まれることであった。由緒ある関根家の系統が続くのを見とどけるまでは死ねないというのがいねの口癖であった。とすると、いねの祈願は、みよと三郎が一日もはやく一緒になるようにという祈願であろうか。

三郎は闇の中で首を傾げた。それだけのために深夜願かけに行くのであろうか。いねは御岩神社の方へ更に近づいていった。杉の大木が参道の両側に茂っていた。

いねはその杉の大木のそばで立ち止まり、提灯を木の枝にかけた。包みを開いてなにか出しているようであった。三郎は、木の蔭から蔭へと廻りこみながら、いねに近づいていった。いねは盆のようなものを出して、その上に蠟燭《ろうそく》を立てようとしていた。提灯の火が一本の蠟燭に移り、それが盆の上に立てられてからは、いねの手元がよく見えた。いねは盆の上に八本の蠟燭を立てた。八本の蠟燭が揃って燃え出してから、いねはその盆を彼女の頭の上に戴いた。盆にはちゃんと緒がついていた。いねはその緒をしっかり彼女の顎に結びつけてから、すっくと立ち上がった。いねの曲がった腰が真っ直ぐに延びた。いねの顔が、木の枝にかけた提灯の灯に映ってはっきり見えた。それはいねの顔ではなく、思いつめた老女がなにかの行動に移ろうとする前の決死の顔であった。怖ろしい形相だった。三郎は息をのみこんだままいねの姿を見ていた。

いねは三郎の方に背を向けると、彼女の左手を杉の木の幹を撫でるように上へ延ばしていった。ゆびとゆびの間になにか光るものが見えた。釘だと気がついたとき三郎は全身に水を浴びたように感じた。

（いねは祈り釘を打ちに来たのだ）

祈り釘というのは一種の呪術であった。敵を祈り殺す方法であることを三郎は知っていた。その方法は武士階級と一般庶民の間では別々な方法で伝わっていることも知っていた。関根兵馬がまだ丈夫だったころ、年に一度、秋に行なわれる虫干しの日に、三郎は大きな鍵がかかった小さな箱に眼を止めたことがあった。刀剣類の入った箱や、鎧櫃《よろいびつ》などとともに蔵から運び出されて、庭にひろげられた筵《むしろ》の上に並べられた器物の間にまじっていたのである。三郎は小さな箱に大きな鍵がかかっているのに興味を持って祖父の兵馬に、その箱はなんであるかと訊いた。

「この中には呪術のことを書いた本が入っている。呪術とは人を呪い殺す方法のことだ。昔から伝わっているからこのままあるのだが、こういうものは適当の折りに処分したいと思っているがのう」

祖父の兵馬はそういって、庭の隅に立って家人に世話を焼いているいねの方に眼をやった。処分したいが、そういうことになると、家つき娘として生まれて来たいねの許諾を得ないとできないのだという。いくつになっても、やはり婿《むこ》養子は婿養子らしく遠慮を見せたのである。

「人を呪い殺す？」

三郎にはその言葉が衝撃的に響いた。

「迷信に近いものだ。今の世から見ると、全く、たわけたことだ。しかもこの方法は古代においても邪道であったのだ」

だが、その呪術の秘伝が入った箱は、年に一度の虫干しにはきっと顔を出した。鍵が開けられて、中の書類が日の目にさらされたのを見たことはなかった。

三郎はいねの動きを見守っていた。いねはいまあの呪術の箱にかくされていた秘法を実施しようとしているのではないだろうか。七百年の伝統を誇る関根家の直系のいねが、関根家の守護神として、共に栄えて来た御岩神社の前に祈願しようというのはなんであろうか。

いねの左手が杉の幹の上で止まると、右手が静かに動いた。いねは右手に金槌《かなづち》を持っていた。いねの唇から言葉が洩れたが、はっきり聞き取れなかった。呪文のようであった。いねは釘の頭を打ち、その釘を幹に打ちこむと、左手を帯の間に入れて二本目の釘を取って、先に打ちこんだ釘と平行して打ちこんだ。

三郎は瞳を凝らして杉の幹を睨んだ。釘は二行に打たれていた。上から数えると一行に六本ずつ打ってあった。いねは二行の釘の列のうち右側の列の七本目を打ち終わって、左側の列の七本目にかかったところであった。呪文らしき言葉が抑揚を持って繰り返された。釘は打ち終わった。いねは杉の木に正対して合掌すると、前よりも高い声で祈りをささげた。

「……願わくば、鉱山の毒煙を亡ぼしたまえ、願わくば加屋千穂の生命を縮めたまえ、この身の生命を引きかえに、毒煙を払い、加屋千穂の生命を召し上げ給え……」

三郎は驚きのあまり、そこに坐りこんだ。

二行の祈り釘は二様の願に通ずるものだった。いねの声は高くなり、その声と共にいねの身体が延び縮みした。蠟燭の光りが作り出す怪奇な影が、杉の木立ちの中で揺れた。

いねの声には張りがあった。声と共に、伸縮を繰り返すいねの姿勢も若い女のように活き活きと感じられた。いねはときどき奇声を放った。かっ！　というようにも、きゃっ！　というようにも聞こえた。その声は三郎の胸をえぐった。三郎自身が、いねの祈りの対象にされているような気持ちだった。

八十歳に近いいねにこのような力が潜んでいるとは思われなかった。それは、まさしく彼女が保有しているすべての生命力を賭けての祈りに思えてならなかった。

「満願の日に当たってお願い申す、なにとぞ、わが願いをかなえ給え……」

いねの祈りは高潮していった。

三郎は身体中が慄《ふる》えている自分を知ってはっとなった。他人の秘密を窺知《きち》したという罪悪感もあったが、いねの執念に圧倒されたのであった。三郎は、静かに杉の木から離れた。いねの祈りの声が聞こえなくなってから、彼は走った。おそろしかった。八本の蠟燭を頭上に立てたいねが、あとから追いかけて来そうだった。

(祈り釘は人にその場を見られたらその効力がなくなる)

ということを三郎は聞いていた。あれほど一生懸命になっているいねに、このことは知られたくなかった。三郎は家に帰ると、抜け出たときのままになっている窓から家に入ると、窓を閉めて布団にもぐった。頭が冴えていて、どんな小さな物音もよく聞こえた。間もなく、いねの草履の足音が聞こえた。その足音は通用門の方へはいかず、庭を通って、三郎の部屋の前まで来て止まった。いねは三郎の尾行に気がついたのであろうか。三郎は布団の中で身を固くした。いねはすぐ庭から通用門の方へ廻ったが、家に入ったいねは彼女の部屋には行かずに、長い廊下を滑るように、三郎の部屋の方へやって来た。いねはそこで、部屋の中の様子を窺っているようであった。寝息をうかがっているようにも思われたが、三郎は嘘の寝息を立てることができなかった。いまに襖《ふすま》を開けるだろうと思っていたが、そこまではしなかった。いねの携げている提灯の光りが、襖の間から三郎の部屋の中に忍びこんでいた。三郎は薄目をあいてじっとしていた。

いねの足音が遠のいて行った。いねは三郎が部屋にいることを確かめたらしかった。それからことりとも音がしなかった。

三郎は眠れなかった。いねの草履の音が彼の頭の隅でひたひたと鳴っていた。いねの呪文が彼の頭の中で繰り返された。時間の経過とともに、いねに対する或る種の怒りのようなものが頭の中に盛り上がって来た。毒煙を亡ぼし給えと祈るのはいいが、そのことと並び立てて、千穂の生命を呪うことは許せなかった。祈り釘などということが迷信であったとしても、その行為自体が許されなかった。だからといって、いねの行為を責める気はなかった。いねは八十歳に近い老女なのだ。結局、このことは自分の胸の中にだけしまって置こう。

ふと、みよはどうしているだろうかと思った。おそらくみよも寝たふりをして、いねが出て行くのを見ていたのではなかろうかと思った。

翌朝は頭がぼんやりしていた。こういう朝は、もし弦月が生きていれば、弦月の背に乗ってひと走りして来るのにと思うと急に弦月が恋しくなった。三郎は鎌を持って、弦月の墓地へ行った。弦月観世音と刻みこんだ墓標のまわりの草を刈った。

「おや、三郎、朝飯前の一仕事とはめずらしいね」

いねが、露に濡れて帰って来た三郎を見ていった。いねの探るような眼が三郎の身体中を這い廻っていた。三郎が弦月の墓へ行って来たというと、

「そうかえ、わしはまたおじいさんの墓へでも行って来たのかと思ったのに、さぞ、おじいさんの墓にも草が生えたろうからね」

皮肉であった。関根家の墓地には草は一本も生えてはいなかった。暇さえあればいねがでかけているからであった。

「さて、わしは、これから、おじいさんのところへちょいと行ってくるからね」

食事が終わると、いねは立ち上がった。おそらくいねは、兵馬の墓地に御岩神社の満願の報告に行くのだろうと三郎は思った。三郎は食事を済ませると、彼の部屋に入った。そのあとを追うようにみよがやって来ていった。

「兄さん、昨夜《ゆうべ》おばあちゃんのあとをつけて行ったでしょう」

みよは知っていたのだ。三郎の前にきちんと坐って、つぶらな眼で真っ直ぐ三郎を見ているみよに嘘はいえなかった。

「行ったよ。つけて行ったよ」

「御岩神社でしょう」

みよもいねのしていることをだいたいは知っていたのである。

「それでなにをしたのおばあちゃん」

「……………」

「見たんでしょう、兄さん、なぜみよに話してくれないの」

三郎は、夕べのことをみよに話すべきかどうかについて迷った。みよはまだ十五歳である。身体は大きいがまだ子供である。そのみよが、祈り釘のことを聞いたら、どのような精神的な衝撃を受けるか分らなかった。三郎は、昨夜杉の木の蔭で慄えていた自分のことを思い出した。

「兄さん、話してちょうだい。私にはそれを聞く義務があるわ」

おやッ、というような眼で三郎はみよを見直した。女学校へ行くようになってからのみよの変わり方は著しかった。女らしくなって来たというほかに、はっきりものをいうようになって来たことである。それは彼女の薙刀の稽古を見てもわかることであった。みよは行動的な女性なのだ。古い型の日本女性ではなく、新しい型の日本女性になろうとしていることがはっきりしていた。話を聞く義務があるとみよがいった言葉は、この家におけるみよの立場をはっきり認識しての上のことに思われた。みよは関根家を継ぐべきたったひとりの血統所有者なのだ。みよはそれをいおうとしているのだ。

「おばあちゃんに絶対いわないと約束するなら話してあげよう」

三郎はみよを信じた。ひとこと念を押したら、みよは約束を破るような女ではないと思った。

「誰にも絶対に話しません」

みよははっきり答えた。

三郎が、昨夜見たこと聞いたことを話し出すと、みよの顔には、予期していたような変化が起こった。みよは眼に泪《なみだ》をためていた。悲しみの泪ではなく、千穂を呪ったいねに対する怒りであることは明らかであった。

「おばあちゃんは、なぜ千穂さんを、そんなに憎むのでしょうか」

みよは長い緊張のあとで、ためいきとともにいった。

「それは、みよとぼくとを……」

三郎はそのあとを続けることができなかった。みよと三郎を夫婦にさせるためには、三郎の前に現われる如何なる女性も敵だと考えているいねの一途な考え方はわからないでもなかったが、それは人権を無視した、あまりにも家に固執した考え方だと、みよにいってやりたかったが、三郎はやめた。

「私はね、兄さん、兄さんが千穂さんを好きなら結婚すればいいと思っているのよ、千穂さんが、私の姉さんになるなんてすばらしいことだわ、それなのにおばあちゃんは……」

みよはそういったあと、しばらく考えてからいった。

「でも、おばあちゃんの気持ちはわかるわね、おばあちゃんにして見たら、みよと兄さんが夫婦になるということだけに生き甲斐を感じているのだから」

みよは平気で夫婦という言葉を口にした。顔を赤らめもしなかった。みよは、三郎を兄以外の男性としては考えていないようであった。

「うちのおばあちゃんは欲張りなのよ。おばあちゃんに限らず昔の人は欲張りだと思うのよ。欲張りだから自分の家のことしか考えないのだわ。でも、或る意味で、私はうちのおばあちゃんの欲張りぶりに敬服するわ。だって、同時に二つの願いを立てたでしょう、毒煙とそして千穂さんと、たいへんな欲張りね。あの調子だとまだまだ長生きするわ」

みよはいねの行為について怒りはしたが、いねの行為を責める気持ちはないようであった。三郎は九歳も年下のみよと、この問題について話しているかぎりにおいては、みよは三郎とそう違わないほどに成長したものの考え方をしていると認めるべきだと思った。子供だ、子供だと思っていたみよが、既に子供ではなくなっているのかもしれない。

三郎は、彼の前にきちんと坐っているみよの膝を見た。膝の高さだけ見ると立派に成長した娘を思わせた。

「兄さん、このことは忘れましょう。なかったことにしましょうよ」

「みよがそういうなら、そうしてもいいよ」

「では指切りしましょうよ、兄さん」

みよは彼女の右手の小指を出した。三郎は指切りなどということはしたことがなかった。少々照れくさかったが、みよにいわれるままに、そっと右手を出した。その小指にみよの小指がからんだ。みよはからめた小指を強く振りながら、

「約束よ、ねえ兄さん、つまらないことは忘れてしまおうっていう約束よ」

みよは歌うようにいった。その顔は、やはり少女の顔だった。三郎は、日に日に美しく成長していく、この少女が、いつの日にか三郎を兄以外の男性として見る日が来た場合、三郎自身が、そのみよをあくまでも妹としてのみ見ていくことができるだろうかと、ふと心の隅に疑念を持った。

「もういいだろう」

三郎はみよの小指とからんでいる小指をはなすと、千穂以外の女性として、みよを見詰めようとした自分自身を軽蔑した。三郎は、なにか急に思いついたような顔をしてみよに背を向けて机の前に坐った。

机の中には千穂からの手紙がある。

「みよ、千穂さんから、お前に来た手紙の中に、死ということについて、なにか書いてなかったか」

「死ということ？」

みよは顔色を変えた。

7

大正二年二月十一日づけの新聞には東京で行なわれた憲政擁護国民大会の際の流血の惨事の記事が載っていた。

三郎は喰い入るような眼で新聞を読んだ。衆議院を包囲して、憲政擁護の叫びを上げる数万の大衆と騎馬巡査を含めた三千五百名の警官との間に起こった衝突事件がこまかに報道されていた。大衆と警官との乱闘は終日つづき、終《つい》に軍隊の出動を見るに至った。

三郎は、日本がいま曲がり角に来ていることをしみじみと感じていた。東京に起こったその騒擾《そうじよう》事件は、遠くヨーロッパの情勢に刺戟されて起こったものであると説く有識者もいた。ヨーロッパでは、ドイツの強大なる軍備が重苦しい空気をかもし出していた。ヨーロッパの情勢も急であったが、日本もまた、軍備に狂奔し、軍備の名によって資本主義経済機構が強大になりつつあった。日本はどっちへ進むのだろう。

三郎は新聞を置いた。天下の情勢よりも、春になって季節風が弱まると山を越えておしよせて来る煙のことをどうしようかと思った。鉱山は冬期間に更に生産高を増していた。従って煙害は更にひどくなると考えてよかった。或いは今年こそ、入四間村にとって、農業をあきらめて移住しなければならない、どたん場に立ち至るかも知れないと思った。

煙害激甚地区同盟の結成は失敗に終わったし、そうかといって煙害を標榜《ひょうぼう》した政治団体に入る気にもなれなかった。

三郎はこの苦衷《くちゅう》を会社の加屋淳平に告げた。会社側で三郎の身になって考えてくれるのは、加屋淳平以外にはないように思われたからであった。

「いいにくいことだが、やはり離村ということを考え始めた方がいいかもしれないね。そういう時が近いうちに来るような気がしてならない。もし、どこかで戦争が始まって、それに日本が加わるようなことになったら、この鉱山はさらに銅の増産を要求されるでしょう。そうなった場合は――」

あとはいわないでもわかっていた。結局、大の虫を生かすために小の虫を殺すということになるのだと加屋淳平はいっているのだった。

「どうしても駄目でしょうか、小の虫はやはり死なねばならないでしょうか」

三郎は絶望的なためいきを洩らした。

「あり得ないと考えられていることが奇蹟となって現われないかぎりだめでしょうな」

「奇蹟とは?」

「その名のとおり、奇蹟的に煙を消滅させるなんらかの方法が発見されないかぎりは、入四間村は煙の底から浮かび上がることはできないでしょう」

「その奇蹟は神様が作るのですか」

「いや人間です。私は気象台の藤岡技師等の大気の基礎調査、即ち上層気流の調査の成果に期待をかけています。或いはこの観測結果の中に奇蹟の種が発見できるかもしれません」

「上層気流観測を実施するのですか」

「五月になったら、早々やることになりました。今、その準備中です。そのころになると外国から観測器機やゴム気球がとどくそうです」

しかし、三郎は加屋のいうところの奇蹟は、たんなるなぐさめでしかないように思っていた。

三月になって間もなく、この季節としては珍しく南東の風が三日間続けて吹いた。かなり強い風だったので、濃煙が太田付近の農地を襲った。三月はまだ農繁期ではなかったが、この濃煙の来襲は付近の農民を恐怖におとしいれた。二、三年この方、この地方の煙草がかなり被害を受けていたので、もしこのような濃煙が夏になって来たのでは煙草の栽培はおぼつかないと見て、水府煙草生産同業組合が、鉱山に対して厳重な抗議をした。

これを契機として煙害問題が急に騒がしくなった。太田を中心とする一町十六か村連合体である煙害調査会が活発に動き出した。被害地四町三十か村という文字が連日新聞を賑わした。

地方紙だけでなく中央紙がいっせいにこの問題を取り上げるようになった。

三郎は多くの新聞を購読していた。中央紙の中で、毎朝新聞が、特に鋭い語調で煙害問題を取り上げた。その資料は大部分山田が集めたものであり、記事も山田が書いたと思われるところがあった。

（あきらめずに杉林の下草苅り）

という見出しで、去年山田が入四間村に来たとき撮《うつ》していった写真と説明文が載っていた。三月に下草刈りの写真はおかしいが、それをおかしくなく読ませるのは山田の筆の力だった。

政府が鉱山に対して警告を発したのはその月の終わりであった。政府も世論を気にしたのであった。


煙害は亜硫酸ガスと煙塵の作用たること歴然たるにより、精錬所においては、当該亜硫酸ガスに多量の空気を強制送入混合せしめ、これを大気中に放散し、もって亜硫酸ガス濃度を一千分の一・五以下たらしむべきよう、施設を設くべきことを通告す。追而、亜硫酸ガス稀薄装置の完成期日は五月末までとす。

一方的な通告であった。会社側にとっても、この一片の公文書によってなにがなんでも、亜硫酸ガスの濃度を一千分の一・五にせよといわれてもやりようがなかった。しかし、政府のこの文書の後を追いかけるように、政府の諮問機関である煙害予防調査会から、

(亜硫酸ガス稀薄を考慮したる煙突についての試案)

というものが送られて来た。

その設計図を見ると、きわめて太い短い煙突の空洞の中で、空気と煙を混合して放出しようという構想のものであった。

会社の内部ですぐ会議が開かれた。

「政府はこの煙突を作れとは命令していないが、政府の諮問機関である煙害予防調査会からの勧告でもあるから、政府の命令と見るべきである。だが果たして、この煙突で煙害を防止できるであろうか」

会社側は、予防調査会の案どおりに作った百足煙道で大失敗をしているから、予防調査会の意見には疑義を持っていた。

「藤岡技師等の基礎的な気象調査の終わるのを待って、そこで検討し、しかるべき煙突を作るべきである」

という加屋淳平の意見に多くの人たちは内心同感していながらも積極的に彼の意見を支持する者はいなかった。

「だが、政府は五月三十一日と期限を切っている。われわれは政府の命令にそむくわけ

にはいかない」

社長の木原吉之助は断言した。

「社長、命令煙突がもしだめだったらどうするつもりです」

「命令煙突がだめなら、われわれは独自の煙突を作ろうではないか」

このとき交わされた命令煙突という言葉は、その後、この煙突の名称になった。

鉱山としても、煙害は会社の死活に関する問題になりつつあった。煙害の増加に伴って、煙害補償金は、うなぎ登りに上昇していった。明治四十一年（一九〇八年）に二万円だったものが年を追うごとに七万円、十二万円、十三万円、十六万円、と増加し、大正二年になると、五月を迎えて既に補償額五万円を越えていた。夏期の煙害季節を考慮すると二十万円を突破する傾向にあった。もし補償金額が二十万円を突破して毎年続くことになれば、その補償額は鉱山の経営を危うくするものであった。

会社側は創立当初から煙害問題を重視して、会社自ら八か所の観測所を設けて煙害の調査に当たっており、この観測所に勤務している人間だけでも二百人を越していた。

この年の春、三郎は煙草の被害状況を見るために瑞龍《ずいりゅう》にでかけていった。瑞龍には煙害観測所があって、そこには、三郎と顔見知りの武田省三主任のほか数名の観測員が勤務していた。

彼等は、黒い詰め襟の洋服に、ゲートル、草鞋ばきの姿で受け持ち区域を見廻っている一方、観測所は、毎時の気象を観測して、その結果を神峯《かみね》山中央観測所に通報していた。

　風向、風速、温度、湿度が煙害と最も関係のある気象要素であった。

　三郎が観測所についたとき、武田は、観測所の楼の上に立って、双眼鏡で、高鈴山の方を監視していた。風向きが変わって、どうやら瑞龍方向に煙がやって来るおそれがあるという通報を神峯山中央観測所から受けたからであった。

「関根さん、お茶も出さないですみませんねえ……」

　武田はそういいながらも双眼鏡から眼を放さなかった。

　風は三郎にもはっきりわかるように、高鈴山《たかすずやま》の方から吹きおりて来ていた。

　高鈴山の稜線に雲が出た。ちょうど、積乱雲が頭を出したように見えたが、それは雲ではなく煙であることを三郎はよく知っていた。煙は積乱雲のように上空に向かってつんつんと延びては行かず、山を越えると、一部は山の傾斜に沿って下降し、大部分は、山の蔭の気流にもまれながらも、ほぼ山と同じ高さを保って瑞龍方面に延びて来る気配を示した。風がつよいのだ。

　武田は楼の上で大声で叫んだ。

「おおい、煙がやって来るぞ」

　観測所には三人の所員が残っていた。彼等はその声を聞くと、植物採取用の胴乱《どうらん》と似たような箱を肩にかついで外へ出て行った。

　臭い煙は間もなく観測所付近にやって来た。武田は、観測用胴乱のふたを庭で開くと、中から白い澱粉紙を取り出してヨードの溶液に入れて、赤紫色になったその試験紙を、木の枝や家の軒下や、庭内の柵などにクリップで止めて歩いた。クリップに挟まれた試験紙は風の中で揺れた。

三郎はその試験紙の前に立ったままで、それがどのような変化をするかをじっと見つめていた。

赤紫色の試験紙は少しずつ色が薄らいでいった。赤紫色が青みがかった色になり、やがてその青い色もさらに褪色して白みがかったところで、変化は中止した。

武田はノートを持って、試験紙の間を行ったり来たりしていたが、試験紙の色の変化が停止すると、

「濃度六度ないし七度……」

といいながら、ノートに記入すると、観測所の中にとびこんで行って、神峯中央観測所あてに電話をかけた。

「煙の濃度は六度ないし七度だ。風が変わらないかぎり、大きな被害がでるおそれがある」

神峯中央観測所でも、煙の行方を見ながら、心配していたところだった。洪沢《ぬかりざわ》観測所からも同様な電話報告があった直後だった。神峯中央観測所の主任中川は、直通電話で大雄院《だいおういん》精錬所を呼んだ。

「瑞龍方面に濃度六ないし七の煙が滞留しつつある。至急排煙量を減らしてくれない

か」

「またか、またコンバーターを止めろというのか、煙の量を少なくすることは、生産量が落ちることだ。きみたちはそれを知っているのか」

精錬課長は一度神峯山の要求を突っぱねたが、結局は熔鉱炉の活動を抑制しなければならなかった。熔鉱炉に入れるべき鉱量を減らし、送風量を減じ、場合によっては転炉《コンバーター》を止めねばならなかった。

十数分後に排煙量は半減した。

「排煙量は半減された」

という電話を神峯中央観測所から受け取ると、瑞龍観測所の主任の武田は三郎にいった。

「これからがいそがしいのだ」

煙草は亜硫酸ガスに弱い作物だったから、被害は比較的早期に現われた。翌日になると煙草の葉に穴があくものがでたり、力を失って葉を垂れるものがあった。

観測所の所員は、その被害地を廻りながら被害度を調査した。いたるところで農民の怨嗟《えんさ》の声を聞いた。農民側は被害を実際よりも多く主張し、会社の認定に不満を鳴らし、ついには暴力沙汰になる場合があった。

鉱山側は神峯山観測所を中心として各地にばらまいた観測所と直通電話で結んで、総合管理をやっていることを三郎は知っていたが、この組織が、これほど有効敏速に動いて、結局は、排煙量のコントロールまでやっているとは思っていなかった。三郎は加屋淳平のいっていた理想的排煙制禦体制が完成したことを喜んだ。

会社側も真剣なのだ。三郎はそう思った。

藤岡技師たちが気球を放って高層気流の観測を始めたのは六月に入ってからだった。そのころ、煙害はいよいよ激しくなっていた。

三郎は、日立村まで、高層気流の観測を見に行った。大きな西瓜ほどの赤い気球に水素ガスをつめて上空に放し、経緯儀の望遠鏡を動かしながらそれを追跡するのが、上層気流の観測であった。

肉眼では気球は上空の靄にかくれて直ぐ見えなくなったが、望遠鏡を覗きながら高角度ハンドル、方位角ハンドルを廻す技師の手は器用に動いてそれを追っていた。傍に時計係と記録係をかねた男が時計を持って立っていた。

排煙の流れる方向によって観測場所をつぎつぎと変えていった。藤岡技師の一行の観測に協力する神峯山観測所ほか七か所の観測所も同時観測を行なった。上層気流の観測結果は東京に持ち帰って整理されることになった。結論がでるのは更に一か月ほど遅れるだろうということであった。日本における上層気流観測の嚆矢《こうし》であった。

そのころ大雄院精錬所の裏山では命令煙突の工事が昼夜兼行で進められていた。

この煙突は高さ三十六メートル、口径十八メートルという煙突だった。この数値でわかるように、煙突の高さが、直径の二倍であるから、煙突というよりも円筒状の大建築物という感じに見えた。命令煙突の基部には送風口十三個を設け、それぞれに五十馬力の送風器を据えつけ、煙突の中に強制的に空気を吹きこみ、煙と空気を充分に混合稀薄してから排出しようというものであった。

命令煙突は六月半ばを過ぎてから完成した。試験した結果、煙突から放出される煙の中の亜硫酸ガスは千分の一・五以下の濃度にとどめることができた。

会社は関係者を呼んで命令煙突の通煙式を行なった。

三郎はその煙突にはあまり期待していなかった。百足煙突を推奨して作らせた政府の御用機関の煙害予防調査会の設計によるものだというだけで、その成果が危ぶまれた。三郎だけでなく、会社側にも三郎と同じ意見の者がいた。

通煙式は百足煙突のときと同じだった。木原吉之助がボタンをおし、ベルが鳴り響き、命令煙突へのゲートが開けられた。

祝賀会場に当てられた事務所に張りめぐらされた紅白の幔幕が微風に揺れていた。三郎はその風の方向を心配した。

命令煙突のあたりで唸る送風器用のモーターの音が聞こえた。白い煙が三十六メートルの煙突の頂から出た。まさしく煙は黄色い煙ではなく、白い煙に稀薄されていた。が、煙突から吐き出された煙は高くは昇っていかず、煙突から出てすぐ、高鈴山の方から吹きおりて来る微風に頭をおさえられてためらいぎみに拡がっていき、間もなく命令煙突の巨大な姿を包みかくし、そしてゆっくりと祝賀会場へ向かって下降して来たのである。

白い煙の中に閉じこめられると、参列者は例外なく咳をはじめた。その刺戟性の強い、まだ暖かみさえ残っている生々しい煙を吸いこんで耐えられるはずがなかった。会場は混乱した。参列者はわれ先にと会場を逃げ出して、十分後には口にハンカチを当てて、うらめしそうに命令煙突を眺めている若干名の会社幹部を残すだけになった。

命令煙突から出る煙は、風向きによっては、峠を越えて入四間村を襲い、従来の被害地に流れていった。たしかに煙は稀薄されたように見えたが、被害は減少するどころかかえって上昇の傾向を見せた。

風向きによっては、精錬所及び事務所自体が命令煙突の中にとじこめられて、仕事は手につかなくなった。

巨費をつぎこんだ命令煙突は、一か月も使わないうちに使用中止せざるを得なかった。世に阿呆煙突と呼ばれ、現在も尚、その残骸をさらしている煙突がこれである。

「もう政府のいうことなんか聞かないぞ」

木原吉之助がそういったという話を三郎が聞いたのは数日後であった。

命令煙突が一夜にして阿呆煙突と名前が変わり、たった一か月の使用にも耐えられずに放棄されて、再び百足煙突から黄色い煙が吐き出されるようになってからの入四間村の人々は、明けても暮れても絶望的な眼を煙の来る方向へやって溜息をついていた。風の向きが変わって、二、三日つづけて青空が見られるときがあっても、その間に農事に精出そうという気が起こらないのは、作物の被害が、被害の線を越えて、絶滅に近いところを歩みつつあったからであろう。入四間村は森林と水田によって、生きていた。森林の下草を刈り、落葉を掻き集めて堆肥にして水田を作り、適当に生長した樹木は伐採して売るという生業を長い間つづけて来たこの村は、煙害によって樹林からも水田からも見放されたのであった。

森林はこの二、三年の間にほとんど枯れてしまった。春の芽吹きどきに、つづけ様に濃煙に襲われて葉を落とした木々は、ついに葉を出せずにそのまま枯れていくのである。松は既にその姿はなく、煙に強いといわれている杉ですら、金錆色の残骸をさらさねばならなかった。

木が枯れ、その山には笹が生えた。その笹も、煙突に近いところから枯れて、そこには赤い土だけが残り、雨のたびに表土を洗い、こまかい襞《ひだ》を作り、やがてその襞は深い溝となった。

山の木が枯れると会社はその補償金を支払った。その木がそのまま生長していって用材となるべき見積りのもとに補償金を支払った。そうされれば文句のいいようがなかった。農作物が全滅すれば、その農作物が平年並みの収穫高を上げたものとして代償を支払った。だから農民は、煙害のあるなしにかかわらず、田畑を作り、煙害があれば、その補償金を要求していれば生きていけそうだったが、実際問題として、木も草も生えなくなった土地にかじりついて補償金だけを目当てに生きていくということが、農民にできる筈がなかった。土を耕して生きることが農民の喜びであり、土を離れては農民はなかった。

「鉱山で働いて見ないかね。最初はつらいが馴れてしまえば百姓よりも楽ですよ」

そういう誘いがあった。事実、次、三男坊で、鉱山で働いている者も何人かいた。次、三男坊は分家するか、村を出るかどちらかであるから、職を鉱山に求めてもかまわないが、自作農をやっている当主が農業をやめて鉱山で勤めるということになると、当然、農地は鉱山が買い上げるということになる。補償打ち切りを狙っている会社側としては、その方が有利である。村の有志は、そのことをもっとも警戒した。

「もし、そういう人が何人も出て来たら村は結局亡びることになる」

村から一人の例外も出さないためには、しばしば、村寄せをやって結束を固めねばならなかった。

三郎は二十五歳であった。煙害に取り組んで以来、事実上、村の指導者である彼のところには、ひっきりなしに村の人たちが訪れて将来の不安を訴えた。ヨーロッパでは戦争が勃発しそうな形勢にあった。そうなれば、多かれ少なかれ日本もその影響を受けるであろうことは明白であった。事実、その影響は、銅の増産という形で現わされているといっても過言ではなかった。絶望にあえぐこの村を来訪する人が、このごろとみに多くなった。

「決して筵旗騒《むしろばたさわ》ぎは起こしてくれるな、いざというときは、この郡長が責任を負って会社側と交渉するから」

郡長が村の者を集めていった。三郎は、その頭の禿げた郡長の長弁舌を終わるのを待ってひとことだけいった。

「この村にとっては現在がいざという場合だということを御存じないようですね」

郡長など当てになる相手ではなかった。もと軍人だと称する男がやって来た。ふたこと目には今やわが大日本帝国はという男であった。その男は村の人たちを集めて演説をぶった。

「大日本帝国の将来を思ったことがありますか。わが大日本帝国が、露軍と戦って勝ったにもかかわらず、あの屈辱的講和条約に甘んぜざるを得なかったのはなぜか。はっきりいうと、露軍にとどめの一撃を与えるべき弾丸がなかったのである。銅は鉛とともに弾丸を作る場合の重要な鉱物である。日立の鉱山はその銅を掘っている。いわば、大日本帝国の弾丸を掘り出しているといっても過言ではない。煙害はつらいだろう。だが、諸君が、大日本帝国を愛する情熱があるならば我慢しなければならない」

実にふざけた演説であった。

そのあとでこの村へ演説に来た男は、眼が鋭い、青い顔をした男である。

「私は田中正造翁の葬儀に参加しました。私とともに五万人の人々がこの葬儀に参加しました。一人として涙を流さない者はいませんでした。足尾銅山との戦いに敗れて死んだ田中正造翁に捧げる涙でした。私は田中正造翁を敢《あえ》て敗北者と呼びます。明治天皇に直訴し、四度にわたって農民を指導して東京へ集団陳情を企てた田中正造翁も、足尾銅山という巨大な資本と、その足尾銅山の番頭的存在である幾多の政治家の前に敗北したのです。その敗北の最大の原因はなんであったでしょうか。それは彼が谷中村《やなか》の農民とともに、谷中村に孤立したからである。孤立してはいけなかったのです。田中正造翁が運動の当初にやっていたように全被害民と手を結んで、飽くまでも、団結の力で押し切っていたなら、あのような結末にはならなかったでしょう。入四間村は足尾銅山における谷中村である。しかもこの村は、まさに谷中村的独立の形態をととのえている。これではだめです。被害地域の全農民と手を結んで、鉱山と戦わねば、あなた方は、第二の谷中村となって亡び去る運命になるのです」

その男の演説は熱を帯びていた。では、具体的にこれからどうすべきかをいおうとしているところへ警察官が踏みこんで、彼は捕えられた。

「あれは社会主義者だ。あの主義者と交際があったとすれば、そのままではすまされないぞ」

次の日に巡査が三郎のところに来ていった。その日はひどくむし暑く、そして煙の来襲の激しい日であった。巡査は、三郎にいろいろ訊きながらしきりに咳きこんでいた。

巡査が帰って間もなく、峠を越えて、加屋淳平が三郎を訪ねて来た。

「どうやらヨーロッパで戦争が始まるらしい」

加屋は緊張した顔でそういった。

「大きな戦争になるでしょうか」

「ヨーロッパを挙げての大戦争というよりも世界を挙げての大戦争になるかもしれません」

加屋淳平がいった。

「すると鉱山は？」

「そのことです。そのことで相談に上がりました」

加屋はいつもとは違っていた。簡単な話ではなさそうだった。

「いままでは戦争気がまえで増産をつづけておりましたが、いよいよ戦争となると、生産量は更に上がります。採鉱量も増えますが買石量が急増して、銅の生産高はたちまち倍加するでしょう。つまり煙の量が倍になると考えたらいいでしょう、そうなった場合……」

加屋淳平はそこで口をつぐんだ。現在でさえ煙害のために村が立つか立たないかのところに来ているのに、これ以上煙害が増加したら、とてもこの地には居られないだろうということを加屋淳平はいおうとしているのである。

「加屋さん、あなたは、離村をすすめに来られたのですか」

「…………」

しかし加屋はそうだとは口に出していえないようであった。口に出していうにはあまりにも重大なことであった。

「離村して、われわれはいったいどこへ行ったらいいでしょうか、この先祖伝来の土地を離れて、われわれはいったいどこへ」

　三郎の頭に、いつか新聞記者の山田が来て、南米へでも行くのかといったことがふと思い出された。

「それで相談に来たのです」

「われわれの移住先があるというのでしょうか」

「関根さん、いずれその日が来るとすれば、その前に充分考えて置いた方がいいのではないでしょうか、いざとなって大騒ぎをするより、いまのうちに心に決めて置いた方がいいのではないかと思うのです。関根さん、よく考えてください。間もなく戦争が始まるのです。万が一日本がその戦争に加わったとしたらどうなるでしょうか、戦争という大目的のために犠牲になる村が出て来ることも当然考えられることです」

「具体的にいって下さい加屋さん、われわれはいったいどうしたらいいのです」

「私は離村を考えるべき時期だと思うんです。会社は補償額の準備をしています。個人とその交渉を始めるか、村を相手に交渉を始めるかどっちを選ぶかというところまで来ているように思われます。私の個人的意見を申し上げるならば、一村挙げて適当なところへ転村するのがいいのではないかと思うのですが」

「転村？」

「そうです、村ぐるみ、そっくりそのまま、新しい土地に移住するのです」

「新しい土地？　それはいったいどこにあるのです」

「それは、これから探さねばなりません。もしみなさんがそういう気持ちになるならば、私が責任を持って新しい土地を探しましょう」

加屋淳平は用件が終わったあとで、

「千穂が入院しました。ここをやられたのです」

加屋は胸に手をやった。ひどく悲しげな顔つきだった。入四間村は離村の話で明け暮れた。誰も、この土地を離れるのはいやだといった。死んでもこの土地にしがみついていたいといった。だが、二日三日と経つうちには、米も野菜も穫れない木も生えない土地にかじりついているよりも、もし新しい土地があるなら引っ越そうではないかという意見を吐く者が出て来た。若い層からであった。いかなることがあっても入四間村はひとかたまりとなって行動しようという申し合わせが決まった。異存を唱える者はなかった。

三郎は、離村について、彼自身の考えを明らかにはしなかった。村中のひとりひとりが考えに考えた末、自然に落ちつく道を選ぶべきだと思った。こうしたがいい、ああした方がいいということは軽々しく口にすべきではないと思った。

「三郎さん、あなたはどう考えているのだ」

そう質問されると三郎は、

「米も野菜も、木もだめになった。空気さえ吸えなくなった今となっては、どこかへ逃げ出すしかないだろう。だがどこへ逃げたらいいのか、ぼくにも分らない」

三郎は頭をかかえた。それが彼の本心だった。

那須高原に二百五十町歩の土地が見つかったがどうかという話を加屋淳平が持ちこんで来たのは、八月の末であった。ヨーロッパの戦争の危機は眼前に迫っていた。明日にでも戦争になるかもしれない。

「とにかくだまされたと思って行って見ようではないか」

三郎は村人たちにいった。十人の代表者がこの地を見るために村を発った。

那須高原は入四間村から北西八十キロメートルのところにあった。距離としてはそう遠いところではなかったが、生まれてから一度も村を出たことのない人たちに取っては異国のように、遠いところに思えてならなかった。

二百五十町歩は森林であった。転村して来るとなると、開墾の第一歩から始めねばならなかった。それはやむを得ないこととして、問題は、水利であった。彼等は水田を作りたかった。彼等が口にするものは米でなければならなかった。この水田を作るための用水を得ることはむずかしかった。川がないのではなかったが、その川の下流には、その水をあてにして生きている農民がいた。

田が作れないということは彼等に取って大きな不満だった。十名の代表のうち一人として、この地に転村しようという者はなかった。

加屋淳平の斡旋《あっせん》は徒労に終わった。

那須高原の移転予定地を見に行って帰って来た三郎に伝吉がいった。

「三郎様、どうもこの村の空気がよろしくないようですから、気をつけてください」

「どういうふうに悪いのだ」

「三郎様が会社と組んで、離村をすすめているのだなんていう、噂を流している者がおります」

三郎は頷《うなず》いた。こういうときには、いろいろのことをいう者が出て来るだろう。村中が疑心暗鬼のなかにいるのだ。

伝吉に忠告されたようなことは、その翌日の夜起こった。御岩神社の社務所をかりて村寄せが行なわれた夜、平林孫作が三郎に対して真っ向から食ってかかった。

「三郎さんあなたは、いったい会社の味方ですか、村の味方ですか」

てんから喧嘩ごしであった。

「いま村では離村だの転村だのといって、大騒ぎをしているが、この入四間村が転村して儲けるのは鉱山と本宅の三郎さんぐらいのものだろう。本宅は莫大な山林や土地を持っているから鉱山から貰う補償額も大きい。噂によると、三郎さんは、補償金のかわりに鉱山の株を貰って重役になるっていうことだ。補償金を銀行につぎこんで、その頭取になるっていう話も聞いている。あんたはそれでいいだろうが、われわれ水呑み百姓はいったいどうすればいいのだ。僅かばかりの金を貰って放り出されても行きどころがない。那須野へ行って開墾して、稗《ひえ》でも作って生きろというのはあまりに可哀そうじゃないか。口では村中一緒に転村するなどといっていても、この地を離れればもう村もなにもない。みんなばらばらになる。そんなことは重々承知の上で、会社と組んで、われわれをここから追い出そうとしているのではないのか」

あまりにもひどいいい方だった。

三郎は憤然として立ち上がっていった。

「でたらめもいい加減にしないか。ぼくは、村のために進学まで断念して一生懸命やって来た。ぼくはこの村の人間だ。先祖伝来のこの土地を愛することにおいてはみなさんと同じだ」

この答え方は三郎にしてはいささか主観的に過ぎたようだった。平林孫作は、すぐ三郎の言葉尻に食いついた。

「先祖伝来の土地だと、これは驚いた。きみはこの村の生まれではない。本宅の養子としてやって来た他所者《よそもの》じゃあないか。それも本宅のみよさんと結婚したというならいざしらず、未だに結婚しないばかりか、きみは鉱山の技師、加屋淳平の妹の千穂という女といい仲になっているというではないか。今度離村の話を持ち出したのも、その加屋淳平だ。加屋ときみとが腹を合わせて、この村を鉱山に売ろうとしているのだ」

三郎さんがあんたになり、さらにきみとなったときから平林孫作の語気は荒くなった。村人たちは、はじめは平林孫作が妙なことをいい出したぐらいに思っていたが、平林が三郎と加屋淳平との交際の内容をいちいちこまかに取り上げて説明しだすと、まさかといったような顔で三郎を見た。

「郵便配達に会って調べたことだが、加屋千穂から本宅あての手紙は三日に一度ずつ来る。この一事を見ても、ふたりの仲がただでないことが分る。要するに、きみはこの村の人ではないのだ。この村なんかどうなっても、痛くもかゆくもない人なのだ」

「それはちといい過ぎではないか。三郎さんは、この村で生まれた人ではないけれども、この村の人と同じだ。いままで村のために働いて来たじゃあないか」

関根恒吉が反駁《はんばく》した。

ところが、その関根恒吉に向かって、あちこちから、だまれとか、本宅の犬とかいう声がかかった。平林孫作はそういう弥次馬まで用意して三郎糾弾を計ったのだ。

「どうしろというのだ」

三郎は平林孫作を睨めつけていった。

「いますぐ、この村の煙害対策委員会の委員長をやめて貰いたい」

平林孫作は、この勝負はこっちのものだといわんばかりの顔でいった。

「それは辞めるわけにはいかない。辞めれば、きみの嘘がほんとうだったということになる。それに、いまぼくがやめたら、いったい誰があとをやるのだ。きみのように他人の揚げ足取りしかできない男に、村の大事は任せられない。ぼくは個人的に加屋さん兄妹と交際をしているが、そのことと、村の大事とはなんの関係もない。おそらく村の人の大部分は私の潔白を認めてくれるだろう」

一瞬、ほっと一息ついたような静かな空気が流れた。

村長の大村善之助が立ち上がった。

「今夜はだいぶ遅くなりましたから、これで閉会といたします」

村人たちはそれを機にいっせいに座を立った。

「おい、ちょっと話したいことがあるから待ってくれ」

平林孫作が三郎にいった。平林のまわりには五郎や一郎や佐吉が、ぎらぎら眼を輝かせて立っていた。

「よし待ってやろう」

三郎はこのままでは、けっしてすまないだろうと思った。彼は身の危険を察知しながらも、彼等に背を見せたくなかった。


関根恒吉が急を知らせに馳せつけたとき、みよは縁側で夕涼みをしていた。宵の口までひどい煙だったが、風向きが変わって、急に煙が薄らぎ、秋の夜のように澄んだ月が出ていた。みよは祖母のいねと、こんな美しい月を見るのは久しぶりだと話していたのである。いねの咳は、煙がなくなると嘘のように止んで、少しでも煙のにおいを嗅ぐと、また激しく咳きこむのであった。

「三郎さんがやられている」

恒吉はそれだけいって、御岩神社の社務所の方を指差した。

「なに、兄さんがやられている」

みよは反射的にいった。半ば膝を持ち上げていた。

「大勢に殴られてぶっ倒れた」

恒吉はいった。ぶっ倒れたというのは、少々おおげさだったが、数人が三郎を取り囲んで殴りかかろうとしていたのは事実だった。

恒吉はそこまで見てとびかえったのだ。三郎が、平林孫作らを相手に喧嘩を始めたかどうか、見きわめて来たのではなかった。

関根恒吉は、自分自身の危険について敏感だった。三郎のそばへよれば巻き添えを食うと思ったのである。

「おのれ」

という声を恒吉は頭上で聞いた。十六歳のみよにしてはびっくりするほど鋭い声であった。恒吉ははっと首をちぢこめた。

叱られたように感じたからだった。みよではなく本宅のいねに叱られたのだと思ったが、八十に近いいねが、そんな若い声を出す筈がなかった。やはりみよかなと思って頭を上げると、みよは縁側にはいなかった。いねが怖い顔をして覗きこむような目で恒吉を睨んでいた。

いねにくわしい説明をしなければならないと恒吉は思った。彼はいねの近くに寄ろうとした。

家の中で黒い風が起こった。薙刀を持ったみよが奥の部屋からとび出して来て、縁側から庭にふわりととびおりた。

月の光りに薙刀がぴかっと光った。黒いかたまりが、つむじ風を起こして家の中から外へ走り出して行ったように見えた。

みよははだしであった。単衣《ひとえ》の着物に、三尺をしめていた。薙刀を小脇にかかえこんで、御岩神社の社務所に向かって突っ走る姿は女には見えなかった。屈強な武士が一人主君の急を聞いてはせ参じる姿に見えた。

みよの長い髪がうしろになびいた。村寄せから帰りつつあった村人たちは、みよの姿を見て道をあけた。道をあけそこなって、あわてて転ぶ者もいた。

みよはなにか叫んでいた。なにを叫んでいるのか誰にもわからなかったが、とにかく彼女は、ひどく怒っていることだけは確かだった。

村道をくだって来た村人たちが村の鎮守の御岩神社の社務所の方へぞろぞろと引きかえして行った。そこに容易ならぬ事態が持ち上がりつつあるからであった。

みよは石段を三段置きに駈け上がった。杉の木の間から、さしこむ月の光りを受けて薙力の刃が冷たく光っていた。

社務所の庭には一群の人間がいた。その中心にいるのが三郎で、そのまわりにいる数人の男たちが三郎の敵に違いなかった。

「みよが加勢に来たぞ」

みよは大きな声で怒鳴った。社務所の前の一団がこっちを向いた。

「一人に多勢でかかるとは卑怯《ひきょう》であろう」

みよは第二弾を投げつけた。その声で、三郎に殴りかかろうとしていた男たちは、あらためてみよの存在を知ったようであった。

「ようし、素っ首刎《は》ねてやるから心してまいれ」

みよはそういうと、持っていた薙刀をびゅっと振った。杉の大枝がばさりと音を立てて落ちた。つづいて一枝、また一枝、みよは頭上の杉の枝をばさりばさりと切り落としながら広場に出ると、

「いよう、やあっ」

と掛け声を掛けて、男たちの方へ向かって突っ走っていった。

三郎を包囲していた数名の男は、みよの薙刀におびえて逃げた。五郎はつんのめって転んだ。その五郎の頭上すれすれに薙刀がぴゅっと音を立てて通りすぎた。

一郎は杉の木の蔭に逃げこもうとしているところを、えいっとうしろから斬りつけられた。薙刀は彼の肩のあたりをすれすれに通りすぎて、杉の木の上皮を裂いた。

一郎は自分が斬られたように、ひいっという声を上げると杉の木の下に這いつくばって、わなわなと慄えた。

みよは平林孫作を執拗に追った。平林孫作の頭上に数回薙刀がひらめいた。孫作はみよに殺されると思った。とても助からないと思いながらも懸命に逃げた。逃げても逃げてもみよの薙刀は彼を追いつづけた。彼は、小川の石橋のところまで来ると、身投げで

もするように、川の中にとびこんだ。みよはそれ以上彼を追わなかった。

村人の幾人かはみよの薙刀の光りを見たし、その光りに追われた平林孫作等の醜態を見た。怪我人はなかった。平林孫作が小川に落ちこんだときに膝小僧をすりむいたぐらいのものだった。平林孫作や五郎や一郎は彼等の家へ逃げ帰って戸締まりを厳重にした。みよが追って来はしないかと思ったからである。

夜が明けた。煙は夜明けとともにまた村を閉ざした。村人たちは濃い煙にむせびながら、どうにもやりようのない怒りを、煙がおりて来る山の方へ向けていた。

「三郎さん、孫作のいうことなんか気にすんでねえ」

三郎の家へわざわざいいに来る者があった。

「誰がなんちゅうたって、おらあ、三郎さんのいうことを信じているでな」

といいに来る者もあった。

「孫作はどうかしたのだ。頭がへんになったのかもしれねえ、どこにも当たりようがねえから、三郎さんに当たったのだろう」

村長の大村善之助が来ていった。

「どこにも当たりようがねえのだと？　鉱山へ当たりゃあいいじゃないか。文句があったら鉱山へ怒鳴りこめばいいではないかね」

いねが横から口を出したが、すぐ咳き込んだ。そのいねをみよが介抱してやっていた。

「やはり、みよさんは関根家の先祖のみだい様の血を享《う》け継がれているのだな、えれえもんよなあ」

と大村がいねにいうと、いねはまんざらでもないらしく、

「みよは、人並みの女より身体が大きいのでのう」

といった。十六歳の夏を迎えたみよは立派に成長していた。背丈からいっても、体重からいっても、この村でみよの右に出る女はいなかった。

「孫作が詫びを入れに来たいといっておるが、どうすべえかのう」

大村は三郎にいった。

「来るなら首を洗って来なさいと、いって下さい。私は薙刀を磨いて待っていますから」

みよが口を出した。

大村善之助は、みよの方をちょっと見て、なにもいわずに帰っていった。

「みよ、お前は少しでしゃばりだよ」

いねがたしなめた。

「でしゃばりでなんかあるものですか、村長をごらんなさい。こういうときにできることといったら喧嘩の仲裁ぐらいのものでしょう。この村は兄さんを中心としてしっかりまとまっていないと、結局は敵にほろぼされてしまうのよ。だから私は兄さんを護るのよ」

みよはそういって三郎を見た。みよの気負い方は三郎に分らないでもなかった。だが

三郎にとってみよのやり方はいささか迷惑だった。昨夜、もしみよが出て来なかったならば、三郎は平林等に殴られたかもしれない。殴られたら、殴り返してやるつもりだった。数においで勝ち味はなかったが、あばれるだけあばれて見たい気持ちだった。おそらく平林等も、追いつめられた気持ちがあのような形になって爆発したのだと思った。三郎は、大あばれにあばれて見るか、声をかぎりに泣き叫ぶか、とにかく、いまの追いつめられた気持ちをどこかにぶっつけたかった。

三郎は、みよにひとこともいわず、彼の部屋に引っこんだ。みよが三郎のあとを追って来た。

「兄さん怒っているの」

みよは心配そうな眼を三郎にやった。

「怒ってなんかいないさ」

だが、その顔は、その言葉とは違っていた。

「ではなぜ黙っているのよ兄さん」

「ひとりでいたいときは誰にでもあるだろう」

みよはその言葉を嚙み締めるような眼でじっと三郎を見詰めていたが、その澄んだ眼が潤んで来て、やがて光るものがみよの頰を伝いはじめると、それ以上は、そこにいたたまれないように、

「兄さん、兄さんは、みよの気持ちがなんにもわからないのよ」

みよはそういって、三郎の部屋を出ていった。三郎は、みよのそのいい方の中に、いままでのみよではないものを感じた。いままでのみよは妹としてのみよであった。身体は大きいが、まだ子供の域を脱しきってはいないみよだったが、兄さんはみよの気持ちがわからないのだといったみよの中には、いままで、見たことのない、女としてのみよの姿が覗いていた。

三郎はいままで気がつかなかったなにかをそこに見い出そうとしたが、ついにそれを掴むことはできなかった。

間もなく、みよが女学校へ帰らねばならない日が来た。

「ねえ、兄さん、千穂さんのところへお見舞いに行ってあげたら？」

みよは、三郎の耳に囁くようにいった。そのいい方も、いままでのみよとは違っていた。思いつきではない。考えていっている言葉だった。

みよを送り出して間もなく、郵便が来た。チャールス・オールセンからの手紙だった。三郎は鋏《はさみ》で手紙の封を糸のように細めに切った。手紙の中には、スウェーデンの匂いがこもっていた。紙のにおいか、インクのにおいか区別しがたかったが、三郎には、それが異国のにおいであり、スウェーデンのにおいに思われた。

「煙害がいよいよ激しくなったというあなたの手紙をいただいて心から、あなたの立場に同情しております。あなたの村は地形上から見て実に悲観的なところにあります。排煙量が多くなると、被害が増加することは当然だと考えられます。わがスウェーデンにおいても、あなたの村と同じような悲劇が起きた例があります。最近も、それに近い例が起こりかけましたが、この場合は煙突を高くすることによって被害を最小限に止めて、その村も、その村の周辺の森林も致命的な被害からまぬがれることができました。あなたは、最後の最後まであきらめてはなりません。鉱山にできるかぎりの抵抗をするのです。その抵抗が、新しい解決の道を開くかもしれません。あきらめてはなりません……」

その手紙の最後には、あなたの許婚者《フィアンセ》によろしく伝えてくれと書き加えてあった。

三郎は、チャールス・オールセンの手紙を何度か読みかえした。ヨーロッパに戦争が勃発すれば、手紙を交換することはできないだろうと思った。

何度か読みかえしているうちに、三郎は、

(……この場合は煙突を高くすることによって被害を最小限に止めた……)

という一句に注目した。

「そうだ。煙突を高くするという方法がまだ一つ残っている」

三郎は曙光《しょこう》を見い出したような眼つきで立ち上がった。中央気象台の藤岡技師等が試みた上層気流の観測結果は、もう出来上がっている筈である。その結果は高い煙突を作ることによって煙害は防げるということになっているかもしれない。

三郎はチャールス・オールセンの手紙を持って、大雄院の事務所に加屋淳平を訪ねたが、加屋淳平は神峯山観測所にいると聞いて、神峯山へ登った。神峯山から見た景色はすっかり変わっていた。木という木は枯れ果て、一面の笹の原野になっていた。

「野火でも出たらたいへんなことだ」

三郎は背筋につめたいものを感じた。

加屋淳平はチャールス・オールセンからの手紙を黙って読んだ。

「これは珍しい例ですね。だが、正式な資料《データ》を見た上でなければなんともいえませんね。一般的には、煙突を高くすれば、被害面積は広くなると考えられておりますからね」

加屋淳平は批判的であった。

「ところで、中央気象台の藤岡技師がやった上層気流の観測結果はもうまとまりましたか」

三郎が話題を変えると、加屋淳平は、ちょっと下を向いていおうかいうまいかと考えているようだったが、意を決したようにいった。

「結果はまとまりました。上空に行くに従って風は強くなり、しかも安定した風が吹くということが分りました」

「安定した風？」

「一日を通じて風向きも風速もあまり変わらないということです。藤岡技師のいうには、そういう気流層まで煙突を高くしたら、煙害はなくなるだろうということでした」

「それで会社は、やるんですか」

しかし加屋淳平は首を激しく振った。

「煙突を高くすればするほど煙害は広い範囲にひろがるだろうということは、常識です。会社では一人を除いて全員が、煙突を高くすることには反対です」

「その一人というのは加屋さんですね」

「いや、ぼくも、煙突を高くすることには、反対です。絶対反対というのではなく、もう少し、資料が集まってからにした方がいいと考えています」

「すると、その一人というのは?」

「社長の木原吉之助です。だが、社長ひとりが頑張っても、雲にとどくような大煙突はそう簡単にはできません。会社の運命を賭けることになるからです。それほど莫大な費用がかかるのです」

加屋淳平は、そういって、眼を百足煙突から吐き出される煙の方へやった。三郎は、加屋が何時になく気が弱いことをいっているのに不審を感じた。加屋はもともと藤岡技師の説に賛成だったのだ。その加屋が急に弱腰になったのはなぜであろうか。三郎は加屋の顔を見た。このごろの加屋は、なんとなく沈み勝ちだった。加屋が憂鬱そうな顔をしているのは、たったひとりの妹の千穂の病気が悪いせいかもしれない。その千穂の病状を訊きたかったが、三郎にはそれがいい出せなかった。

「社長はいまどこにいますか」

「東京の支社にいます」

「では、社長に会いに、ぼくは東京へ行きます」

三郎がいった。

「あなたが、あなたひとりが」

「そうです。ぼくひとりです。百姓にとって土地を離れることは死を意味することです。私の村の人たちは、いまその死に瀕しているのです。私は社長に会って、高い煙突を立てて下さいとお願いして見ます。高い煙突を立てても、煙害が前どおりでしたら、私たちはあきらめねばならないでしょう」

加屋淳平は静かに頷いた。

「わかりました。私から直接、社長に連絡して、あなたと社長が話し合う機会を作りましょう。そうしないと、途中で妨害がはいるかもしれませんから」

「その結果はいつ分ります」

「一週間待って下さいませんか」

「待てません。その間には更に悪い事態が起こるかもしれません。私は明日東京へ向かいます。社長に会って話がつくまで帰らないつもりです」

三郎は、加屋淳平にそれだけいうと、ではこれでと一礼して、神峯山をおりていった。

加屋淳平が、高い煙突に反対の意志を表明した以上、加屋はもう味方ではないように見えた。結局、加屋も鉱山の一員に過ぎないのだ。平林孫作がいったように、入四間村が全村をあげて立ち退けば喜ぶのは会社なのだ。

三郎は家に帰ると直ぐ上京の支度を始めた。上京の目的は関根恒吉にだけ話した。

「社長が会ってくれるでしょうか、社長が会うといっても、はたの者が会わせまいとするのではないだろうか」

「その点は任して置いてくれないか」

翌日三郎は上京したが、直接、木原社長に会いにいかずに、足を代官町の中央気象台に向けた。

藤岡技師は三郎の訪問を快く迎えた。三郎は、藤岡技師に高い煙突を立てるとすれば最低どのくらいのものがいいだろうか質問した。

「高ければ高いほどいいけれど、技術的に見てあまり高い煙突を建てることは無理でしょう。だが、少なくとも百五十メートルの高さがないと効果はない」

三郎はそのことばをノートに書き取ってこういった。

「これから一緒に木原吉之助さんのところへ行っていただけないでしょうか」

「木原社長のところへ？」

藤岡技師は驚いたような顔で三郎を見ていた。


木原吉之助は藤岡技師と一緒にいる三郎を見て、おやっというような顔をしたが、別に言葉にはそれを出さず、二人を応接間に通すと用件をうながすような眼をまず藤岡に向けた。

「昨年はたいへん御厄介になりました、おかげさまでいろいろと貴重な観測ができました。あらためて御礼を申し上げます」

　藤岡技師がいった。

「いやいや、こちらこそ、あなたにはいろいろと面倒なことばかりお願いして――」

　木原吉之助は、そこではてなという顔をした。藤岡技師が上層気流観測のお礼に来たのだとすれば、だいぶ時期を失している。だいいち、お礼をいうのは、観測を依頼した会社であって、藤岡技師の方から礼をいいに来る筋合いは毫もないのである。

「実は、今日伺いましたのは」

　藤岡技師はそういうと、口元に微笑を浮かべて、三郎の方を見ながら、

「関根君をあなたに会わせるためなんです」

「関根三郎君をぼくに？　関根君とはずっと以前から知り合いなんだが……」

　木原吉之助は藤岡技師がなにをいおうとしているのかを見抜こうとするように、ややけわしい眼を向けた。

「関根三郎君が、あなたに折り入って話したいことがあるのです。そのことを関根君から、会社に申しこめば、おそらく会社側は、社長に会う前に、私たちがそのお話を伺いたいというだろうし、場合によっては、その話を社長にいって貰っては困るといって、社長との面会を拒絶するかもしれません。だから、今日は、ぼくの随行員として関根三郎君をつれて来たのです。これは私が考えたのではなく、関根君の知恵です」

　木原吉之助の顔に警戒の色が動いた。がそれは、はっきりとした形には移行せずに、

それまでと同じ語調で、今度は三郎に正対していった。

「その話を伺いましょう」

「煙突を建てて戴きたいのです。できるかぎり高い煙突を建てていただきたいのです」

「きみは、煙突を高くすれば煙害が少なくなると考えてそういっているのかね」

「私にはそう判断するだけの学問も経験もありません。ただ、このままだと、私たちの村は全滅しつつあるのです。溺れかけたものが藁《わら》を掴む気持ちでお願いしているのです」

「その藁が高い煙突だというのか」

「溺れるものが藁を求めてはいけないでしょうか。死にかけているものが……」

三郎の声が大きくなった。三郎は自分が昂奮しつつあることをよく知っていた。

「きみが藁を求めている気持ちはぼくにもよくわかる。ぼくも、この前、藤岡先生の話を聞いて以来、高い煙突を建てたらどうかと考えていた。その建設費を計算させたことがある。莫大な費用だ。大雄院の精錬所に投じた金額のほぼ半分にも近い金額になる。失敗した場合は、会社の浮沈にかかわるような出資になる。それに、煙突を高くすれば、煙害地域が拡がると確信しているわが社の幹部たちはなんとしても、ぼくのいうことを聞かないのだ」

木原吉之助は困ったような顔をした。

「あなたは社長です。誰がなんといっても、あなたがやれと命令したらできるでしょう。

それをしないのは、あなた自身がまだ迷っているからではないでしょうか」

「それもある。煙突を高くすればいいという学者は、たった一人だ。その学者も……」

木原は言葉を濁して、藤岡を見た。

「いや、かまいませんよ、その学者も、煙害問題についての専門家ではないと、おっしゃりたいのでしょう」

藤岡技師が笑った。

「いやそういうつもりはないのですが……高い煙突を建てれば、煙害も少なくなるという、実証が少しでもあれば、ぼく自身としても踏み切れるし、会社の幹部も納得するだろう」

その木原の発言を三郎は待っていたようだった。

「私はここに一つの実証を持っています」

三郎は、内ぶくろにしまって置いたチャールス・オールセンの手紙を出して、木原吉之助の前に置いた。

「おお、これはもとあの鉱山にいたチャールス・オールセンからの手紙じゃあないか。あれからずっと交際しているのかね」

木原は、チャールス・オールセンの手紙と三郎の顔とを等分に見較べてから、その手紙を読みだした。木原の口元から、感動の吐息が洩れた。

「ありがとう関根君、よく知らせてくれました。ぼくはすぐ、スウェーデンに電報を打って、もっとくわしいことを調べます。おそらく数日後には、あなたのところに吉報がとどくでしょう」

木原は立ち上がっていった。

「もうひとこといわせていただけませんか。社長はさきほど、高い煙突を建てると、会社の浮沈にかかわるといいましたが、いま、おたくの煙のために浮沈にかかわっている、入四間村があることを忘れないでいただきたいのです」

「よくわかりました」

木原吉之助と関根三郎は見詰め合った。どちらも視線をそらそうとしなかった。

「関根君、ではおいとましよう」

と藤岡技師が二人の間を取りなすようにいった。

外は残暑がきびしかった。

「先生、ヨーロッパで戦争が起こるでしょうか」

「起こらないというより、起こるといったほうがいいだろうな」

ヨーロッパに滞在したことのある藤岡技師は、白く濁った空へ視線を投げながらいった。

藤岡技師の前に馬車が来て止まった。藤岡技師は、帽子にちょっと手を掛けて、

「煙突はきっと建つよ……では」

藤岡技師を乗せた馬車が走り出すと、自転車に乗った中学生がそのあとを追った。間

もなく、自転車は馬車を追い抜いた。三郎は、きらきら光る自転車に乗った中学生を見ながら、あの中学生は、あの自転車に乗って、高等学校、大学と突っ走っていくに違いないと思った。第一高等学校の入学試験に合格しながら、自ら学問を棄てて、煙と戦っている自分の姿が、みじめに思えてならなかった。

その夜三郎は、兄の家に泊まって、翌朝はやく茅ヶ崎《ちさき》に向かった。そこに千穂が入院している病院があったのである。

三郎は兄にそれとなく肺病のことを聞いた。

「いまのところ肺病には治療法がないといってもいいようなものだ。一期のうちに治る人は自然に治るが、二期に入ると治りにくい。三期に入ったらまずだめだな」

そして兄は、

「君の友人というのは、どこに入院しているのだ」

と訊いた。

「茅ヶ崎の海岸近くの病院です」

三郎は、その病院の名前をいった。兄はその病院の名前を知っていた。

「その人は三期じゃあないかな。会わない方がいいぞ。肺病は伝染病だからな」

兄は、三郎が友人といったので、男の友だちだと思っているらしかった。

茅ヶ崎の海には白い波が立っていた。海が見えたのと、その病院が見つかったのとはほとんど同時だった。受付にくすんだような顔をした中年の男がいた。男は、三郎と千穂との関係をくどくどと訊ねた。

詮索的な好奇な眼つきをする男だった。三郎はもう少しで腹を立てるところであった。

「親しい友人という以外に説明のしようがありません。とにかく、千穂さんの見舞いに来たのですから、会わして下さい」

「この病院は、よほどの理由がないと、面会は許されないことになっています。とにかく、院長に聞いて来ますが、親しい友人というだけの関係では面会は許されないでしょうね」

男はそういって席を立った。

暗い廊下が、奥につづいていた。その暗さが、この病院に入院している千穂の将来を暗示するようであった。

受付の男が消えた廊下のあたりに、人の影が動いた。筒袖の着物を来た少女だった。顔の異常な白さだけが見えて、着物の柄も、履いているスリッパの色もよくわからなかった。

「この病院はとても、うるさいのよ。患者に与える精神的影響が発熱の原因になるから面会させないんだって」

少女はませた口をきいた。眼だけが特に大きく見える少女だった。

「でも、いい方法があるわ、私たち散歩時間に海岸に出るのよ。その折り、こっそり面会すればいいわ。散歩は夕方の五時から六時までよ」

そして少女は三郎のところにずっと近づいて来て、誰なのと小さい声で聞いた。

「加屋千穂さん――」

「そうなの？　千穂さんは私と同じ病室だわ、するとあなたは関根三郎さんでしょう、ね、そうでしょう、だって私、郵便物の受け取りに行って手紙の裏書き見てしまったもの」

少女は、まだなにかいいたそうだったが、受付の男の足音を聞いて姿をかくした。

「残念ながら、特に緊急な用があるとは思われませんので面会させるわけにはいきません」

受付の男はつめたい声でいった。

三郎は病院の裏手に廻った。高い塀がめぐらされていて、病院の中は見えなかった。病院の塀について廻っていくと、海岸に面した方に木戸があった。そこに無数の履き物の跡があった。さっきの少女がいった散歩の時間には、患者たちはおそらくこの木戸から海岸へ出るのだろうと思われた。

三郎は海岸を歩いた。ずっと遠くに離れると病院の二階の窓が見えるところがあったが、どの窓も閉めきっていて、まるで人はいないようだった。海から吹いて来る風はかなり強かった。窓が閉じられているのはその風のせいだと思った。

三郎は海を眺めながら日暮れを待った。来がけに買って来た果物の包みはまだ彼の膝の上にあった。さっきの少女に依託してしまえばよかったのにと思った。届けてくれといって受付に置いて来てもよかったのだ。

三郎は海が初めてではなかったが、こんなに長い間、海と向かい合っていることは初めてだった。沖の方にぽつんと白い斑点が浮かび、それが時間の経過とともに拡大されながら近づいて来て、やがてくずれ去って泡沫と化すまでの単純な繰りかえしを眺めながら、じっとそこに坐っている気持ちは、彼の生活において二度と来ないであろうと思わせるほど、静かな時間だった。

四時になると病院の木戸が開いて、男の患者たちが、看護婦つき添いで海岸に現われた。男の病棟と女の病棟が別々になっているのだなと三郎は思った。男の方の散歩時間が四時から五時までで、五時からが女の散歩時間なのだ。そこらあたりにも、この病院の院長の配慮が読みとれるような気がした。

三郎は三分置きぐらいに懐中時計の鎖を引っ張り出した。時計が止まったかと思われるほど時間の経過は遅かった。

五時五分になってから、病院の木戸が開いて、びっくりするほど背の高い看護婦が、外へ出た。彼女は砂地に一歩足を踏み入れると、あたりを嗅ぎ廻すような眼を砂浜に投げた。三郎は、すぐ彼女の眼にとらえられた。彼女は三郎の顔と、膝の上に置いてある果物の箱との間になにかの関連を求めるかのような眼の配り方をした。そして、うしろを振りむくと、ぽちゃぽちゃと肥った背の低い看護婦になにかいった。丸い顔の看護婦は、木戸と長身の看護婦との間から乗り出すようにして三郎を見ていた。

三郎は海に眼をやった。

千穂と会って話をすることは、多分できないだろうと思った。おそらく、あの看護婦だけではなく、この病院にいるすべての人が、三郎の訪問に気づいているような気がしてならなかった。三郎は海に眼をやっていた。好奇な眼ざしを浴びるのはいやだった。みんなが監視している前だと、千穂も三郎のところへ接近しにくいだろうと思った。見せものにされるのは三郎自身もいやだった。

三郎は海を見ていたが、心はうしろを見ていた。ぞろぞろと女たちが海岸に出てくる様子だった。とても病気だとは思えないような快活な調子で話している女もあった。

三郎が坐っている砂浜の近くまで来て、彼の顔を覗きこもうとする女はいたが、千穂の足音はついに近づいて来なかった。

彼は場所をかえようと思った。もっと遠くに行こうと思った。立ち上がって、うしろをふりむいたとき運がよければ千穂の姿を見掛けることができるかもしれないと思った。すぐ近くまで千穂は来ているような気がしてならなかった。そうでなければならないように思われた。

彼は思い切って立ち上がってくるりと、うしろを向いた。彼の背後に、或る間隔を置いて、ノッポとチビの看護婦が、歩哨《ほしょう》のように立っていた。その二人の白衣の歩哨を結んだ直線の中点におろした垂線の方向に舟が引き上げられていた。その舟の蔭に千穂が、さっきの少女と共に立っていた。

千穂の顔は透きとおるように見えた。特に痩せたようには見えなかったが、以前とはたしかに変わっていた。やはり千穂は病む身なのだ。ふじ紫の着物に、蕎麦《そば》の花のように小さい白い模様がとんでいた。

千穂は瞬《まばた》きもせずに三郎を見詰めていた。三郎は彼女の視線にたぐり寄せられるように、砂浜を歩き出した。彼女の眼の中に光るものが、彼になにかを訴えようとしていた。語りかけようとしていた。三郎はその言葉を聞きたかった。

数メートル離れていた白い歩哨が、横に動いて一つになって、三郎の前に立ちはだかった。

「なぜそんなことをしなければならないのです」

「病院の規則です」

三郎と長身の看護婦はその短い言葉を交わしただけで、睨み合っていた。

その白衣の歩哨を突きとばしたところで、千穂と話ができるというものではなかった。白衣の歩哨の他にも、多くの眼が、彼等を取りかこんでいた。

「病院の規則だで、かんにんしておくれ」

チビの方の看護婦がいった。彼女のたくまない地方弁が三郎を動かした。

「それでは、帰ります。これを千穂さんに届けてあげて下さい」

三郎は果物の箱をチビの看護婦にわたすと、するりと彼女の脇を通り抜けるようにして、一歩前に出て千穂に向かって別れの手を上げた。千穂も手を上げた。

だがすぐ彼女は、上げた手を下におろすと、砂浜にくずれるように坐りこんで両手で顔をおおった。

その夜三郎は東京の兄の家に泊まった。

「どうだ会えたか」

兄がいった。

「どうしても面会を許さないのだ。散歩時間に、海岸へ出るというから、その機会を利用しようとしたのだが、白衣の歩哨が立っていて、ついにひとことも話すことができなかった」

「白衣の歩哨だって？」

兄は聞きかえした。そして、突然、兄は、

「友人といったのは、女なのか」

と聞いた。

「そうです。加屋千穂、ほんとうに大事な友人なんです」

「気の毒にな」

と兄はいった。

「どんなに親しい友人でも、恋人でも、そうなれば結婚はできないぞ、まず、駄目だろうな」

兄は医師としていっているのだが、三郎には、兄もまた白衣の歩哨と同様な冷酷なひとに思えてならなかった。

汽車に乗ってからも千穂の姿が三郎の頭の中で泣いていた。彼が歩き出すと、泣きくずれていた千穂は立ち上がって、舟のかげから出て彼を見送った。ハンカチを眼に当てたままの姿があまりにもみじめであった。走っていって、なぐさめてやりたいのだが、彼が動き出すと千穂と三郎とをさえぎるように白い歩哨もその場所を移動していった。

(きのうが、千穂さんとの最後の別れではなかったろうか。千穂さんもまた、彼女の運命を予知して泣いていたのではないだろうか)

三郎は汽車の窓から外を見たままだった。なにを見ても、三郎の心には止まらなかった。秋の稔りを迎えた関東平野も、彼の眼には灰色の世界にしか見えなかった。

8

いねは東京から帰った三郎の顔をじっと見詰めていたが、びっくりするほどの大きな声でいった。

「三郎、お前あの女のところへ見舞いに行って来たろう」

どうしていねはそんなことを知ったのだろうか。

八十に近いいねの、眼窩《がんか》の奥に引っこんでいる黒い眼には、三郎の心の中まで見えるのだろうか。三郎は黙っていた。嘘も方便ということがあるが、三郎には嘘がいえなかった。

「やっぱり会って来たのだね、この不孝者め」

おそらくいねは、彼女の意志に反したことをする三郎に対して、お前は不孝者の養子だといいたかったのであろう。

「お前がいくらあの肺病やみの女が好きだからといっても、お前にはちゃんとみよというきまった女がいるのだよ。いい年齢《とし》をしてそんなことがわからないから、平林孫作なんかに殴られるのだ。孫作の先祖は、もともと、関根家の小作だったじゃあないか。地主が小作に殴られるなんて、先祖様に対して申しわけないと思わないのかね。それというのも、お前があの肺病やみの女と文通などしてるからなんだ」

「平林孫作に殴られたことはない」

「殴られなくても、殴られたと同じようなもんだったそうではないか。もし、みよが助けに行かなかったら、どうなったと思う。なげかわしいのう。常陸《ひたち》の関根といえば名の通った家柄だ。お前は、その家名に、疵《きず》をつけるようなことをしてくれたのだ」

三郎はいねのぐちを黙って聞いてやっていた。

こうと思いこんでいるいねになにをいったところで、どうにもなるものではなかった。三郎はその夜みよに千穂の病院をたずねたことを手紙に書いて知らせた。いねのことも、ちょっぴりつけ加えて置いた。

村の重《おも》だった者が揃って三郎の家へ来たのは、三郎が東京から帰って十日ほど経ってからだった。

「三郎さんは、木原社長と談判をやりに行ったそうだが、その模様を聞かせて貰えませんか」

三郎は上京するに当たって、関根恒吉にだけ、その目的を打ち明けて置いた。村の人たちには、会社から正式に返事が来てから内容を発表しようと思っていたのである。

関根恒吉は口が堅いから彼からこのことが洩れるはずはなかった。

「誰から聞いたのかねそのことを」

三郎は村長の大村善之助の顔を見た。人のいいだけで、これといって行政力があるでなし、結婚式の席上で謡曲を歌うことぐらいしか能のない村長が、村の顔役の老人たちとともにやって来たのは、やはり、いまこの村が置かれている状態が容易でないからであろう。

「その話を聞いた相手の名をいって下さい」

三郎は、そのことに固執した。会社の八尾定吉あたりから、その話が洩れたとすれば、警戒する必要がある。八尾定吉は村の分裂を狙っているのかもしれない。

「そう訊かれると困るけれど、つまり、本宅の親戚から出た話だがね」

「本宅の親戚？　恒吉さんが、しゃべったのか」

村長は眼を伏せた。恒吉の口からこの話が出たことは明らかであった。厳重に口止めして置いた恒吉がなぜ、そのことを洩らしたのだろうか。それは特に秘密にすべきことがらではなかったが、神経過敏になっている村の人たちには、よほど機会を見ていわなければ誤解を招くおそれがあるから、黙っていてくれと口止めをしたのである。恒吉がそれを他人に話したことは、三郎に対する背信行為であった。

（あの関根恒吉までが……）

三郎は唇を噛みしめた。恒吉だけは、なにもいわずに三郎の後に従《つ》いて来るだろうと思っていたが、その恒吉ですら、三郎のやることに疑惑を感じ出したに違いなかった。

だが、よく考えて見ると、恒吉もまた、この土地から離れると死ぬしかない運命にあった。不安がつぎからつぎと湧き出して来て、やがてそれがつぶやきとして外へ出たのであろう。

(この村を三郎さんに任して大丈夫かな)

そういう心のつぶやきは、関根恒吉だけでなく、すべての村の者の胸の中にあるのであろう。

「ぼくは高い煙突を立ててくれと、木原社長に頼みに行った。高い煙突が、この村から煙害をなくしてくれるたった一つの残された手段だからだ」

三郎は村の人たちを前にして、木原社長とどのような話をしたのかひととおりしゃべった。村の人たちの顔には、なんの変化も現われなかった。

「そういう話に行ったのかね、もうすんだことをいってもしようがないが、これからはそういうことをいいに行くなら、村の人たちと相談してからにしてくれないと困りますな」

大村善之助が、そこにいる人たちを代表するようにいった。

「困る?」

と三郎は反問した。いままでは、煙害のことに関してはすべて三郎に任せていた。煙害の調査に重い写真機を携《かつ》いで山の中を歩き回ったのも、弦月に乗って、何回となく、大雄院に掛け合いにでかけたのも三郎であった。そして、そのころは、三郎に対して、村人たちはなにもかも任せきっていたのに、いまになって、三郎がですぎたことをしたようにいうのはなぜであろうか。

「なにね三郎さん、村の人たちはこの先どうしたらいいかということばっかり考えているから、あなたのちょっとした動きも気になるのさ」

　村長はそういって帰っていった。

　数日後にはきっと吉報が届くだろうと木原吉之助のいったそれは五日経っても十日待っても来なかった。三郎が、鉱山側の返事があまりにも遅いので、藤岡技師を通じて催促しようと思っているところへ総務課長の松倉謙造が、峠を越えてやって来た。

「関根さん、大煙突《だいえんとつ》を建てることになりました。高さ五百十尺（一五六メートル）の世界一の大煙突をわが社の運命を賭けてぶっ建てることに決まりました。社長があなたに真っ先にこのことを報告するようにというのでやってまいりました。大煙突には、会社中が反対しました。私も反対していましたが、チャールス・オールセンがあなたによこした手紙によって、もう一度検討して見ることになったのです。スウェーデンの方は充分に調査しました。スウェーデンと日本とは気象条件がかなり違うけれども、高い煙突の方が、煙害を少なくする効果があるということをはっきり摑むことができたのです。事業はすべて打算の上に樹《た》つものです。いかに社長が、やれといっても、算盤《そろばん》に合わないとなったら実行されるものではありません。今度の場合も成算があったからこそ踏み切ったものであって、机上の空論を、百足煙突や命令煙突としてその実行を会社に強制して来た政府のお雇い学者の意見ではありません。会社は思い切って大煙突を建てます。必ず成功するでしょう」

高い煙突に反対していた松倉が、いざ、その高い煙突を建てることに決まったとなると、その高い煙突の建設工事をなんとかして正当づけようと懸命になっている態度がおかしかった。

「松倉さん、そのことをあなたの口から、村の人たちに直接話してやってはいただけませんか」

三郎は松倉にそのことを承知させると、村長のところに直《す》ぐ人を走らせた。

村の隅から隅まで伝令がとんで、二時間後に、御岩神社の社務所で開かれた村寄せには、ほぼ村中の人が集まった。そこで松倉謙造は、五百十尺の大煙突を建てることを発表した。

「その大煙突ができれば、おそらく、この村の煙害はなくなるでしょう」

松倉がそう結ぶと、

「大煙突ができても、煙害がなくならなかったらどうするのだ」

その質問に対して松倉は、すぐ答えた。

「大煙突が失敗すれば、その出費損失のために、会社はつぶれるでしょう。そうなれば、煙はでなくなるでしょう」

しいんとした。それ以上質問しようとする者はなかった。三郎は、この席にはいなかった。三郎は、現在の村の人たちの気持ちは充分わかっていたが、その村の人たちの前で、大煙突の効用を会社の人と一緒になって説く気持ちはなかった。

三郎はやれるだけのことはやったつもりだった。もし大煙突が失敗したときは一村を挙げて離村しなければならないだろうが、そのときは、そのときのこととして、いまここで、大煙突の失敗を予期しての行動は、村人を不安に陥れる以外のなにものでもないと思った。

（大煙突の建つまで静観しよう）

三郎は、ときどき、大雄院の事務所を訪れて、大煙突の設計がどこまで進んだかを訊ねた。事務所には、完成予定図があった。煙突の高さに比較して大雄院精錬所はあまりにも小さく見えた。

「五百十尺というと、神峯山よりも高くなるかな？」

三郎には、そんな冗談をいうだけの心の余裕ができていた。三郎は高い煙突を信じた。できさえすれば、煙害は除けるだろうと思った。

大煙突の設計はすこぶる慎重に進められていた。日本はおろか、外国にも、一五六メートルなどという途方もなく高い煙突はなかった。毎年秋になるとやって来る台風に対しての風圧強度をどのくらいにみたらいいかというような基礎的な問題においても、資料が少ないだけに設計陣は苦心した。その高い煙突を建てるべき大雄院の地盤についても、慎重な調査がくりかえされた。設計図は何度か書き改められ、その度に強固な形態なものになり、経費が予算の枠を越えた。

「いったい、何時煙突の設計はでき上がるのだ」

しびれを切らした木原吉之助社長が、設計室に設計主任の宮下吾市《みやしたごいち》技師を訪ねていった。

「予算のことはいっさい気にするな、お前たちの作りたいように作れと命令していただければ、来年早々には起工できるでしょう」

木原は宮下技師がなにをいいたいのか、この煙突設計のどこに隘路《ネック》があるかを知った。木原は会社の首脳部を呼んで宮下の設計している大煙突の予算の枠をはずすように命令した。

大正三年に年が変わった。

百足煙突は相変わらず黄色い煙を吐き出していたが、冬の季節風が吹いている間は、入四間村には比較的煙の来襲は少なかった。だが、それもしばらくの間で、春になって、南東風が吹き出すとともに峠を越えてやって来る煙のことを思うと、村人たちは安閑としてはおられなかった。

三月の学年末休みにみよが帰って来るのを待って、いねはなにかせわしげに、家の中を動き廻っていた。動くと咳が出た。いねの喘息は、煙があってもなくても出るようになった。いねばかりでなく、この村の老人は、ひとり残らず喘息に苦しんでいた。煙に殺されたのだといわれる人がもう十人も出ていた。幼児の死亡率も最近増加していた。

「おばあちゃん寝ていなさいよ、あんまり歩き廻ってはだめよ」

　みよにいわれても、いねは首をふって、

「なんで、じっとしておられるか、わしが動き廻らなかったら、この関根の家はどうなるのじゃ」

　そんなことも口にしているだけならいいが、いねは突然、鹿島《かしま》神社にお参りに行って来たいから、駕籠を用意してくれといった。駕籠に乗りたいなどといっても、どこを探しても駕籠などなかった。馬の背に乗っていったらどうかとすすめたが、どうしても駕籠で行くといって聞かなかった。

「あれほどいうのだから」

　と、山の見廻りに駕籠を使っている山持ちの主人が日光にいると聞いて、伝吉を使いにやると、案外たやすく、駕籠とかごを担ぐ人足二人を探して帰って来た。

「では明日、鹿島様にお参りに発《た》つからな」

　その夜、いねは三郎とみよをそばに呼んでいった。

「ふたりとも、わしがなんのために鹿島様へお参りにいくのか知っておるか、わしはな、お前たちがはやいところ夫婦の縁を結ぶよう、常陸帯《ひたちおび》を持ってお参りに行くのじゃ」

「常陸帯ってなんですか、おばあちゃん」

　みよが聞いた。常陸帯というのは一月十四日の鹿島神社の祭礼の日に、独身の男女が別々に自分の名を帯に縫いこんで神前に供えたもののなかから禰宜《ねぎ》が適当なものを選んで結び合わせ、これを神慮による良縁だと称したものである。実際は、相愛の男女もしくは結婚させようとする親たち双方があらかじめ帯に共通な目じるしをつけて置いて、これを結び合わせるように神官に依頼して置いたものである。常陸帯はもともとはそのような結婚占いから来たものであるが、後世になって婚約した男女の名前を縫いこんだ帯を神社におさめて、無事結婚できるようにと祈る者も多くなった。いねの常陸帯祈願は、結婚を急ぐためのものであった。

「みよはもう十七だ。むかしなら、とっくにお嫁に行かねばならない年だ。いますぐ、三郎と一緒になってても少しもおかしくはないのだよ。わしはこの身体だからいつ死ぬかわからない。みよが女学校を卒業するまでにはまだ一年ある。とても待ってはおられぬから、学校をあきらめて、三郎と一緒になってくれないかのう」

いねは、あわれみを乞うようにいって、ふたりの顔色をうかがっていたが、いっこう反応がないのを見ると、

「まあふたりで、ゆっくり相談して見るがいいさ。ふたりがいやだといっても、わしが鹿島様に常陸帯をおさめてお祈りをすれば、ふたりは自然に一緒になるのだから……それはもう昔からのきまりなのだからね」

その翌朝いねは伝吉夫婦と女中までつれて三日、四日留守をするといって鹿島参りにでかけていった。家には、三郎とみよのふたりだけになった。いねが出ていってから、ふたりでゆっくり相談しろといった意味がふたりにわかった。いねはいねの不在中にふ

たりが緊密になることを期待しているようであった。

みよと三郎は、囲炉裏の傍にふたりだけで坐った。みよが食事の支度をした。

「おばあちゃんて、へんなひとね」

いねがいなくなって二晩目の夜、夕食が終わったあとでみよが三郎にいった。

「へんといえばへんだが昔の人にとってはあれが当たり前だろう。とにかく昔の人は愛情よりも、家の方を先に考えるのだからな」

「兄さんはその愛情についてどう考えるの」

三郎には、そのみよの質問がふたりが許婚者同士であるということをどう考えているかと訊かれたように思えた。

「愛情がなければ結婚するべきではないと考えている」

「でも無理矢理結婚させられる人があるでしょう」

「ぼくはいやだ。愛情のない結婚は存在しない」

三郎は、薪をぼんぼん囲炉裏に投げこみながらいった。薪が燃え上がるとみよの顔が真っ赤に見える。健康に輝く顔だった。ネルの着物を着て坐っているみよの膝の高さがまぶしかった。

「では、わたしたちの結婚は存在しないのかしら」

三郎は、はっとした。呼吸が止まりそうに驚いた。いきなり薙刀で斬りつけられたように感じた。まさか、みよが、単刀直入に、そんな質問をして来るとは思っていなかった。

「なにをいうのだ、みよ、ぼくたちのことはそれとは違うのだ」

「どう違うの兄さん、いって」

みよは、つと立ち上がると、三郎の傍に座をかえた。

「どう違うのかいって、ね、兄さん」

三郎は、みよの眼の中に燃えるものを見た。囲炉裏で燃えている薪の炎が映っているのではなく、みよの眼そのものが燃えているのだった。

三郎は、いねが、でかけるときに、鹿島様にお祈りすればふたりは自然に一緒になるといったことを思い出した。それは多分いねの暗示であろう。祈り釘の術さえ知っているいねのことだから、ふたりを近づける術を知っていて、祈っているのかも知れない。だが、三郎は、そのいねを不思議に憎めなかった。術をかけられてもかまわないという気がどこかにあった。

「みよ、ぼくはみよを……」

三郎はみよの両肩に手を置いていった。みよの肩が電気にでもかけられたように慄えた。三郎はその肩を抱きしめてやりたかった。そうしなければならないような気がした。

半鐘がすぐ近くで鳴り出した。早打ちの連打であった。三郎は反射的に外へ走り出した。山の方が赤かった。山の上の雲が真っ赤に染っていた。

「みよ、たいへんだ山火事だ」

三郎は、部屋にかえって支度を整えるとみよにあとを頼んで外へとびだして行った。

山火事は三日三晩続いた。もし雨が降らなかったならば、入四間村も罹災したかもしれなかった。

鹿島神社に参詣に行っていた、いねたちの一行が、夜空をこがす火を望見して急いで村へ帰って来たときには、故郷の山は灰になっていた。

山火事は沢平、藤坂、宮田、日立、鮎川、滑川、小木津、砂沢、高鈴、入四間等にまたがったもので、その被害面積は約七千九百町歩に及んだ。

煙害によって木が枯れ草が枯れていたところに火が発したのだから、このような大火になったのである。誰もが心配していたことが起こったのである。関根三郎はへとへとになって山から降りてきた。顔は煤《すす》で真っ黒になっていた。三日三晩の不休の防火で、ものをいうのもおっくうなほどに疲れ果てていた。彼は鹿島神社から帰って来たいねにちょっと会釈すると、彼の部屋にはいってふとんをかぶった。

「えらいことになった。わしの留守に山を焼いて御先祖様に申しわけがない」

いねは持山の大半を失ったことを自分の過失でもあるかのようにいった。

山火事が起きたもとを糺《ただ》せば、煙害によって、草木が枯れて燃え易くなっていたことにあったのだが、山火事そのものを起こしたのは鉱山ではなかったから、その損害を鉱山に請求するわけにもいかなかった。発火の原因は不明だった。

入四間村の全収入のうち、山林の収入が三分の一であった。煙害によって田畑の収穫が期待できなくなった今となっては、気息奄々《えんえん》ではあったが、まだ生き残っている山林にたよるしかなかった。その最後の望みが断たれたのである。

村人たちが三郎のところに集まって来た。

「三郎さん、こうなったら離村を考えるより仕方がなかっぺえ」

という者もいた。前の年離村の問題が出たときには、会社とグルになっているのではないかというような眼を三郎に向けていた一郎までが、

「三郎さん、もう一度そのことを会社と話して見てくれねえかよう」

などと、いった。村人の心は疲れ切っているのだ。これからどうしたらいいかを村人自身もわかっていないのだ。彼等は溺れる者が藁にすがりたい気持ちで、三郎によりかかろうとしているのである。三郎に彼等のその気持ちが分らないはずはなかった。分りすぎた。分りすぎているからこそ、三郎は彼等の前でうっかりしたことはいえなかった。

困ったときには三郎をたよるより他に道がなくなったと思い込む村人たちの中に立って、三郎はこの村をどこへ引っ張っていくかの指導者としての立場を考えざるを得なかった。

花の咲かない春がやって来ていた。木は焼かれ、焼け残った木の芽も春と共に襲って来た煙にやられて、この春は、ついに花を見ることができなかったが、彼等は、種を播《ま》いても育たないと思いながらも種を播かねばならなかった。

「いつもの年と同じように農事をすすめて行こう。おそらくこの年が、この村始まって以来の悪い年になるだろう。だが、来年からは、この村は生きかえる」

三郎は村の人たちにいった。

「生きかえる？」

村人たちは、三郎のその予言めいた言葉にすがりつくような眼を向けた。

「精錬所には、今度世界一の大煙突が建つことになった。その煙突ができると、煙はこの村へはもう来ない。煙は、ずっと高い空を通って行ってしまうことになる。煙突の長さは五百十尺もあるのだ。この春から工事にかかって今年いっぱいにはでき上がるだろう。そうすると来年からはもう大丈夫だ」

大丈夫だといいながら三郎は、去年の秋、中央気象台の藤岡技師に会ったときのことを思い出した。

大雄院に一五六メートルの高さの煙突が出来たとしても、海抜高四八一メートルにしかならない。そこから直線距離で二キロメートル離れている神峯山（海抜五九四メートル）との高度差は、まだ一一三メートルもある。せっかく高い煙突を立てても、もし煙突から出た煙が、真っ直ぐに昇らず横へなびいて行ったとしたら、神峯山にぶっつかることになる。そうすると、高い煙突の効果は期待できなくなる。これについて中央気象台の藤岡技師は微笑と共に答えた。

「そういうことはむしろ少ないでしょうね。高い煙突から出た煙は、地形風のさらに上を吹く一般気流の支配下にはいると考えるのが普通で、もし、一五六メートルの煙突から出た煙が、一般気流の中にはいったとすれば、そのまま一般気流の流線に乗って、神峯山の上空を吹走《すいそう》して行ってしまうということになる。ただし、例外もあって、一般気流の弱い日や、逆転層の発達した日は、いままでどおり山を越えて村々に被害を与えることもあり得る。だが、そういう日はごくまれのことになるだろう」

三郎は、藤岡技師が黒板に書いて説明したときのことを頭に思い浮かべながらいった。

「大煙突ができたら煙害はなくなるだろうと、中央気象台の藤岡技師がいっていた。ぼくは藤岡先生の言葉を信ずる」

「だがねえ、三郎さん、百足煙突も阿呆煙突も、政府の偉い人たちが、今度こそ大丈夫だと会社にすすめて造らせた煙突だ。それにねえ三郎さん、ちょっとばかり訊くが、その中央気象台ちゅうのは政府のお役所の一つじゃなかっぺか」

村の人は納得できない顔でいた。

「政府のお役所だが、今度は少しばかりおもむきのかわったお役所だ。いわば風だの雨だのと天気を専門に研究しているお役所だ。いままでのように机の上で議論する学者ばかり集めた政府お雇いの機関ではない。中央気象台の藤岡技師は去年の夏、滑川で、日本最初の上層気流の観測をやって、それで、この大煙突の高さを割り出したのだ。今度は大丈夫、絶対こんどは大丈夫だ」

三郎は大丈夫だ、絶対に大丈夫だと村人の前で叫びながら、自分自身もそうなることを本当に信じないかぎり、成功は得られないだろうと思った。疑ってはならない。三郎が疑えば村人たちも心に不安が起こる。花が咲かない春を迎えたこの一年を、四百五十人の村人を率いて大煙突ができるまで頑張らなければいけない。失意のどん底で、かろうじて呼吸している村人たちに勇気を持たせるのは、

（来年の春になれば煙が去って花が咲く）

という希望の灯をかかげることであった。

三郎は五百十尺の煙突の効用を説いて廻った。彼が熱心に話すと、村人たちの顔は次第に明るくなっていった。

「もう一年頑張ってくれ、もう一年だぞ」

三郎は、農作業を始めた村人たちにそう呼びかけていた。彼ひとりだけではいけないから、青年同志会の会員を三郎の自宅に招いて、三郎がそれまで勉強した気象学の話をし、藤岡技師から教わった高い煙突の効用を説いた。チャールス・オールセンの手紙についても話した。

青年同志会は、五郎や一郎、平林孫作などの一部の批判派が、みよの薙刀のひらめきの下で、たわいなく音を上げて以来、ふたたび三郎の下に強固な団結を作りつつあった。

「おそらく今年は村中が粥《かゆ》をすすって年を越えねばならないようになるだろう。だが頑張らねばならない。ひとりも村を離れてはいけない」

青年同志会は固く申し合わせをした。

大正三年の春を迎えて始められた大煙突の工事は順調に進められていった。設計技師、宮下吾市と工事総監督の尾田武《おだたけし》は、大雄院事務所に隣接して作られた工事事務所に本拠を移した。

（世界一高い大煙突を日本人の手で創り上げる）

という木原吉之助の方針について、世人は幾様かの見方をした。日立鉱山はヨーロッパに戦争が起こり、日本も軍拡時代に突入するであろうということを予期して、大煙突を建てるのだというもの、煙害問題でやり切れなくなった日立鉱山が、世人の眼を煙突に転ずることによって、しばらくの間、非難の声を押えようとするのだというもの、すでに、日立製作所を独立の一事業所として電気機械の製造に乗り出した木原吉之助が、大煙突の着工とともに土木建設事業に触手を伸ばそうとしているのだというもの、そして第四の声は、木原吉之助はこれ以上煙害補償が多くなると会社の基礎が危くなるから、社運を賭けて大煙突に挑んだのだというものであった。

第四の声がもっとも真実に近いものであったが、木原の腹の中には第一、第二、第三の声に示されたようなものも含まれていたことは事実であった。しかし、世人は、日本人の手で世界一の大煙突を創れと部下に呼びかけている木原吉之助の愛国的実業家の一面を忘れていたようであった。彼はなにかというとすぐ外国人に頼ろうとする日本人事業家の不甲斐なさを嘆いていた。日本人だけの手による物を創りたいというのが常日頃の念願であった。

「いくらかかってもいいから完全の物を創れ。もしこの大煙突が倒れるようなことがあれば、会社が倒れるときである」

木原は宮下吾市と尾田武に会うと、この言葉を繰り返した。

尾田武は新進気鋭の工学士であった。学究的であり、独創的な才能は、会社の中でもかなり高く評価されていた。

尾田武は、世界一高い煙突の現場監督の命令を受理すると、その辞令を持ったまま、経理部長の篠塚大作《しのづかだいさく》に会っていった。

「棕櫚縄《しゅろなわ》の業者に当たって、上物の棕櫚縄が一度にどのくらい得られるかを調査してください」

なぜ、そんなことをするのかという篠塚の質問に対して、

「今度の大煙突の足場となる木を結び合わせるのに棕櫚縄を使うのです。これから、その必要量を計算しますから、取り敢えず、あなたの方は、購入の下準備をしてください」

経理部長の篠塚大作は、この青二才がなにをいうかといった顔で尾田武の顔を見ていた。

「どうしたんです。あなたがもし棕櫚縄一つのことで、すぐ返事ができないようでしたら、私はこの大工事を引き受けることはできません。これから社長のところへ行って、この辞令を返上してきます」

篠塚大作は、お面を一本取られたような顔をして、棕櫚縄のことを引き受けた。数日後、このことを篠塚は、雑談の折りに木原吉之助に話した。木原はその日のうちに各部長を集めて、大煙突の工事に関する件は、他の仕事に優先して行なうように命じた。当時、足場を組み立てるには、藁縄《わらなわ》を用いるか、せいぜい麻縄を用いるのが常識であったが、尾田が棕櫚縄を指定したのは、足場が高くなって危険になるから、容易に変質しない棕櫚縄を使ったのである。

五百十尺の大煙突を建てるにはまず、基礎工事から始まった。この途方もない煙突が地震に耐え、台風に耐えるかどうかは、その基礎の強さにあった。

大雄院精錬所の上部の大煙突設立予定地の地盤は徹底的に調査された上に、岩盤深く掘りこんで基礎のコンクリートを打った。基礎が完成するのに、三か月を要した。いよいよ煙突の工事に取り掛かると、この世界一の大煙突の工事を見ようと多数の人が日立村を訪れた。煙突は一日平均一メートルの速度で天に向かって延びて行った。煙突の周囲に組み立て上げられた丸太の足場も、煙突と共に延びていった。丸太は厳重に検査されて、ふしの少ない、よく枯れたものが使われ、結び合わせる縄はすべて棕櫚縄が用いられた。一日一メートルの工事の進捗《しんちょく》は驚異的なものであった。煙突は月を追うごとにぐんぐんと延びて行って、沖合い遠くを走る船にまで、この異常な建設風景が見られるようになった。

工事にたずさわる人夫も、経験豊かな人をよりすぐって従事させた。下働きは土地の者を使った。

足場が高くなればなるほど、危険度が増すために、人夫賃を上げてやらねばならなかったし、人夫達の精神的安定をはかるために、約束の賃金のほかに、色々の手当てや実物支給をしなければならなかった。

技術の優れた人夫も、足場が高くなるに従って、今朝は出がけにつまずいたから仕事を休むとか、箸を取りおとしたから今日は仕事を休むとか、いやな夢を見たから休ませてくれというようなことをいう者が出て来た。

尾田武は、彼等のいうことはいちがいに迷信だからと、押えつけるようなことはしなかった。そのかわり、彼は率先して煙突に登って、監督に当たった。総監督の尾田が登るから、各組の組頭も休むわけにはいかずに登った。尾田の陣頭指揮は工事進行に絶大な効果があった。

七月三十日の朝刊で尾田武はヨーロッパで戦争が起きたことを知った。七月二十八日にオーストリアがセルビアに宣戦を布告したのである。戦争が拡大することは間違いのないことであり、もし戦争が拡大すれば、日本もその影響を受けることは火を見るより明らかだった。

八月の半ばを過ぎたころ、木原吉之助が、大煙突の進行状態を見に来た。

彼は尾田武から報告を聞き終わると、

「尾田君、ヨーロッパで戦争が始まったのだ」

とひとことといった。世界がこの戦いに巻きこまれる様相は歴然とした。日本もこの機会に軍備拡張をすることは明らかであった。ヨーロッパで戦争が始まったと、木原吉之助が尾田武にいったことは、

(銅の増産のために、一日も早く大煙突を完成しろ)

ということであった。

「今年いっぱいには、なんとかして完成いたします」

尾田武は木原吉之助の前ではっきりといい切った。

その年の九月の終わり頃に台風が近くを通過した。そのときは煙突はちょうど百メートルを越えたところであった。

尾田武は南の風雨が強くなってからは、雨合羽をかぶったまま、大煙突の下に立っていた。風雨は夜半を過ぎて激しくなり、風速四十メートルを越えた。

尾田武は、台風の襲来を独りでささえるように、突立っている大煙突の鉄筋コンクリートの肌に耳をつけて、その唸り声を聞いていた。

大煙突は叫んだ。咆哮《ほうこう》した。身震いをした。それはすべて暴風雨に立ち向かう、大煙突の戦いぶりであって、大煙突が暴風雨に泣き声を上げているのではなかった。

尾田武は一晩中大煙突の下に立ったまま夜を明かした。翌日は台風がさって快晴となった。

尾田はまだ風の強いなかを足場にしがみついて煙突に登った。損害があったかないか

を調べるためであった。大煙突には異状は認められなかった。大煙突ばかりでなく、足場にも損害はなかった。

「大煙突、台風にさいして、なんらの損傷なし、あと五十六メートル」

尾田武は木原吉之助に電報を打った。

大煙突の身長が一五六メートルの頂点に達したのは十二月二十日であった。

日立鉱山史によると、

（この間、労役人夫、男三二、三八九人、女四、四五一人、計三六、八四〇人。足場丸太三一、六五〇本。総経費実に一五二、二一八円也。しかもここに特筆すべきは、当時、日本に於ける著名の煙突はすべて先進欧米諸国人の設計と指揮の下に建設されていたのに対し、独りこの鉄筋コンクリートの大煙突だけは、日立鉱山工作課の設計により、日本人の指導の下に完成されたものである）

だが、この完成した日から、この大煙突はすぐ煙を吹き出したのではなかった。

まだ多くの付属工事が残っていて、この煙突が、煙を吐き出したのは、翌大正四年三月一日、午後二時半である。この日は快晴だったと記録に残されている。

三郎は祈るような気持ちで大煙突を見上げていた。高い、高い煙突の上には青空があった。いつまでも煙突を見上げていると、眼眩《めまい》がしそうだった。

三郎は、ふとなにか怖いようなものを感じて、眼を煙突からそらした。三郎の隣に立っている加屋淳平の方を見ると、彼は、いまにも叫び出しそうな顔をして、煙突を見上げていた。怒っている顔でも、激情を押えかねている顔でもあった。

加屋淳平は、もともと感情を顔に出す男ではなかった。その加屋が食いつきそうな顔で煙突を見上げているのは、やはり、今日のこの一瞬に期待を賭けているのだなと思った。

三郎は煙突の方へ再び眼をやった。煙はまだ出ていなかった。一五六メートルという大煙突であっても、煙道のゲイトを開けたからには、もう煙が出てもいいだろうと思った。ずいぶんと長い時間に思われた。

待ち遠しい、いらいらする時間であった。三郎だけではなく、高い煙突を見守るすべての人がそうであった。この一瞬によって、生きる人、死ぬ人、栄える者、亡びる者、称えられる者、石を持って追われる者、儲ける者、損する者の何れかが決まるのだ。

新聞社のカメラは、今や煙を吐き出さんとする煙突にレンズを向けて待機していた。大煙突のてっぺんに立つと、風がないような日でもぐらぐらと揺れるのを感ずるという話が伝わっていた。それは、非常に高い木のいただきは、風がなくても、揺れているのと同じことなのだと、まことしやかな理屈をつける者がいた。

三郎は、つねに揺れ動いているという、大煙突の頂点に眼をこらした。煙突のいただきが、僅かに揺れたように見えたからであった。彼は口の中で思わず小さい声を上げようとしたほど、煙突のいただきははっきりと揺れた。

そしてその揺れは煙突が揺れたのではなく、煙の動きだと気がついたときには、煙は、黄白色の濃い煙となって煙突のいただきから噴出するような勢いで青空の中におどり出て行った。

きれいだなと三郎は思った。今日のこの瞬間のために、日立鉱山は、朝から煙の排出を制限していたので、こんな空があったのかなと思うほど青かった。その青空に吸い込まれるように、立ち昇っていく黄白色の煙は美しかった。

煙は真っ直ぐに立ち昇っていって、ずっと高い空で、突然、眼に見えない、なにかの力の支配下に置かれたように急激なふくらみを見せ始めると、見る間に糸雲のように乱れて、神峯山の上空へ向かって流れ出した。

流れは速い。流れながら、煙は大空の中に溶けこむように、その色を薄めていった。煙突から排出される煙は時間経過と共に濃くなっていった。煙が濃くなればなるほど、その煙の行方ははっきりした。煙はある高さまで上がって、一般気流の中に入ると、驚くほどの速さで拡散されていくのがはっきり見えた。上空の風は強いのだと三郎は思った。

煙突の頂上の高さは海抜四八一メートル。神峯山は海抜五九四メートルだったが、神峯山は煙の流れて行くのを邪魔立てはしなかった。むしろ神峯山の存在によって、一般気流は、地形性上昇流の突き上げを受けて、さらに高位差を増すように見えた。

三郎は神峯山の上空はるか高いところまでいけば、もう薄い煙といっていいほどの拡がりを見せて流れていく煙の行方を見ながら立ち尽くしていた。

感激が大き過ぎて、喜びにはならなかった。拍手する気も起こらなかった。ただ彼はしきりに彼の心に、これは夢ではないぞといい聞かせていた。

大成功裡に終わった大煙突完成式も、不思議にばか騒ぎ的な祝い気分にはならなかった。多くの人たちはまだ幾許《いくばく》かの疑念を持っていたようであった。今はあのように、煙は、遠く高いところを流れ去って行くけれど、これは被害面積拡大という形でかえって来るのではないかという心配やら、明日になれば、あの高い煙突から、煙が、滝のように流れ落ちて来るのではないかなどと考える者もないではなかった。よかったよかったと肩を叩きながら、ほんとうかなといった顔で大煙突を見上げる人が多かった。成功しすぎたことが、彼等をまごつかせたのであった。

三郎は疑わなかった。藤岡技師がいったように例外はあるが、これで、入四間村は煙害からまぬがれることはできるだろうと思った。三郎は、急いで村へ帰って、みんなに、この朗報を伝えたかった。いや、彼が伝えるまでもなく、村の人たちは、煙が頭上を流れ去るのを見て、成果を確認しているだろう。しかし、彼はその村の人たちと喜びを共にしたかった。

三郎は、村の代表として招待されていた関根恒吉の姿を探したが見えなかった。足の速い関根恒吉のことだから、この成功を知らせるために一足先に村へ走り帰ったのだろうと思った。

三郎は会場を出て、大雄院の守衛所を通るときに、そこにいる顔見知りの守衛にひとこと声を掛けてやったほどはればれとした気持ちだった。

三郎が大雄院精錬所を出て、入四間峠に向かう道を登っていくと、前をとぼとぼと歩いていく加屋淳平の後ろ姿が見えた。どう見ても、彼の歩き方はとぼとぼとしか見えなかった。三郎はそれまで加屋淳平がそんな恰好で歩いていたのを見たことはなかった。彼は地所係長となって、煙害問題を一手に引き受けるようになってからは、黒の詰め襟の服に巻き脚絆姿で、せっせと被害地を歩き廻っていた。足下を見詰めながら歩く彼のしょんぼりした姿なぞ想像もされないことであった。

「加屋さん、どうかなさったのですか」

追いついた三郎にそういわれると、加屋は、はっとしたように踏み止まって、答えることばを考えてから、ふりかえるような恰好で、

「少し疲れました」

といった。

「そうでしょう。今年の煙害は特にひどかったから、ほとんど休んでいる暇もなかったでしょう。しかし加屋さん、これからは、楽になりますよ、あの大煙突のおかげで、煙害は激減するでしょうから」

加屋は黙って頷いた。頷きながら三郎の顔をなんともいえない悲しそうな眼をして眺めた。三郎は、加屋はきっと、三郎が使った激減ということばについて、反省をうなが

したのだろうと思った。

入四間峠の、神峯山への登り口まで来ると、加屋淳平は、

「神峯山まで行って見ませんか」

と三郎を誘った。

三郎は、加屋淳平は、いまになっても尚、あの大煙突の効果について一抹の不安を持っているのではないかと思った。煙突から出る煙が、一般気流の中にどのように混合されていくかを見るために神峯山へ登るのだと思った。

三郎は黙って従《つ》いていった。先を歩いていく加屋がときどき立ち止まっては、ふりかえって三郎になにかいおうとしたが、神峯山中央観測所につくまで、加屋は一言もいわなかった。彼は観測所員が持って来てくれた薬罐の水を、まず三郎にすすめてから、自分もそれを飲んだ。

「三郎さん、ずっと前、ここであんたに写真を撮って貰ったことがあったね」

加屋はいっぱいの水に元気づけられたようにいった。

「そうそうたしかこの辺でしたね」

三郎は、加屋兄妹にみよを加えて四人でやって来たあの日のことを思い出した。松の木を背景に写真を撮ったのだが、その松は去年の山火事でなくなっていた。なにもかも焼きつくされて、一年を経たそのあとには草も生えていなかった。山火事にあって全焼して、すぐその跡に新築した観測所のペンキのにおいが三郎の鼻を突いた。

「あのときの写真の原板があったら、一枚焼き増していただけませんか」

加屋淳平がいった。

三郎はそのひとことで、千穂の身になにかが起こったのではないかと思った。そうでなければこんなところでいきなり、あのときの写真のことなどいい出すはずがないと思った。千穂の身になにかが起こったとすれば、それまでの加屋淳平の力のない歩き方も、怒ったような眼で煙突を見上げていたことも、すべて分るような気がした。

「加屋さん、千穂さんになにかが？」

それ以上のことはいえなかった。訊くべきではなかった。

「いやなにも、ただ写真のことをふと思い出したからね」

そして加屋淳平は、急に人が変わったように大きな声で観測所の中にいる者はみんな出て来るようにいった。

「大煙突から吐き出される煙の行方をよく観測するのだ。しばらくは毎時観測をつづけてくれ、特に日没時には注意するように」

そう前置きして、加屋は観測方法について細かい指示を与えた。煙は頭上の高いところを西に向かって流れていった。薄い煙であった。

加屋は神峯中央観測所員に注意を与えてから、直通電話で、七か所の観測所の主任をつぎつぎと呼んで指示を与えた。

「二、三日したら帰って来る。それまで観測をしっかり頼む」

三郎は加屋が電話でいっている話を、千穂に結びつけた。

（千穂さんは亡くなったのではなかろうか、そのために加屋は任地を離れねばならないのではなかろうか。責任感の強い彼は、不在中の処理を指示するために神峯山中央観測所に来たのであろう）

三郎は自分の不吉な勘が当たっているように思えてならなかった。加屋にそのことをどうしても訊けないのが苦しかった。加屋が、なぜそのことを三郎にいってくれないか、それもまた解せないことであった。もしかすると、加屋は三郎とみよとが許婚者の関係にあるのを考慮して、わざと知らせずに置こうとしているのかもしれない。それは水臭いというものであった。

峠で加屋と別れた三郎は入四間村へ走りおりて行った。胸騒ぎがした。なにかよくないことが彼を待っているような気がした。

関根家の歴史が塗りこめられたような黒い門を通って中に入ったところの柊《ひいらぎ》の木のそばにみよが立っていた。彼女の女学校が入学試験のために三日間休みであったから家に帰っていたのである。入学試験が済んでしばらく経つと卒業式があり、そして彼女はこの家へ帰って来るのである。

みよは電報を手に持っていた。その手が顫《ふる》えていた。みよの眼は泣いていた。

みよの眼を見ただけでその電報の内容がいかなるものかを三郎は知った。

ツツシミテチホサンノシヲオシラセシマス」カツミ

カツミというのは、いつぞや茅ヶ崎の病院で会った、千穂と同室の少女であろう。眼だけが異常に大きく見える少女であった。おそらく、カツミは、その電報を三郎あてに打電することが、死んだ千穂に対するなによりの供養と考えたのであろう。千穂の死を告げなかった加屋淳平と死を告げたカツミとのくいちがいの中には、男と女の考え方の差以上に深刻な悲しみがかくされていた。

みよと三郎はなにもいわずに家へ上がった。いねが、女中たちになにか大きな声で命じていた。めったに聞いたことのない張りのある声だった。餅米だの小豆だのといっているところを見ると、どうやらいねは家人に赤飯を炊くように命じたようであった。

「煙が退散してよかった。悪い奴は一度に退散した。このわしの念願がかなったのじゃ」

いねは、三郎とみよにそういった。

三郎はいねが悪い奴は一度に退散したということばの中には、千穂が含まれていることを知った。いねがあの電報を見ないわけがない。念願とは祈り釘のことをいっているのだと思った。皮肉であり暴言であったが、関根家を守ること以外に、なにも考えていないいねの身にとって見れば、煙も千穂も悪い奴であるに違いなかった。ただ三郎は、いねが、三郎の気持ちをいっさいかまわずにいるのが悲しかった。

みよが三郎の気持ちを察して、

「赤飯などなぜ炊くの、まだ煙が完全になくなったというのではないのよ。風向きやその日の気象状態で、いつまた煙がこの谷におりて来るか分らないのよ」

みよは、小豆を、ザルに入れて持って来た女中にいった。

女中は、いねのいうことを聞くべきか、みよのいうことを聞くべきか迷ったような顔で突っ立っていた。

「赤飯は炊くがいい」

三郎は女中にひとこといった。赤飯を炊く炊かないなどということはどっちでもいいことなのだ。三郎はみよが赤飯を炊くのに反対しただけで結構であった。

三郎はひとりになりたかった。こういう夜は千穂のことを、ひとりで静かに考えていてやりたかった。だが、三郎がそう思っていても、はたの者は許さなかった。村の者が大煙突の成功を喜んでつぎつぎとやって来た。

「まるで、煙だか雲だか分んねえくれいに高いところをすっとんでいって、ほんとうに胸がすうっとしてよう」

と佐吉が来ていった。

「糠《ぬか》喜びってこともあるからな、この夏中、しっかり見張っていて、いよいよ煙がなくなったとなったら、その時胸をすうっとさせたらよいだろう」

と三郎はいった。

三郎は庭に立って空を仰いでいた。眼をこらすと、上空を流れていく煙がかすかに見えた。煙だか雲だか分らねえと佐吉がいったように、そこまで来ると、ずっと薄くなっていた。三郎は、そのあるかなしかの煙がどこかで、千穂を焼く煙と一緒になるのではないかと思った。

夕刻が逆転層の発達する時間であり、もし大煙突が逆転層の下になれば、煙は頭を押えられて、山を越えておりて来ることは充分考えられた。三郎はそれをおそれた。だが、その夕方は逆転層は発生せず、煙のにおいは全然しなかった。

夜になると、村の人たちも来なくなった。

いねは食事が終わると、彼女の部屋に、三郎とみよを呼んだ。

「三郎、煙はもう心配なくなったし、みよはもうすぐ女学校を卒業する。式は五月初めに挙げることにしたいが異存はないだろうな」

一方的な宣言だった。しかも、そういうことを千穂の死の電報を受け取った日にいわれたことは三郎の気に障った。

「しばらく考えさせて下さい」

その三郎のいい方が、いねを刺戟した。

「考えさせて下さいとはなんだね三郎。お前は二十七、みよは十八、お前たち二人は、もうとっくに夫婦になって、子供の二人ぐらいはあってもいいのだ。わしは十七で子供を生んだ」

「もう何度も聞いています」

「それなら、さっさと一緒になったらいいではないか。それとも、三郎、お前は、あの死んだ女のほかにまだ好きな女でもあるというのか」

あの死んだ女というのは千穂を指しているのは明らかだった。三郎はいねを見やった。怒りをたたきつけるにはいねは余りにも老い過ぎていた。黙っているしか仕方はなかった。

「おばあちゃん、なんていうことをいうの、兄さんの気持ちも考えず」

みよが口を出した。

「わしは三郎の気持ちもみよの気持ちも考えていっているのだよ」

「いいえ、おばあちゃんは自分のことしか考えていないのよ。家のため家のためといって、なんでも家に縛りつけようというのを封建的考えというのよ」

「みよっ、お前はこのわしに意見をいうつもりか」

「おばあちゃん、時代が変わったのよ。いつまでもちょんまげの時代ではないのよ。腹を切れといったら、はいといって腹を切る時代ではないのよ」

「みよも式を挙げるのに反対なのか」

「反対です。結婚は、双方の意思によって決まるものです。私も兄さんと同じようにしばらく考えさせていただくわ」

「みよっ！　みよまでがこのわしを……」

いねは咳きこんだ。喘息の発作が起こったのである。みよが走り寄って、いねの背を撫でた。

「だからおばあちゃんは、おとなしくしていればいいのよ」

みよのそういう声を聞きながら三郎は自分の部屋に入るとすぐ日記帳を開いた。書くべきことが山ほどあった。大煙突の完成と千穂の死、その二つは、あまりに違いすぎていた。彼は多く書くべきところに、たった二行に集約した、大煙突の誕生と千穂の死を書き留めた。

静かな夜であった。静かな夜は煙がおりて来ることが多かったが、その夜は煙はなかった。窓を開けると星空の下にしんと静まりかえっている入四間谷を流れる渓流の音がすすり泣くように聞こえていた。

もしもということがあった。

もし、何等かの気象の変化があって、高い煙突から吹き出した煙が、地上になだれ落ちて来たらと考えると、三郎は、村人たちのように、単純に喜んではおられなかった。加屋淳平も同じように考えて、不測の事態に際しての用意はしているようだった。三郎と加屋淳平とは、その後もしばしば会ったが、お互いに千穂のことに触れるのは避けていた。

五月になってから煙が一度入四間村を襲ったことがあった。予測されていたことで、厚い逆転層が発生して、煙突から出た煙の頭を押えたのである。風の方向も悪かった。だが、この逆転層の存在はそう長くは続かなかった。神峯山中央観測所で排煙量を押えたことによって、たいした被害にはならなかった。

「こういうことは今後もしばしばあるでしょう。だが、煙害のために、村が成り立っていかないということはもうないでしょう」

加屋淳平は、この夜の気象記録を三郎に示していった。

「まだまだ煙害対策委員会を解消するわけにはいかないということですね」

三郎は笑った。笑えるだけの余裕が出て来たのである。六月、七月はことなく過ぎた。部分的な煙害はあったが、いままでのような大きな被害はなかった。八月になって、稲は何年かぶりで穂を出した。

「稲が穂を出した――」

といって、稲に向かって合掌する老婆の姿が見えた。

稲の穂が垂れ、蒟蒻《こんにゃく》玉がよく肥ったころ、加屋淳平が神峯山中央観測所の帰りがけに三郎を訪ねた。

「長いことかかったが、これでどうやら一段落ついたようですね」

と加屋はいった。煙害の問題が一段落ついたという意味であった。欧州大戦争の影響で、日本は有卦《うけ》に入っていた。銅はいくら生産しても足りなかった。鉱山は全力を上げて拡張に務めた。買石量も増加した。大煙突が出来たいまとなっては、煙害は恐るべきものではなくなった。前年の大正三年の三月から九月までの煙害補償費と、この年の三月から九月までの煙害補償費を比較すると、数分の一に減っていた。加屋淳平が一段落したというのは、このことをいっているのであった。

「一段落したところで、ぼくはこの秋結婚することにした。あなたも一段落したところで落ちついたらどうかな」

加屋が自分のことには結婚ということばを使い、三郎の方を結婚といわずに、落ちつくといったのは、三郎とみよとが許婚者《いいなずけ》の間柄にいることを頭の中に入れての上のようであった。

「落ちつく？」

三郎は思わず声に出した。落ちつくということばはいいことばだと思った。

みよがお茶を持って来て加屋淳平に挨拶した。ひどく恥ずかしげにお茶を置くと、いそいでそこをはなれていった。

「女学校を卒業したら、みよさんは一段と綺麗になったね」

加屋淳平はお世辞をいうような男ではなかった。彼はみよの後ろ姿に向かってそういったあとで、

「千穂が死んでから丁度半年経った。もう千穂のことはすっかりあきらめたよ。帰らぬ人のことにこだわってもしようがないからね」

加屋が千穂のことは忘れろと三郎にいっている気持ちが、ことばの裏ににじみでていた。

加屋が帰ったあとも三郎は、縁側に腰を掛けて池の中を遊泳している緋鯉の動きを眺

めていた。

「なにを考えているの兄さん」

みよがお茶のあと片づけをしに来ていった。

「加屋さんは結婚するのだそうだ」

「そう……」

みよの顔には動きはなかった。三郎より年上の加屋淳平が結婚しても、少しもおかしいことではないではないかという顔だった。

「ぼくにも落ちついたらいいだろうといっていた」

「それ、どういう意味？」

「みよと結婚しろということだ」

三郎の口からみよとの結婚のことがまるで他人《ひと》ごとのようにすうっと出ると、一瞬みよは眼を見張った。そして、耳まで赤くして下を向いた。三郎はそのみよが愛《いと》しいと思った。女学校を卒業して以来、すっかり女らしくなったみよが、いま三郎の前で顔を赤らめたことは、三郎のいったことばに対する反応であり、素朴な同感でもあった。

「みよはぼくのことをどう思う」

「どう思うって？」

「兄に対する愛情以上のものを将来持ち得るかどうかと訊いているのだ」

「兄さんはどうなの、みよに妹に対する愛情以上のものを感ずることができて」

見事な斬り込み方であった。三郎はそのみよの前に、彼のほんとうの心を告げねばならなかった。

「みよには、妹以上の愛情を感じているよ。ただ同じ家に居たから、口に出すことができなかっただけだ。それでみよは……」

だがみよはそれに対して答えることはできなかった。答えるかわりにみよは泣き出した。声を上げずに、みよは、泣くことを味わうように泣いた。悲しみではなく、昂揚した感情が涙となったのである。三郎は、泣くという古風な形式で彼女の心を彼に告げようとしているみよを抱きしめてやりたかった。

池の鯉がはねた。

その夜、夕食がすんだあとで三郎はいねに向かって、

「折り入って相談があります」

といった。

「なに、折り入って相談」

いねの眼が光った。三郎は今まで、折り入って相談などといったことは一度もなかった。関根家に養子に来て十五年にもなって、初めて示した他人行儀のことばであった。いねは彼女の全能力を集めて、三郎の申し出を分析しようとした。いまの三郎に取って、折り入って相談したいことというと、みよとの結婚問題以外にはなかった。いねの顔が真っ青になった。いねは悪い方にそれを取って、おのれ、お前はと怒鳴るところを、関

根家の大黒柱としての襟度《きんど》を示そうとするかのように、

「わしに折り入っての相談というと、容易なことではなかろう。ぜひ心ゆくまで聞いてやりたいが、なんとしても、わしは耄碌《もうろく》していて、お前のいうことがよく聞きわけられないかもしれぬ。親類の人を呼んで一緒に聞いてやるから、その話は明日の夜にしてくれぬか」

三郎は困った顔をした。なにか勘違いしているのではないかと、いねにいおうとすると、いねは三郎の困った顔を、親類を呼ばれるのが都合が悪いからあんな顔をするのだと解釈したようであった。

「三郎も一生の大事だから、明日の夜までよくよく考え直して置くように」

といった。三郎はいねがまったく逆のことを考えているのだと思うと、少々おかしくなった。みよの方を見ると、みよはおかしさをかみ殺して、妙な顔をしていた。それがべそをかいたような顔に見えた。

「いまさら考え直すことはありません」

三郎はいい切った。老人をからかって悪いかなと思ったが、罪悪感は起こらなかった。

翌日の夜、関根家の大広間に重なる親戚が集まった。いねは紋付きの着物を着て上座に坐り、そのそばにみよが坐った。

「みよ、どんなことがあっても取り乱すではないぞ」

いねはみよに何度かそれを繰り返した。みよは三郎がいねの前でなにをいうか知っていた。知っているからこそ親族会議など大げさなことになったのをいささか心配していた。

三郎の実父の菊池作左衛門は水戸から馬に乗って関根家につくと、三郎を呼んでひとことだけいった。

「三郎、お前がこの家に義理の立たぬことをすれば、おれは関根家に切腹してわびるつもりだ」

作左衛門もまた、大きな誤解をしていたようであった。

大広間は幾つかの燭台に照らされて隅々まで明るかった。三郎は紋付き袴をつけていた。いささか話が大げさになったが、いまさら後にも引けない気持ちで、親戚一同が見守る中をいねの前に進み出ていった。

「みよ殿を妻に申し受けたい。なにとぞお聞きとどけ願いとうございます」

そんな堅苦しい文句をいわねばならなくなったことを三郎は内心苦笑していた。成り行き上、仕方がなかったのだと自分自身にいいわけしていた。親戚の間に安堵の溜息が洩れたすぐあとに笑いが起こった。笑いの中で、いねは親類中にからかわれた。前から決まっていることをなんでこのような仰々しいことにするのかなどという者もあった。親戚一同集まったから、此の場で結婚式を挙行したらどうだなどという者もあった。

いねは、三郎が折り入ってといったとき、三郎がみよを嫌って、この家から出るつもりだと思ったのである。とんだ見当違いだったが、今さら見当を違えたともいえずに、こうするのが昔からの関根家のしきたりだなどといった。いねは嬉しそうであった。曲がった腰を伸ばして家人に酒の用意を命じた。

三郎はすっきりした思いだった。芝居がかったことになったが、これでみよとの間は誰が見ても落ちついた状態になったのだと思った。

親族会議はその場で結婚の日取りをいつにするかということになり、仲人は誰に頼むかというような話になった。

三郎とみよの結婚式は秋の取り入れが終わったころ、行なわれることになった。関根家の結婚式のことを聞き伝えて、あっちこっちからお祝い品が届けられた。

加屋淳平が会社を代表して、お祝い品の目録を持って来たのは結婚式の前日であった。加屋淳平はその秋、総務課長に昇進していた。

「関根さん、あなたと私は十年前、お互いに誠意を持って煙害の問題に尽力しようと誓い合った。そしていま見事にその結実を見た。このあなたと私の誓いは、入四間村と鉱山との間にかわされた誓いでもあったわけです。これは会社からあなたの結婚記念として、あなたを代表とする入四間村へ贈るお祝い品であります」

加屋淳平の口上はいささか固かった。

三郎は、その目録を取って拡げて見た。

お祝い品目録

一、杉苗　十六万本
　　但、入四間村公私山林四十町歩の分

「ありがとうございました。加屋さんの好意と会社の誠意に対しては、やがて、杉の美林に形をかえて、お礼を申し上げることになるでしょう」

　三郎は目録を何度かおし戴いていった。大正三年の春先の大火で、入四間村の森林は全滅状態になっていた。杉を植えたくても、杉苗を買うのに多額の金が要った。村人たちはどうしていいか困り果てていたところであった。四十町歩の中には関根家の山林が二十町歩ほど含まれていたが、会社が、関根家の山林だけではなく、山火事でやられた村民全部の山林を対象として杉苗を寄贈したことは、三郎に取って二重の喜びであった。加屋淳平の心遣いであろうと三郎は感謝した。

　結婚式は日が暮れてから関根家の奥座敷で行なわれた。みよは白無垢《むく》姿に綿帽子をかむり、三郎は紋つき袴であった。仲人の大村善之助夫妻の他に、三々九度の盃に酒をつぐための男蝶女蝶役の少年少女がそれぞれ袴をつけて着座していた。

　結婚の行事はこの六人によって行なわれ、固めの盃が済むと、襖が開け放されて親戚の引き合わせが行なわれた。ここまではしめやかな行事であった。そのあとの披露宴が始まるといよいよ結婚式らしくなった。襖を取りはずされた大広間の奥に並んで坐らされた三郎とみよは、多くの人たちの注視の的になった。縁側と座敷の境の障子につぎつぎと穴があいた。子供たちが舌で穴をあけて覗くのである。この地方ではその穴の数が多いほどお目出たいとされていた。

みよは色直しに何度も立った。この日のために、いねは二年前から衣裳を用意していた。披露の宴は限りなく続いた。関根家がこの村の中心であったから、村の人たちとはほとんどなにかしらのつながりがあった。村中が客として呼ばれたといっても過言ではなかった。

三郎は、なにか他人の家に来たような気持ちであった。みよもまたよそ行きの顔で彼の隣に坐ったままで何時果てるともわからない酒の場を黙って見詰めていた。

夜が更けるにつれて、一人二人と席を立つ者も出て来て、あとには、飲み足りない者だけが、囲炉裏をかこんで、喧嘩でもしているような大声でしゃべりながらの深夜の酒宴が始まるころになって、関根恒吉の妻のさわがみよをうながして席を立った。みよはそのまま席には帰らなかった。

三郎は胸の鼓動が昂まっていくのを感じた。みよと三郎だけのほんとうの意味の結婚式がいよいよ迫っているのだと思った。しばらくして、さわが来て、三郎に小声でいった。

「三郎さん、書院に入るのだよ」

書院とは武家でいう応接間のことで、関根家では、よほどの大事な客が来ないかぎりこの部屋は使わなかった。平常は閉ざされていた。この部屋には書院用の便所もあって、一つの家の中の離れ間の形式をととのえていた。

書院の間には金屏風《びょうぶ》が巡らしてあった。そしてその中に布団が二つ並べて敷いてあった。床の間に丹頂鶴の絵が二幅掛け並べてあった。狩野長信《かのうながのぶ》の筆になる夫婦鶴で、新婚の初夜の枕を飾る物として関根家に代々伝わっているものであった。さわが、白餅と白湯《さゆ》を持って来て枕元に置くと、屏風の傍に突っ立っている三郎に、三郎さんなぜ寝間着に着がえないのかといった。屏風の蔭の乱れ籠に、まだ袖を通したことのない寝間着が置いてあった。三郎は寝間着に着がえて、布団に入ろうかと思ったが、なんとなくていさいが悪いので枕元に置いてある餅の前に坐った。ひやりと畳がつめたかった。

人の気配がした。なにか小さい声がして、襖をしめる音がした。さわがみよをつれて来たのだなと思った。

みよの寝間着も純白であった。みよが歩くと、しゅっしゅっと音が聞こえるように、さわやかであった。

みよは、うつむいたまま歩いて来ると黙って三郎の傍に坐った。そうしなさいとさわにいわれたようであった。

「腹がへったろう」

三郎はみよにいった。夕刻からずっと飾《かざ》り雛《びな》の役割りをつづけて来た三郎自身も空腹を感じていた。三郎がみよの茶碗に白湯をついでやろうとすると、いそいでみよが、その薬罐に手を掛けた。ふたりは顔を見合わせて笑った。行燈《あんどん》が明る過ぎた。

「お茶は、お茶を濁すというから、縁起をかついでわざわざ白湯をくれたのだろう、それに餅まで真っ白だ」

そんなことをいいながら三郎は餅の一つを手に取って口に入れた。餅の中には白餡《あん》が入っていた。

「これは、うまい、みよも食べろ」

白い餅をみよに取ってやりながら、三郎はなにかみよとままごとでもしているような気がしてならなかった。

みよは三郎が取ってやった白い餅を一つ食べただけで、二つ目には手を出さなかった。三郎が三つ目をまたたく間に平らげて、みよにどうして食べないのかと訊くと、みよは小さな声で食べたくないと答えた。そのみよの声は顫《ふる》えていた。声ばかりではなく、みよは身体中を顫わせているようだった。みよの身体の顫えを感ずると一時おさまりかけていた三郎の胸の鼓動がたかまった。三郎はその心臓の音がみよに聞こえたら困るなと思った。

餅を食べてしまえば、あとは行燈の火を消して寝るだけのことしか残っていなかった。三郎はなにか追いつめられたような気持ちで、寝床に入った。みよになんと声をかけていいか分らなかった。だが三郎がものをいわないかぎり、みよは枕元にいつまでも坐ったままであった。

「みよも寝ろ」

三郎はみよにいった。みよが素直に立ち上がって、寝床のすその方を廻って、そろりと隣の布団にすべりこむのを見て、三郎は手を伸ばして火を消した。火を消してから、消すんじゃあなかった、火を細めて置けばよかったと思った。暗くなると三郎の胸の鼓動はもうどうにもならないほどに高く鳴り出した。三郎はみよの方におそるおそる手を伸ばした。そこにみよの顫えつづけている身体があった。

いねは、みよと三郎が結婚してから、急に元気がなくなった。もう心配することはなにもないが、できることなら曾孫《ひこ》の顔を見てから死にたいといっていた。そのいねが喘息の発作で死んだのは翌年の二月、みよの妊娠が確実になった数日後であった。

その日はこの地方には珍しい大雪が降った。雪の重みで関根家はみしみしと鳴った。三郎はその音を聞きながら、名実ともに関根家の後継者になったのだと思った。

終　章

　一九六六年（昭和四十一年）の北欧の夏は例年より涼しかった。関根三郎と妻のみよは、ストックホルムのホテル・ブロスの一室で渡欧五日目の夜を迎えた。

　ハンブルク滞在中の四日間は、夜の八時を過ぎたころから暗くなったのに、ここでは九時になっても十時になっても依然として明るかった。空は永遠に暮れることを知らないように白かった。

「スウェーデンという国には夜はないのだろうか」

　三郎はふと洩らしてみたくなるほど、夜が来ないことが異様に思われてならなかった。

「ほら、健一がいっていたでしょう。スウェーデンは白夜の時間が長いから、それにつき合っていると、睡眠不足になってしまうって……」

　みよはそういいながら、厚い黒いビロードのカーテンを引いた。が、外の明るさはカーテンの隙間から部屋の中にはいって来た。

「健一はもう眠ったかな」

三郎は隣室のほうへ眼をやった。

孫の健一はハンブルクの日本商社に勤務していた。大学を卒業してすぐハンブルクの駐在員となって、ことしで三年目であった。健一は夏の休暇を祖父母の案内のために割いてくれたのである。

「では寝るとしようか」

三郎はベッドにはいった。そのダブルベッドというのが、馴れないふたりには寝にくいものであった。

「ずいぶん遠い国に来たものね」

「そうだ、考えてみればなるほど遠いところに来たものだ」

ふたりは白い天井を見つめた。

スウェーデンのストックホルムの郊外に、チャールス・オールセンが住んでいることをつき止めたのは孫の健一であった。

健一が商用でストックホルムに来て偶然、チャールス・オールセンの孫に逢って、私の祖父が日本にいたことがあったということから話の糸口がほぐれて、第一次世界大戦以来音信不通だった、チャールス・オールセン夫妻の居所がつきとめられたのである。

三郎夫妻の渡欧については、親類一同がこぞって反対したが、七十八歳といっても、六十そこそこにしか見えず、いまもなお、若い者といっしょにルックザックをかついで、常陸北部山稜を歩き廻っている三郎の前に年齢のことを持ち出せないし、ことばで困るだろうといおうものなら、英字新聞をひろげて、声をあげて読んで見せるほどの自信の強さに、たいていの人は辟易《へきえき》して、孫の健一もいることだからと、老人夫婦の渡欧に同意した。

「オールセンさんもことし八十六歳になる。マリーさんが八十三歳、相当なおとしだ。スウェーデンがいくら長寿の国だといっても、八十六にもなれば、かなりのおじいさんだろうな」

「あなたはどうなの、あなたは七十八、わたしが六十九、かなりのおじいさんと、おばあさんよ、ひとのことはいえないわ」

ふたりは笑った。

三郎とみよが羽田を発ってハンブルクに着いたのは五日前であった。ふたりはここで孫の健一に会って、四泊してから、ベルリンに飛んで三泊、ベルリンからストックホルムに来る予定だった。ベルリン見物をあと廻しにしてストックホルムに来たのは、一日も早く、チャールス・オールセンに会いたいがためであった。

チャールス・オールセンには、一行がホテルについてから、明日訪問することを告げた。ここまでは孫の健一がすべて事務的に処理してきたのである。三郎は黙って孫のあとについてくればよかった。

「どうも眠れない。オールセンさんに六十一年ぶりに会うことがうれしくて、眠れないのだ」

三郎は寝返りを打ちながらいった。みよの返事がないので覗いて見ると、彼女は眠っていた。時計を見ると、十一時半であった。カーテンの隙間からさしこんでいる光りが薄れて、ようやく夜になろうとしていた。

三郎は眼をつぶった。飛行機の中の仮眠のような浅い眠りがしばらく続いた。眼をさますとカーテンの隙間から朝の光りがさしこんでいた。時計を見ると二時半だった。

「これじゃあ夜がないと同じね」

みよもすでに眼をさましていた。いまは真夜中である。真夜中のはずなのに外は明るいのだ。どう考えてもへんでしようがなかった。カーテンを引きあけると、ホテルと並んで幾棟も並んでいるアパートの窓が見えた。どの窓にも黒いカーテンが引かれていた。

二人は起きて顔を洗った。日本から持って来た茶をいれて飲んだ。ハンブルクの水よりストックホルムの水のほうが良質らしく、茶がうまかった。

「どうも白夜っていうのは困りものだな」

ふたりは、このへんてこな夜のことをあれこれと話し、やがて話が日本に戻ると、村のことや家のことなど話し合った。一月も二月も村を離れているような気持ちだった。

「散歩に出ようか」

三郎がいった。

「まだ四時よあなた」

「だが外はもう朝だ」

三郎が洋服に着がえると、みよもやむを得ず和服を着た。

ホテルのフロントに鍵を預けるとき三郎はいった。

「三〇六号室に泊まっている私の家族が私たちのことを聞いたら、散歩に出たといってください」

黄金色というよりも、むしろ白く見えるほど光って見える頭髪をした若い男は、三郎が単語のひとつひとつを拾うように話す英語を一度で聞き取った。

「どうだ、おれの英語もたいしたものだろう」

三郎はみよに自慢しながらホテルの外へ出た。ホテルから少し行ったところに公園がある。そこへ行くには車道を横断しなければならない。ふたりが左右に眼を配りながら渡ろうとしているところへタクシーが来て止まった。タクシーの運転手の眼には、ふたりの様子がタクシーでも捜しているように見えたのであろう。ふたりの服装から旅行者だと見て取ったから停止したのかもしれない。

「おはようございます、どちらまで」

その運転手は日本人だと見て英語を使った。それが三郎の気に入った。

「ザータレーゲンは此処から遠いのですか」

三郎が聞いた。ザータレーゲンにはチャールス・オールセンが住んでいた。

「ザータレーゲン？　オーケー、どうぞ」

驚いたことに運転手は〝どうぞ〟という日本語を知っていた。運転手はドアをあけた。そうされると、いまさら乗らないわけにはいかなかった。ザータレーゲンは近いか遠いか聞いただけで乗るつもりはなかったのだというのは、運転手には気の毒のような気がした。

「どうするのあなた？」

「どうかなるさ」

三郎はタクシーに乗りこむと、内ぶところに触れてみた。旅券と旅行小切手と財布はちゃんとあった。これだけあれば心配ない。

「ザータレーゲンの何番街ですか」

運転手がいった。三郎は、懐中ノートを出して、運転手に示した。

自動車が怖いような速度で走り出して、市街地を離れると森の中に入った。松、白樺、樫、などの森を抜け、菩提樹《リンデンバウム》の並み木道をしばらく走ると、マロニエの大木におおわれた教会の塔の前に出た。

「二十四番街というとこの辺だが……」

運転手は自動車の速度を落とした。

二十四番街の標識はすぐ見つかった。

自動車を降りて、三郎とみよは歩き出した。五十坪ぐらいの庭にかこまれた二十坪そこそこの家が並んでいた。どの家の屋根も赤か緑で、壁は白、そして、庭には花が咲き乱れていた。リンゴの木が三、四本は必ずあって、小さい実をつけていた。小鳥の巣箱がリンゴの幹に取りつけてあって、どの箱にも小鳥が住みついていた。

「なんときれいでしょう」

みよがいった。日本のように、家と家の境に垣根がないから、広い花壇の中に家がばらまかれているといった感じだった。

見ようによっては規格化された中産階級の住宅地でもあったが、一つの例外もなく手入れが行き届いている花壇の美しさには、眼を見張るものがあった。

まだ誰も起きてはいなかったが、休日には一家総出で庭の手入れをする風景が見えるようであった。

「こんな時間にオールセンさんの家を訪問するのは失礼だから、それとなく家のあり場所だけでも確かめて帰ろう。さっきの大通りへ出たら、タクシーが拾えるだろう」

三郎はみよにいった。

それとなく家の在所を確かめようといっても、庭の奥に引っこんでいる家もあるし、そばに近寄って見なければ分らないほど小さな字の表札を掲げている家もあったし、郵便物受けの箱にペンキで名を書いている家もあった。それらをいちいち、覗いて歩くのも気が引けた。

「家と庭を見ただけでも、この国の人たちが、いかに幸福な生活をしているかわかるようだわ」

みよがいった。三郎は頷きながら、ゆりかごから墓場まで福祉施設が完備しているスウェーデンだからこそこのような、花園にかこまれた住宅地もできるのだろうと思った。

花園の中の道はゆるい傾斜の登り坂になっていた。ずっと先に森が見えた。森のすぐ近くまで来ると、森の下の花園住宅地を見おろすように建てられた大きな家があった。二階建てのもう一つ上に屋根裏部屋の小窓が見えていた。広い庭があって、半分が芝生、半分が花壇になっていた。その花壇に白髪の老人と老女が立っていた。三郎とみよのほうを見ているようだった。遠い距離をへだてて、三郎はその老人と視線を合わせた。

(チャールス・オールセン夫妻ではないかな)

と三郎は思った。

六十一年まえの彼の記憶と通ずるものはなにもなかった。背の高い立派な体格をした老人夫妻だった。三郎とみよはそこに立ち止まって改めて老人夫妻に視線を投げた。

老人夫妻がなにか話し合って、花壇から芝生を横切ると通りまで出て来た。向こうも、三郎とみよを意識したようであった。

二組の距離は急速にちぢまった。

「ミスター・セキネ？」

老人から声がかかって来た。

「イエス、シュアリー、アーユーミスター・オールセン？」

三郎はそう答えた。チャールス・オールセンはなにか叫び声を上げると駈けよって来て三郎の肩を抱いた。

三郎とチャールス・オールセンは六十一年ぶりで再会したのである。

「わたしたちはあなたが来るのが待ち遠しくて、眠っておられなかったのだ」

チャールス・オールセンがいった。

「わたしたちも、ゆうべは眠れませんでした。朝の散歩のつもりでついここまで来てしまいました。一度ホテルに帰って出直して来るつもりです」

三郎がいった。

「なんでホテルに帰る必要があるのか。私はあなたたちのために部屋を一つちゃんと用意して待っていたのだ」

チャールス・オールセンはそういってから、妻のマリーを三郎とみよに紹介した。三郎がみよを紹介しようとすると、

「知っていますよ、そのころ、ミスター・セキネはミス・ミヨをこのようにしていました」

チャールス・オールセンは、背中に手を廻して、子供を背負う恰好をして見せた。四人は声をそろえて笑った。乾いた静かな空気が震えた。

チャールス・オールセンの家には彼ら夫婦と、息子夫婦、それに孫夫婦の三家族が住んでいた。三家族とも別々に生計を営んでいるところは、アパートのようでもあった。

三郎とみよは朝食の招待を受けた。マリーの手製のリンゴのジャムがおいしかった。

あのリンゴの木の実ですよ、とマリーの指さす、庭のすみのリンゴの木には、四十雀《しじゅうから》によく似た小鳥がさえずっていた。

　朝食が済んで、三郎夫婦が、オールセン一家の人たちに紹介されているころになって、健一から電話がかかって来た。

「困るなあ、おじいさん」

　健一は泣きそうな声でいった。その健一に三郎は、きょうから、オールセン家に泊めて貰うことになったから、荷物を全部持って、来るようにいいつけた。

　三郎とチャールス・オールセンの話は尽きることを知らなかった。別れて以来六十一年間の歴史を語るのは、そう簡単ではなかった。チャールス・オールセンは第一次世界大戦勃発と共に住所が変わった。その家が戦争が終わるころ火災にあって焼けた。三郎の住所は此処で失われた。その後彼はアメリカに長いこと行っており、その後インド、アフリカと渡り歩いて、ここに落ちついたのは、第二次世界大戦のあとであった。

「私はずっとあの村におりました。その私の歴史をあなたに話すために、私はスライドを用意してまいりました」

　三郎は、チャールス・オールセンにいった。

　三郎のスライドは昼過ぎから、オールセン家の共同の応接間で映写された。どの部屋にも黒いカーテンがあるから、スライドの映写には好都合だった。健一が助手を務めた。チャールス・オールセン夫婦の他に家人がその席に呼ばれた。

まず戦後の日本を紹介するカラースライドから始まった。これは買って来たものであった。富士山やサクラや、歌舞伎の舞台などが出るとチャールス・オールセンは声をあげた。昔がなつかしいのであろう。

「これから、私の煙との戦いの歴史をお目にかけたいと思います。この戦いの場はかつてチャールス・オールセンさんがおられたところなのです」

三郎は古い写真をスライド用に複写したものを、年代を追って映していった。チャールス・オールセンがいたころの赤沢銅山から始まって、明治三十九年に日立鉱山の基礎が出来て、明治四十一年、大雄院に精錬所が建設された当時の写真にはチャールス・オールセンは、いちいち懐旧のことばを洩らした。煙害が多くなって、神峯山に観測所が出来、神峯煙道（百足煙突）ができ、さらに阿呆煙突ができるころには、付近の山の木がすべて枯死した状況が映し出され、やがて、大正三年の暮れに完成した大煙突が出ると、

「これはすばらしいことだ。世界的な大工事である」

とチャールス・オールセンは歓声をあげた。

「一五六メートルの煙突は煙害を少なくしましたが、それで煙害がなくなったのではありません」

三郎は、その後の鉱山の拡張を年を追って説明していった。第一次世界大戦のあとの不況時代を経て、昭和にはいり、鉱山はまた活発な活動を始め、そして、第二次世界大

戦の数年後に完成した排煙利用硫酸製造工場の出現によって煙害問題は終止符を打った。

「一九五一年（昭和二十六年）一月三十一日は私にとって忘れることのできない日でした。この日を境として、私は煙のことを心配しないでもよくなったのです。私は完全に煙から解放されたのです」

それから映し出されるスライドはすべてカラーで、現在の鉱山とその周辺の姿を紹介するものであった。

「鉱山は驚くほど大きな規模になりましたが、煙害はほとんどなくなり、山々は、オールセンさんがおられたころと同じようになりました。死んだ自然が完全に生きかえったのです」

杉の美林が映し出され、山桜の咲く春の山が紹介された。そして、いちばん最後に一叢の真っ赤なつつじの向こうに聳《そび》え立つ高い煙突の写真に対して、三郎は、それまでになくゆっくりした口調で結びをつけた。

「この町の高い煙突は半世紀にわたって煙を吐いています。そしていまやこの煙突から出るごくわずかな白い薄い煙は、この町の象徴的存在となったのであります」

スライドはそれで終わった。

チャールス・オールセンは三郎の手を握りしめていった。

「これは煙害というおそるべき公害を、見事に克服し得た貴重なる記録だと思います。私はあなたがこの問題に若い情熱を打ちこんだ勇気《カリッジ》と、そして忍耐《ペイシャンス》に心から敬意を表するものであります」

チャールス・オールセンのいい方は、少々演説口調であった。三郎はありがとうを繰り返しながら、六十一年ぶりで聞いた、勇気と忍耐という対語《ついご》がなんとさわやかな響きをもったことばであろうかと思った。このことばを初めて聞いたころは、外交官になろうという野望をもっていた。おそらく、外交官となったとしても、いまとなれば、やはり、このような形でチャールス・オールセンと会っていたのではないかと思われてならなかった。

「長生きするものですね、行き方は違ってもどっちみち落ちつくところは同じところだと分っただけでも価値のあることだ」

三郎は、この文句を考えながらゆっくりしゃべった。

「そうだ長生きするものだ。なぜならば、われわれは、確実にその価値を認め合うことができたからである」

チャールス・オールセンは、そういいながらカーテンを引いて窓をあけた。

燃えるような赤い庭の花壇が、三郎の眼の前に広がった。その上に驚くべきほど青い北欧の空が覗いていた。

あとがき

小説『ある町の高い煙突』を書かないかとすすめてくれたのは、日立市天気相談所所長の山口秀男氏であった。山口氏は元気象庁の職員であったが、日立市に日本で初めての市立天気相談所が出来るとともに、所長となって赴任した新進気鋭の気象技術者である。

私は山口氏に、日立の大煙突にまつわる話をざっと聞いた。それは明治から大正にかけて、急激に発達した日立鉱山の煙害問題について、鉱山側と被害者側の農民とが、互いに誠意を持って忍耐強く交渉に当たって、ついにこの難問題を解決したという夢のような話であった。

日本は世界一の公害国であり、あらゆる種類の公害が発生し、そして一つとして、完全に解決したということを聞いたことのない奇妙な国である。私は気象庁に長らく在職していたので、気象ともっとも関連の深い煙害について興味を持っていた。その煙害の問題が見事に解決された実例が、すでに数十年前にあったということは、まことに耳寄りな話であった。

私は山口氏の案内で日立市の神峯山に登った。そこには日立市が、日立鉱山から譲渡された、近代的設備を持った観測所があった。

この観測所が中央観測所となって、半径三十キロメートル以内にばらまかれた十二か所の観測所と直通電話連絡を取りながら、精錬所の排煙量をコントロールしていたのである。

神峯山をおりて日立市天気相談所で、神峯山観測所で観測した五十年間の気象記録を見せられ、日本における最初の上層気流観測が、パイロット気球ばかりでなく繋留気球まで用いて四年間に渡って、この地で続けられた事実を知らされて、当時鉱山が煙害防止対策に示した熱意とその本格的な姿勢に感銘を覚えた。

山口氏は更に当時の農民側の代表として、煙害問題に活躍した関右《せきう》馬允《まのじょう》氏を紹介してくれた。

関氏の家は日立市入四間町にあり、歴史を感じさせるような旧家であった。関氏は日立鉱山にさえ無いような貴重な資料を多く保存していた。

関右馬允氏は現在八十歳であるが、今でも若い者と山野を跋渉するほどの意欲を持った人であり、記憶はきわめて確実であり豊富である。この小説を書くに当たって、関氏に負うものはきわめて大きかった。

この小説を執筆中も連日のように公害が新聞紙上に載っていた。どの一つを取って見ても、泥沼的悲劇を予想されるものばかりであった。

公害は、もともと人間が作り出すものが圧倒的に多く、被害を蒙るのも結局は人間である。公害を解決せんがためには、まず人間の考え方を改めねばなるまい。

私は続出する公害に対する鬱憤を、『ある町の高い煙突』を借りて吐き出そうとしたのではない。

私は半世紀前に〝ある町の高い煙突〟を創り上げた良心と情熱とを兼ね備えていた一群の若き人間像を描きたいがために、この小説を書いたのである。


（一九六八年十月記）

解説

小松伸六

大正のはじめ、世界一、高い煙突をたてることにより、銅山の精錬所から出る煙害をなくそうとして立ちあがった青年たちの誠実な足跡を描いた長編小説である。この大煙突は、現在もなお日立市に残っており、この作品で農民がわの代表として立ちあがる、関根三郎には関右馬允氏という実在のモデルがあったと作者は〈あとがき〉でことわっている。

この作品が「週刊言論」に連載されたのは昭和四十三年。水俣病をはじめ、日本の公害問題が続発していたときであり、その二年後には環境アセスメント（環境影響評価）という耳なれない言葉が、アメリカから輸入され、やがて定着、環境アセスメントを法的に義務づける法案も出されている。〈開発と環境汚染〉という相対立する課題、公害防除、住民運動、被害者救済などの宿題は、今なお政治、経済上の未解決の問題である。

そして「ある町の高い煙突」は、それらの問題の先駆的な症例であり、そのみごとな一つの解決法であったことを示している。水俣病、成田問題、スモン病などの泥沼的悲劇にくらべると、数十年前の日立鉱山の煙害問題に対する加害者（？）日立と、被害者の農民の〈誠意と忍耐〉を描くこの長編は、夢物語なのだろうか。私たちはこの煙害問題から、〈過去に学ぶ〉ということは出来ないものだろうか。

現代の科学では、高煙突による大気汚染の解決はあり得ない、といわれているが、明治末の青年層、関根三郎、加屋淳平たちの公害防止のパイオニア的努力や創造的良心は高く評価されてしかるべきだと思う。あの時代には反骨田中正造翁が、天皇に直訴までして戦った足尾鉱毒事件をはじめ、農民が決起した別子鉱山、小坂銅山も同じような問題をかかえていた。これらはこの作品にもふれられているが、それらにくらべるとこれを解決するため〈高い煙突〉をつくった日立鉱業の企業の良心はほめられるべきである。富国強兵というおかみの公的権力をバックにして〈これはお国のため〉といえば、あの時代、日立鉱業はどのようなことも出来たからである。

主人公の関根三郎は明治三十六年、常陸太田中学の三年生。英語はクラスのトップ。抜群の秀才。関根家は田二十町、山林数十町をもつ入四間村の旧家。三郎は養子だった。生家は水戸の士族、兄は医者。関根家には祖父母の兵馬といね、両親のいない幼女のみよがおり、兵馬たちは将来、三郎とみよを結婚させようとしていた。三郎は大坪流馬術をならい、愛馬弦月で通学。入四間村は阿武隈山脈の末端に位置する北常陸の山塊に頭を突っこんでいる辺地の村。ここに〈異人〉があらわれる。この小説はここからはじまる。

村から山をこえて一里たらずのところに、一五九一年ごろから試掘されていた赤沢銅山がある。異人はこの鉱山技師のスウェーデン人チャールス・オールセン。彼はこの村でただ一人英語を話せる中学生三郎にむかって、「銅をとる山から、毎日、煙を出しているが悪い影響はないか」とききき、三郎の英語のうまさに驚き、鉱山へ招待してくれる。やがてオールセンは帰国。そしてこの小説の最後は、昭和四十一年、関根三郎、みよの老夫婦が、ストックホルムにオールセンをたずね、六十一年目に再会するという感動的な対面でおわる。初めと終りに〈異人〉を出して、このノンフィクション・ノヴェルともいうべき作品に劇的効果をあげている作品の作劇術のうまさに読者は注目してほしい。なお一九七二年、ストックホルムで国連人間環境会議がひらかれ、公害を規制する〈人間環境宣言〉が提唱されたことは有名である。

明治三十七、八年の日露戦争により、銅山は拡張され、経営者も木原組の木原吉之助にかわり、銅山によばれた三郎は、そこで、後年、ライバルになる長身痩軀の吉之助に会う。三郎十六歳。一高（現・東大教養部）入試に合格していたが、兵馬の死後、村を守るため一高入学辞退。銅山のエントツ四本からはき出される黄色い煙は時に入四間村に流れこみ、桑畑が煙害でやられ、農作物の被害もひどく、三郎たちの青年会は、〈第二の明治維新〉と騒然となる。

このとき会社側の一員として、三郎たちと交渉にあたったのが加屋淳平である。彼は農業技術を専攻していた良心的な青年。ある意味では関根三郎より、企業がわの、心のゆたかな淳平によって、この公害問題は、大事にいたらなかったようだ。淳平の友情物語でもある。淳平の妹千穂（のち結核で死亡）と三郎との、あわい恋愛は、憎しみあう両家の悲劇「ロメオとジュリエット」のようなはげしさはないが、それでも三郎の祖母いねは、千穂をにくみ、夜ひそかに御岩神社にゆき、人を呪い殺す〈祈り釘〉をうってくるのだから、こわい。三郎のフィアンセのみよも思春期だから、千穂に対しては複雑な気持をもつ。このあたりの恋愛模様もかなりよく描けている。女がうまく描けない武骨のひとという新田氏についての定説は訂正しなくてはならぬ。

明治四十一年、木原鉱業所はさらに拡張。煙害問題は大きくなり、三郎は青年同志会をつくり、別子銅山へ見学にゆき、被害の事実をとるため一四〇円の写真機を買う。米一石七円のときの一四〇円である。三郎は台風があると、銅山の精錬所にかけつける男であるが、会社がわの饗応は一切うけず、自分の持ってきたニギリメシをたべる潔癖さである。三郎には作者の精神の投影があるかもしれない。後に三郎は淳平と、煙と気象の関係をしらべるために東京の中央気象台に藤岡技師をたずねる。

ここでしばらく作者の略歴と人柄にふれてみたい。新田次郎、本名藤原寛人《ひろと》。明治四十五年（一九一二）長野県諏訪市角間新田《しんでん》生れ。諏訪藩郷士の末裔。次男坊だったことから、新田次郎《しんでんじろう》だが語呂がわるいから「にった・じろう」。伯父に気象学者藤原咲平博士がいる。諏訪中学をへて無線電信講習所本科（現・電気通信大学）を昭和七年に卒業。中央気象台（現・気象庁）に就職。その後満州国中央気象台に高層気象課長として転任。昭和二十年、新京で終戦をむかえ、家族とはなれ、一年余の抑留生活。二十一年十月引揚げ、中央気象台に復帰。処女作「強力伝」はサンデー毎日の懸賞小説に入選。この作品を表題作とした作品集で、第三十四回（昭和三十年下期）の直木賞受賞。昼は気象庁の役人、夜は創作活動の二足のわらじ。両面生活を十年つづけ、気象庁測器課長をさいごに退職、筆一本の生活に入る。

「ある町の高い煙突」も、気象学者の学究であり技術者だった新田次郎の経歴をぬきにしては語れない。この作品の〈あとがき〉にもあるように〝私は気象庁に長らく在職していたので、気象ともっとも関連の深い煙害について興味を持っていた〟ので、日立の大煙突にまつわる話を日立市天気相談所長の山口秀男氏からきき、この作品の筆をとったという。自然のメカニズムに立ちむかう気象科学は、大気汚染に密接にむすびついているから作者の興味も当然。またこの作品にある半世紀以前の煙害とその対策問題を、ただ「痛恨の記憶」としてではなく、今日的テーマをもつ切実な問題として作者が取りあげたのも当然である。

新田氏は歴史短編小説「梅雨将軍信長」の〈あとがき〉で、〝歴史は人間がつくるものだという歴史家の見方に、私は、その人間を動かすものは自然現象であると補足したい。この私の歴史観が「梅雨将軍信長」、「豪雪に負けた柴田勝家」。また天明の飢饉の気象学的原因に興味を持っているのだが、飢饉の年ほど、中央では賄賂が横行するということから、「賄賂」を書くきっかけとなった……〃という意味のことを書いている。武田信玄と上杉謙信の川中島の合戦も、気象条件を考えて書いたと、私は作者自身からうかがったことがある。また「強力伝」を書いた事情について、「私は何かというと人生と気象とを結びつけたがるような職場にながくいたから、自分の有利な舞台として自然を描くことが多くなったのだと思います。それに人間を描くときに、人間も自然の中の一つだから、自然をうまく書いてゆくと、人間もいつの間にかリアルに書けてくる、そんな期待のようなものがあったかもしれません」〈「続・白い花が好きだ」(光文社)〉とも書いている。この気象史観ともいうべきものが、新田作品の絶対的魅力になっている。

無垢な自然人であり、強力をほこりにしていた小宮が、新聞にのるという小さな名声に駆られて命を失ってゆく盲目的な意志を行動面から描いたのが直木賞作品「強力伝」。この受賞作の選評では「文章はゴツいが、作品の印象は鮮明」(永井龍男)、「文学青年やつれのない作品、謙虚だが素直に書けている」(井伏鱒二)。「授賞対象作の意識を忘れて感心した。必ずしも名文とは思わないが、主題を正確につかんで、盛りあげてゆく才腕は相当の筆力」(川口松太郎)。「文章はウブだが、何かに打たれた。立派な彫塑の一立像を見る思い」(吉川英治)という意味の言葉がみえる。

ウブでゴツイ、素直な文章、これは素人《しろうと》の作品にあたえられる言葉だが、玄人《くろうと》の作品にある、やつれ、汚れ、媚態などにくらべると、どれだけ人を打つ作品になることか。そうでなければ新田作品が、ロング・セラーになりベスト・セラーになることは考えられない。夏目漱石の短いエッセイに「素人と黒人《くろうと》」があり、文学作品は永遠に素人のものでなければならないという意味のことを書いている。私は至言だと思うが、新田作品はこの至言の模範的実践だとひそかに考えている。

〝文学は人間を描くのだ〟という新田氏は、山岳小説家と規定されることをこのまない。たしかに「ある町の高い煙突」一つとっても〈山〉とは全く関係ない。氏には引揚げ体験記である「望郷」もあれば、エスキモーの救世主となった日本人フランク安田を描いた伝記小説「アラスカ物語」もあれば、歴史小説、時代小説、伝奇小説、スリラーなど、いかにも多彩である。全二十二巻の新田次郎全集（新潮社刊。これは全作品の半分の由）の仕事をみれば、新田氏は山岳小説家ではなく、バルザック的といってもいい程の多力文学者である。

しかし山岳小説家として登場した氏の功績は、作者が考えている以上に大きい。事実、「蒼氷」「縦走路」「チンネの裁き」「錆びたピッケル」「富士山頂」「芙蓉の人」「孤高の人」「八甲田山死の彷徨」「岩壁の掟」「栄光の岩壁」「銀嶺の人」「劒岳・点の記」など、新田氏の山の長編小説や、「アルプスの谷　アルプスの村」「白い野帳」「山旅ノート」など、山を舞台としたエッセイを考えれば、やはり〝山の作家〟と言わざるを得ない。これは別のところにも書いたことだが、〝昭和三十年代の日本の文壇に三つの事件があった。一つは松本清張を頂点とする推理小説の流行、一つは城山三郎をその先駆者とする経済小説の出現、そして一つは新田次郎を、そのフロンティアズ・ロマン（開拓者）とする山岳小説の登場である〟と。いまでも私はまちがいではないと信ずる。そして文壇ジャーナリズムは、現在は太郎（司馬遼太郎）、次郎（新田次郎）、三郎（城山三郎）の「三郎」時代で、この三人の作家がもっともよく読まれていると言う。

城山さんは個人的によく存じあげているが、次郎さん、太郎さんも共に、ケレン味がなく堅実であり、几帳面であり、ねばり強く、努力家であるようにみえる。「三郎」ともに書きなぐるという乱作もしない。三氏とも男っぽい作家であり、女を中心にした作品はいたって少い。エロは絶対に書かない。文章は正確、無用な形容詞、ジャン、ジャン鳴るなどというオノマトポエ（擬声音）も避けている。

武骨といえる新田氏は、学生時代、社交ダンスのコンクールに出場したことがあり、若いときに俳句、短歌をつくったこともあるはずだ。現在、文芸家協会の常務理事として税金対策その他の実務にもあたっている。子供のころから花や木が好きで、とくに白い花が好き、自宅にも白いこぶしの木をうえているという。随筆集の題名にも「白い花が好きだ」「続・白い花が好きだ」（光文社）という題をつけ、文学と人生を語る。これは新田氏のものの考え方の原点がみえるエッセイ集である。

再び作品解説にもどる。木原鉱業所は、台風、落盤事故にあいながらも、名刹大雄院を買収し、ここに精錬所をつくり、熔鉱炉に吹き入れがおこなわれたのは明治四十一年十一月二十九日である。このように正確に日付をつける年代記ふうな小説であるのも、この作品の特長である。日立鉱山の資料や三郎のモデルと思われる関右馬允氏からのきき書きをていねいに使っているからであろう。

〝小説を書く場合、私は非常に貪欲というより、むしろ貪婪《どんらん》に材料を集めます。よけいなことでも掻き集め、買い込んで貯めておく。（中略）そして筆をとる時には、もう一度取材に行くわけですが、現地をくわしく踏まないとどうしても私は書けない。（中略）材料を収集すると、こんどは整理にかかる。それは系統的にやり、たとえば年代順にやるとか、いろいろやり方はありますが、それをやっているうちに小説の筋書き――「なにを書くべきか」ということがきまる。たとえば「アラスカ物語」でしたら無償の行為ということがテーマになるのです〟（昭和五十二年、ロンドンでの講演筆記「何を書くべきか」）。

ここに新田氏の小説作法の秘密がある。そして文学外読者をも大量にひきつける〈百万人の文学〉といわれる新田作品のキー・ワードがある。「ある町の高い煙突」にそくしていえば、〝私は続出する公害に対する鬱憤を、『ある町の高い煙突』を借りて吐き出そうとしたのではない。私は半世紀前に〝ある町の高い煙突〟を創り上げた良心と情熱とを兼ね備えていた一群の若き人間像を描きたいがために、この小説を書いたのである〟（〈あとがき〉）。つまりこの作品のテーマは煙害問題を通して「明治から大正にかけての日本の青年層の活気を描く」ことにあったわけだ。

木原鉱業所から独立した日立製作所、明治四十四年には煙害の規模が拡大され、四つの町、十三の村が被害をうける。会社側の調査員三人が農民になぐられるという事件もおこる。木原がわが神峯観測所ほか七カ所に煙害観測所をたてたというのは、日本では初めて、外国にも例をみないことだ。六十七年も前の〈企業の良心〉である。

この小説の特色は、農民がわからばかりでなく、企業のがわからも描いているところにある。農民の公害告発小説とすれば、もっとはげしい作品になっていたはずだ。しかし作者の平衡感覚というか、両面をみる複眼というか、そうした公平さがあればこそ、この作品は、いや味なく読まれるのではなかろうか。読後感がさわやかなのもそのためである。

今なら笑い話になるような百足《むかで》煙突を発明して造りあげるが、かえって煙害は激甚。三郎の愛馬弦月もそのために死んでしまう。明治四十五年、高さ三十六メートルの阿呆煙突がつくられるが、これも失敗。そして離村、那須高原への転村さえも考えられる。三郎と村民が対立、十六歳のみよがナギナタをもって三郎を助けにゆくという勇ましい話もある。三郎は上京、木原社長や藤岡技師にあう。ついに会社がわは大正三年（一九一四）百五十六メートルの大煙突をたてる。黄色い煙も減少したようであるし、会社がわの煙害補償費も数分の一に減ったという。

この間、小状況としては三郎には恋人千穂の死があり、煙害虫とよばれる煙害成金の

〈悪い奴〉龍口清太郎の登場もあれば、三郎の村の附近の山の木がすべて枯れてしまうという大状況もある。二十七歳の三郎と十八歳のみよとの結婚式に千穂の兄である加屋淳平が会社を代表してお祝い品目録をもってくる。「これはお互いに誠意をもって煙害の問題に尽力した、みごとな結実であり、これは会社からあなたの結婚記念として、あなたを代表とする入四間村へ贈るお祝い品であります」。その目録には「杉苗十六万本」とあった。

なお、煙害問題に終止符がうたれたのは、第二次世界大戦後の昭和二十六年、排煙利用硫酸製造工場の出現によるものだという。現在、光化学スモッグ、複合汚染などなど公害問題が続出し、その解決はむずかしいが、「ある町の高い煙突」の試行錯誤は、現代への教訓にもなろうかと思う。ただしこの作品は、煙害を〈借景〉として、あくまで明治末の若い群像の上昇活力を描いているものである。

（文芸評論家　一九七八年記）

初出誌　「週刊言論」　一九六八年四月三日号〜十月二十三日号
単行本　一九六九年一月　文藝春秋刊
文庫　一九七八年十一月　文春文庫刊
（本書は右文庫の新装版です）
DTP制作　ジェイ エスキューブ

＊本作品の中には、今日からすると差別的表現ないしは差別的表現ととられかねない箇所があります。しかし、それは歴史的事実の記述、表現であり、作者に差別を助長する意図がないことは明白です。読者諸賢の御理解をお願いいたします。
文春文庫編集部

文春文庫

ある町《まち》の高《たか》い煙突《えんとつ》

定価はカバーに
表示してあります

2018年3月10日　新装版第1刷

著　者　新田次郎《にったじろう》
発行者　飯窪成幸
発行所　株式会社 文藝春秋

東京都千代田区紀尾井町3-23　〒102-8008
TEL 03・3265・1211㈹
文藝春秋ホームページ　http://www.bunshun.co.jp

落丁、乱丁本は、お手数ですが小社製作部宛お送り下さい。送料小社負担でお取替致します。

印刷製本・凸版印刷

Printed in Japan
ISBN978-4-16-791036-5

新田次郎
富士山頂
富士頂上に気象レーダーを建設せよ！　昭和38年に始動した国家プロジェクトにのぞむ気象庁職員を始めとした男達の苦闘を、新田自身の体験を元に描き出した傑作長篇。（尾崎秀樹）
に-1-41

新田次郎
冬山の掟
冬山の峻厳さを描く表題作のほか、「地獄への滑降」「遭難者」「遺書」「霧迷い」など遭難を材にした全十編。山を前に表出する人間の本質を鋭く抉り出した山岳短編集。（角幡唯介）
に-1-42

新田次郎
芙蓉の人
明治期、天気予報を正確にするには、富士山頂に観測所が必要だ、との信念に燃え厳冬の山頂にこもる野中到と、命がけで夫の後を追った妻・千代子の行動と心情を感動的に描く。
に-1-43

楡　周平
羅針
昭和37年。三等機関士の関本源蔵は妻子を陸地に残し、北洋漁業に出立した。航海の途中で大時化に襲われた源蔵が思い出したのは父のことだった。渾身の海洋小説。（香山二三郎）
に-14-3

西村賢太
小銭をかぞえる
金欠、愛憎、暴力。救いようもない最底辺男の壮絶な魂の彷徨は、悲惨を通り越し爆笑を誘う。表題作に「焼却炉行き赤ん坊」を加えた、無頼派作家による傑作私小説二篇を収録。（町田　康）
に-18-1

西村賢太
棺に跨がる
カツカレーから諍いとなり同棲相手の秋恵を負傷させた貫多。関係修復を図り、姑息な小細工を弄するが。惨めな最終破局までを描く連作私小説集。〈秋恵もの〉完結篇。（鴻巣友季子）
に-18-3

西川美和
ゆれる
吊り橋の上で何が起きたのか――映画界のみならず文壇でも注目を集める著者の小説処女作。女性の死をめぐる対照的な兄弟の相剋が、それぞれの視点から瑞々しく描かれる。（梯　久美子）
に-20-1

西川美和
永い言い訳
「愛するべき日々に愛することを怠ったことの、代償は小さくはない」。突然家族を失った者たちは、どのように人生を取り戻すのか。ひとを愛する「素晴らしさと歯がゆさ」を描く。（柴田元幸）
に-20-2

西　加奈子
円卓
三つ子の姉をもつ「こっこ」こと渦原琴子は、口が悪く偏屈で孤独に憧れる小学三年生。世間の価値観に立ち止まり悩み考え成長する姿をユーモラスに温かく描く感動作。（津村記久子）
に-22-1

西　加奈子
地下の鳩
暗い目をしたキャバレーの客引きの吉田と、夜の街に流れついた素人臭いチーママのみさを。大阪ミナミの夜を舞台に、情けなくも愛おしい二人の姿を描いた平成版「夫婦善哉」。

に-22-2

貫井徳郎
新月譚
かつて一世を風靡し、突如、筆を折った女流作家・咲良怜花。彼女に何が起きたのか？　ある男との壮絶な恋愛関係が今語られる。恋愛の陶酔と地獄を描きつくす大作。（内田俊明）
ぬ-1-7

ねじめ正一
荒地の恋
五十三歳で親友の妻と恋に落ちたとき、詩人は言葉を生きはじめた――。田村隆一、北村太郎、鮎川信夫ら「荒地派」詩人の群像を描ききった傑作長篇小説。中央公論文芸賞受賞。（西川美和）
ね-1-4

ねじめ正一
長嶋少年
「僕はサードです。背番号はもちろん〈3〉です！」逆境にありながらも、ひたすら長嶋に憧れ、野球に打ち込む少年ノブオ。すべての野球少年に捧げる、渾身の成長物語。（又吉直樹）
ね-1-5

林　真理子
満ちたりぬ月
「私、やり直したい」。結婚生活が崩壊した絵美子は、仕事で成功している短大時代の友人・圭に頼るが。家庭とキャリア、女の幸せ、嫉妬という普遍が生き生きと描かれた傑作長編。

は-3-44

（　）内は解説者。品切の節はご容赦下さい。

橋本　治
橋

北国で二組の男女が所帯を持ち、右肩上がりの時代、勤勉な彼らの事業は軌道にのる。が、娘達は昭和の終焉と低迷の平成を鬱屈を抱えて成長する。時代と人間を容赦なく描く傑作長篇。

は-16-2

原田マハ
太陽の棘《とげ》

終戦後の沖縄。米軍の若き軍医・エドは、沖縄の画家たちが集団で暮らすニシムイ美術村を見つけ、美術を愛するもの同士として交流を深めるが…。実話をもとにした感動作。（佐藤　優）

は-40-2

平岩弓枝
鏨師《たがねし》

無銘の古刀に名匠の偽銘を切る鏨師と、それを見破る刀剣鑑定家。火花を散らす厳しい世界をしっとりと描いた直木賞受賞作「鏨師」のほか、芸の世界に材を得た初期短篇集。（伊東昌輝）

ひ-1-109

平岩弓枝
花のながれ

昭和四十年の暮れ、上野・池之端にある江戸から続く老舗糸屋の当主が亡くなった——。残された三人の美しい娘たちの三者三様の愛と人生の哀歓を描く傑作長篇ほか、二編を収録。

ひ-1-123

平岩弓枝
女の家庭

海外赴任を終えた夫と共に娘を連れて日本に戻った永子。姑と小姑との同居には想像を絶する気苦労が待っていた。忍従の日々の先にあるものは？　女の幸せとは何かを問う長篇。

ひ-1-124

姫野カオルコ
受難

修道院育ちの汚れなき処女・フランチェス子と、その秘所にとりついた人面瘡・古賀さんの奇妙な共棲！　現代人の性の不毛を見つめるクールな視線が冴え渡る傑作小説。（米原万里）

ひ-14-1

樋口毅宏
二十五の瞳

愛はなぜ終わるのか。平成、昭和、大正、明治と四つの時代を遡る悲劇の物語の背後には別離伝説があった。やがて明らかになる島の因縁話。変幻自在な愛を克明に描いた傑作。（中山　涙）

ひ-26-1

丸谷才一
年の残り
老い、病い、死という人生不可知の世界を結実させた芥川賞受賞作ほか、人生のひだを感じさせる傑作短篇集。「年の残り」「川のない街で」「男ざかり」「思想と無思想の間」収録。（野呂邦暢）
ま-2-1

丸谷才一
樹影譚
自分でもわからぬ樹木の影への不思議な愛着。現実と幻想の交錯を描く、川端康成文学賞受賞作。これぞ、短篇小説の快楽！「鈍感な青年」「樹影譚」「夢を買ひます」収録。（三浦雅士）
ま-2-9

丸谷才一
女ざかり
大新聞社の女性論説委員・南弓子。書いたコラムが思わぬ波紋をよび、政府から左遷の圧力がかかった。家族、恋人、友人を総動員して反撃開始、はたしてその首尾は？（瀬戸川猛資）
ま-2-12

町田　康
くっすん大黒
すべては大黒を捨てようとしたことから始まった――爆裂する言葉、堕落の美学。日本文学史に新世紀を切り拓き、熱狂的支持を得た衝撃のデビュー作。「河原のアパラ」併録。（三浦雅士）
ま-15-1

町田　康
きれぎれ
俺は浪費家で酒乱、ランパブ通いが趣味の絵描き。下手な絵で認められ成功している厭味な幼友達の美人妻に恋慕し、策謀を練ったが……。「人生の聖」併録。芥川賞受賞作。（池澤夏樹）
ま-15-3

松尾スズキ
クワイエットルームにようこそ
薬の過剰摂取《オーバードーズ》で精神病院に担ぎ込まれた明日香。正常と異常の境界線をさ迷う明日香が辿り着いた場所はどこか？　絶望と再生の十四日間を描いた第134回芥川賞候補作。（枡野浩一）
ま-17-3

又吉直樹
火花
売れない芸人の徳永は、先輩芸人の神谷を師として仰ぐようになる。二人の出会いの果てに、見える景色は。第一五三回芥川賞受賞作。受賞記念エッセイ「芥川龍之介への手紙」を併録。

ま-38-1

（　）内は解説者。品切の節はご容赦下さい。

宮尾登美子
鬼龍院花子の生涯
大正四年、鬼龍院政五郎は故郷・土佐に男稼業の看板を掲げる。〝男〟を売る社会のしがらみと、彼を取巻く女たちの愛憎入り乱れる人生模様を独自の艶冶の筆にのせた長篇。（青山光二）
み-2-13

宮本　輝
青が散る（上下）
燎平は大学のテニス部創立に参加する。部員同士の友情と敵意、そして運命的な出会い——。青春の鮮やかさ、野心、そして切なさを、白球を追う若者群像に描いた宮本輝の代表作。（森　絵都）
み-3-22

宮本　輝
春の夢
亡き父親の借財を抱えた大学生、哲之。彼の部屋の柱に釘づけにされた蜥蜴《とかげ》のキン。アルバイトに精を出しつつ必死に生きる若者の人生の苦悩と情熱を描いた青春文学の金字塔。（菅野昭正）
み-3-25

宮本　輝
焚火の終わり（上下）
妻を喪った茂樹と、岬の町で育った美花。二人は本当に兄妹なのか。母が書き遺した〈許すという刑罰〉とは。燃え上がる想いの果てに二人は……。生への歓びに満ちた長編小説。（池上冬樹）
み-3-26

皆川博子
蝶
妻と情夫を撃ち、出所後、廃屋同然の司祭館で暮らす男の生活に映画のロケ隊が闖入してきた——現代最高の幻視者が詩句から触発された、戦慄の短篇世界。表題作ほか全八篇。（齋藤愼爾）
み-13-8

皆川博子
少女外道
この感覚は、決して悟られてはならない——人には言えぬ歪みを抱きながら戦前から戦後の日本を生きた女性を描く表題作ほか、名手・皆川博子の傑作短篇全七篇を収録。（黒田夏子）
み-13-10

辻村深月・万城目　学
湊　かなえ・米澤穂信
時の罠
辻村深月、万城目学、湊かなえ、米澤穂信——綺羅、星のごとく輝く人気作家四人がつづる〝時〟をめぐる物語。宝石箱のようにきらめく贅沢な、文庫オリジナル・アンソロジー。
み-44-30

向田邦子
あ・うん
神社に並ぶ一対の狛犬《こまいぬ》のように親密な男の友情と、親友の妻への密かな思慕が織りなす情景を、太平洋戦争間近の世相を背景に描く。著者が最も愛着を抱いた長篇小説。（山口　瞳）
む-1-20

向田邦子
隣りの女
平凡な主婦の恋の道行を描いた表題作をはじめ、嫁き遅れた女の心の揺れを浮かび上がらせた「幸福」「胡桃の部屋」、絶筆となった「春が来た」等、珠玉の五篇を収録。（浅生憲章・中島淳彦）
む-1-22

村上春樹
TVピープル
「TVピープルが僕の部屋にやってきたのは日曜日の夕方だった」。得体の知れないものが迫る恐怖を現実と非現実の間に見事に描く。他に「加納クレタ」「ゾンビ」「眠り」など全六篇を収録。
む-5-2

村上春樹
レキシントンの幽霊
古い館で「僕」が見たもの、いや、見なかったものは何だったのか？　表題作の他「氷男」「緑色の獣」「七番目の男」など全七篇を収録。不思議で楽しく、底無しの怖さを感じさせる短篇集。
む-5-3

村上春樹
パン屋再襲撃
彼女は断言した、「もう一度パン屋を襲うのよ」。学生時代にパン屋を襲撃したあの夜以来、かけられた呪いをとくために。〝ねじまき鳥〟の原型となった作品を含む、初期の傑作短篇集。
む-5-11

村上春樹
色彩を持たない多崎つくると、彼の巡礼の年
多崎つくるは駅をつくるのが仕事。十六年前、親友四人から理由も告げられず絶縁された彼は、恋人に促され、真相を探るべく一歩を踏み出す――　全米第一位に輝いたベストセラー。
む-5-13

村上春樹
女のいない男たち
六人の男たちは何を失い、何を残されたのか？　「ドライブ・マイ・カー」「イエスタデイ」「独立器官」など全六篇。見慣れたはずのこの世界に潜む秘密を探る、めくるめく短篇集。
む-5-14

（　）内は解説者。品切の節はご容赦下さい。

村田喜代子
光線
原発事故のニュースが流れる中、自身の癌に放射線治療を受ける女――表題作「光線」をはじめ、「原子海岸」「ばあば神」「楽園」など、短篇の名手が震災後の生を問う八篇。（玄侑宗久）
む-6-5

村上　龍
希望の国のエクソダス
二〇〇一年秋、八十万人の中学生が学校を捨てた！　経済の大停滞が続く日本で彼らはネットビジネスを展開し、遂には世界経済を覆すが……。現代日本の絶望と希望を描いた傑作長篇。
む-11-2

村上　龍
空港にて
コンビニ、居酒屋、カラオケルーム、空港……。日本のどこにでもある場所を舞台に、時間を凝縮させた手法を使って、他人とは共有することのできない個別の希望を描いた短篇小説集。
む-11-3

森　敦
月山・鳥海山
雪に閉ざされた山村での暮らし。そこで出会う幽明の世界。圧倒的力量で話題をさらった芥川賞受賞作「月山」の他「天沼」「初真桑」「鴎」「光陰」「かての花」「天上の眺め」収録。（小島信夫）
も-2-2

森　絵都
漁師の愛人
漁師・長尾とその「愛人」の紗江の二人が辿り着いたのは日本海。ずるい男と知りながらも彼と離れられない――不思議な三角関係を描く表題作ほか色彩豊かな短篇集。（東　直子）
も-20-9

山崎豊子
大地の子（全四冊）
日本人戦争孤児で、中国人の教師に養育された陸一心。肉親の情と中国への思いの間で揺れる青年の苦難の旅路を、戦争や文化大革命などの歴史を背景に壮大に描く大河小説。（清原康正）
や-22-1

（　）内は解説者。品切の節はご容赦下さい。

山崎豊子
運命の人（全四冊）
沖縄返還の裏に日米の密約が！　戦後政治の闇に挑んだ新聞記者の愛と挫折、権力との闘いから沖縄で再生するまでのドラマを徹底取材で描き出す感動巨篇。毎日出版文化賞特別賞受賞。
や-22-6

山田詠美
タイニーストーリーズ
人からこぼれ落ちる、ひとしずくの感情を拾った「タイニーストーリー」を21篇収録。当代随一の書き手が綴る、余りにも贅沢で誰も読んだことのない破格の短篇小説集。（間室道子）
や-23-8

山田詠美
ぼくは勉強ができない
書き下ろしメッセージ「四半世紀後の秀美くん」を加えて、不朽の名作が登場。かつて時田秀美に憧れた方から、現役高校生まで、誰もが魅かれる青春がここにある。（綿矢りさ）
や-23-10

楊　逸
時が滲《にじ》む朝
梁浩遠と謝志強。2人の中国人大学生の成長を通して、現代中国と日本を描ききった衝撃の芥川賞受賞作。天安門事件前夜から北京五輪前夜まで、中国民主化を志した若者の青春と挫折。
や-48-2

楊　逸
流転の魔女
法律の勉強をする中国人貧乏女子留学生・林杏。〈おせん〉と名づけられた五千円札が覗き見た欲まみれの世界。二人を軸にお金の魔性をユニークな構成で描いた傑作長篇。（中島京子）
や-48-3

山崎ナオコーラ
お父さん大好き
『人のセックスを笑うな』『論理と感性は相反しない』等、時代の空気を掬い取る文体とセンスで人気の著者の中短編集。おじさんたちが可愛く思えてくる!?　単行本『手』を改題。（川村　湊）
や-51-1